바람의 전설

바람의
전설

이원호 장편소설

한결미디어 HANGYEOL MEDIA

사랑은 주관이 작용합니다.

법칙이 없습니다.

스스로 아름답다고 믿는 사랑도 타인에게는 다르게 보일 수도 있습니다.

사랑에 자신의 주관이 작용하고 있기 때문입니다.

아름다움, 애달픔, 희생, 행복, 만족, 그 모든 것을 포함하고 있으면서도 언제나 부족한 듯 느껴지는 것이 사랑입니다.

뻔한 소재임에도 불구하고 수백, 수천만 개의 이야기로 전개될 수 있다는 것이 사랑의 신비이기도 합니다.

사랑 이야기는 가슴에서 품어져 나와 머리를 통해 손으로 옮겨질 뿐입니다.

나는 환생을 믿습니다.

그래서 나이 들어가시는 분들을 위한 소설 『불사』도 써 보았습니다.

『바람의 전설』도 마찬가지 맥락입니다. 인연이 언젠가는 이어진다는 희망을 여러분께 드리고 싶었습니다.

오늘을 극복하시면 내일 기쁨이 오는 것입니다.
건강하시고 복 많이 받으십시오.

2014. 2. 15
이원호

— 차례 —

제1장

바람

"이곳에서 비바람을 맞는 사람들의 영혼은 함께 떠다니게 된다는 전설이 있습니다."

가이드가 손으로 밖을 가리키며 말했다. 갈대숲이 비바람에 흔들리면서 파도치는 소리를 낸다. 강물 표면의 껍질이 벗겨지는 것처럼 흰 물결이 일어났다. 껍질이 자꾸 벗겨진다. 가이드의 말이 이어졌다.

"여러분도 그렇게 운명적으로 다시 만나게 될지도 모릅니다."

그러고는 지그시 이쪽을 둘러보았는데 물기에 젖은 두 눈이 번들거리고 있다. 바람이 휴게실 안으로 비를 뿌렸으므로 관광객 중 여자 몇이 비명을 질렀다. 이곳은 베트남 호치민시 남쪽, 메콩강 삼각주에 위치한 미토다. 어지럽게 뻗어 나간 갈대숲 사이의 메콩강 줄기를 관광하다가 소낙비를 만난 것이다. 대피한 휴게소 안에는 30여 명의 동서양 남녀노소가 다 모였다. 이제 말거리가 다 떨어진 가이드가 구석 쪽으로 비켜 앉더니 담배를 꺼내 입에 물었다. 검은 피부에 다부진 체격, 30대 중반쯤 되었을까? 베트남전이 계속되고 있다면 베트콩 소대장쯤은 되었을 재목이다. 그때 옆쪽에서 영어가 들렸다.

"동행하시지 않으렵니까?"

머리를 돌린 윤성일의 시선이 여자와 마주쳤다. 그러나 목소리는 다른 곳에서 나왔다. 이쪽에 등을 보이고 선 놈이 그랬다. 여자의 눈동자가 검다. 흰 창이 맑아서 그렇게 보이나 보다. 여자와의 거리는 2미터 정도. 등을 보인 놈과의 거리는 1.5미터. 윤성일은 머리를 돌렸다. 시선이 마주친 순간은 2초 정도였지만 얼굴 윤곽이 머릿속에 잔영으로 남았다. 호치민시에서 출발한지 3시간 반. 버스 한 대에 탄 30여 명의 관광객 중에 이 여자가 끼어 있는 줄 지금 처음 알았다. 그때 놈이 다시 영어로 말했다.

"난 다께다라고 합니다. 일본인이지요. 괜찮으시다면 친구로 지냅시다."

외면한 윤성일의 얼굴에 희미하게 웃음이 떠올랐다. 다께다가 '다 깨다'로 들렸기 때문이다. 그래. 다 깨뜨려버려라. 자리에서 일어난 윤성일이 발을 떼어 둘에게서 멀어졌다. 여자의 시선은 이쪽을 의식하고 있다는 표시였다. 그러니 이쪽은 방해하지 않겠다고 자리를 피해준 것이다. 난 관심 없다.

"너 어디야?"

수화구에서 데시벨 높은 목소리가 울린 순간 윤성일은 얼른 핸드폰을 귀에서 떼었다. 대답을 안 했는데도 목소리가 울려 나온다. 귀와의 거리가 20센티가 넘었지만 스피커 같다.

"빨랑 말 안 해?"

누나 윤은지다. 네 살 위인 서른 살이지만 오래 전부터 엄마 행세를 해와서인지 윤성일에게는 마흔 살쯤으로 느껴진다.

"베트남."

핸드폰을 다시 귀에 붙이고 말했을 때 이제는 말 폭탄이 터졌다.

"너 왜 등록 안 했어? 도대체 어쩌려고 그러는 거야? 너 나 말려 죽이려고 작정을 한 거야 뭐야? 이 자식아, 베트남엔 또 뭐 하러 간 거야? 너 혼자야? 베트남 어디야?"

"아이구, 이걸 그냥……."

이맛살을 찌푸린 윤성일이 한 손으로 배낭을 벗어 의자 옆에 놓았다. 호치민시 팜응우라오 지역 거리는 붐비고 있다. 오후 7시 반, 게스트하우스 근처의 치킨집 안도 떠들썩하다. 안쪽에 대여섯 명의 중국계 남녀가 흥분된 상태였기 때문이다. 만난 지 얼마 되지 않은 사이 같다. 저 시기면 말도 안 되는 말에도 웃거나 소리를 지른다. 윤성일이 수화구에 대고 말했다.

"나 한 달쯤 후에 돌아갈게. 그러니까 신경 끄고 있어."

"너 돈은 있어?"

이제 윤은지의 목소리가 조금 가라앉았다. 이맛살을 찌푸린 모습이 눈에 선하다. 종업원이 다가와 치킨이 담긴 접시를 내려놓았으므로 윤성일은 의자를 당겨 앉으며 대답했다.

"충분해."

"아버지한테 전화 한 통 해드려."

"내가 어린앤가, 뭐? 군대 있을 땐 반년 동안이나 안 한 적도 있는데……."

"이 자식아, 그때하고 같아?"

다시 윤은지가 버럭 소리를 질렀으므로 윤성일이 물었다.

"거기 어딘데 이렇게 꽥꽥거리냐?"

"집이다, 이 자식아. 왜?"

"지금 거긴 9시 반쯤이겠구나. 그래도 오늘은 일찍 퇴근했네."

윤은지는 대학병원 외과의다. 인턴, 레지던트 과정을 다 마친 상태여서 이젠 제법 의사 티가 난다. 외동딸이기도 하지만 위의 두 형보다도 더 공부를 잘했고 야무져서 아버지는 윤은지에게 종합병원을 세워줄 것이었다. 그때 윤은지가 말했다.

"성일아……."

"왜?"

"너 지난달 25일에 운악산 갔지?"

윤성일은 잠자코 앞에 놓인 치킨을 내려다보았다. 치킨 위에 파리가 한 마리 붙었다가 날아갔다. 운악산은 충북 영동의 선산을 말한다. 운악산에 갔느냐고 물은 것은 어머니 묘소에 갔느냐고 물은 것이나 같다. 윤은지가 말을 이었다.

"나도 어제 운악산에 다녀왔어. 근데 어머니 묘소 앞에 맥주캔 하나가 떨어져 있더구나. 김 씨 아저씨한테 물었더니 아무도 다녀가지 않았다고 하던데……."

"……."

"어머니 묘소 앞에서 맥주캔 내버릴 놈은 너뿐이잖아?"

"……."

"너 뭐 하러 거기에 갔어?"

"넌 뭐 하러 갔는데?"

불쑥 윤성일이 되묻자 윤은지가 이제는 가만있었다. 그러더니 5초쯤 지나고 나서 대답했다.

"그래도 엄마 생신 챙기는 건 너 하나뿐이구나. 나도 어제야 갔거든……."

"뭐 다 바쁘잖아?"

"아버지도 너무하시지. 그건 아버지가 챙기셔야 하는 것 아냐?"

"아, 시발. 그만!"

윤성일이 핸드폰을 바꿔 쥐고 말했다.

"바쁜 것들은 바쁘게 살라고 해. 이만 전화 끊어."

그러고는 핸드폰의 전원을 끈 윤성일이 치킨을 향해 자세를 잡고 앉았다. 그러나 이미 식욕은 사라져 있었으므로 어깨를 늘어뜨렸다.

카운터에 서 있던 김가영이 민박집 안으로 들어선 사내를 보았다. 그 남자다. 미토의 휴게소에서 만났던 남자. 시선이 잠깐 부딪친 전후의 순간이 번개와 같은 섬광 속으로 스치고 지나갔다. 다께다란 일본애가 동행하자고 치근거렸을 때 일어서서 피해버린 남자. 잠깐 시선이 마주친 순간의 기억이 지금도 새롭다. 사내의 치켜뜬 눈, 왠지 성난 표정이었지만 눈빛은 깊고 검은 바다 같았다. 그때 사내가 김가영을 보더니 주춤했다. 알아보는 것 같았다. 김가영은 그 눈빛을 그대로 받은 채 옆으로 비켜섰다. 민박집 좁은 카운터 앞에는 둘뿐이다. 김가영은 외면하면서 소리 죽여 숨을 들이켰다. 옅은 땀 냄새가 맡아졌다. 어디 남자일까? 일본? 중국? 아니면 한국? 사내의 말을 들은 적이 없고 배낭에 이름표나

낙서도 쓰여 있지 않았다.

"방 있습니까?" 사내가 거침없이 물었다. 굵은 목소리. 생김새와 어울린다. 몇 마디 영어였지만 유창하다. 저 발음은 일본식이 아닌데.

"1인용 방밖에 없는데요?"

뚱보 주인이 말하자 사내는 머리를 끄덕였다.

"주세요."

"1박에 28불인데요."

도둑년. 김가영의 시선이 힐끗 뚱보를 스치고 지나갔다. 1인실은 25불이다. 자신은 1박당 8불인 3인실에 묵고 있지만 옆집은 시설이 더 깨끗한데도 3인실은 6불이다. 그때 사내가 지갑을 꺼내더니 1백불짜리 지폐를 내밀면서 말했다.

"2박 계산해요."

사내의 시선이 다시 옆에 선 김가영에게로 옮겨졌다. 김가영은 사내가 다가오자 카운터에서 비켜선 상황이 되었다. 양보한 것처럼 보일 수도 있다. 그때 사내가 물었다.

"내가 새치기 한 것 아닙니까?"

아, 한국말이다. 숨을 들이켠 김가영이 눈을 조금 크게 뜨고 사내를 보았다. 한국놈이었구나.

여자가 눈을 크게 떴을 때 윤성일은 콧등에 서너 개의 주근깨가 널려 있는 것을 보았다. 그만큼 가까운 거리였다. 화장하지 않은 얼굴인데 윤기가 흐른다. 입술이 말라서 세로로 네 개쯤 골이 파여졌지만 전체적으로 균형 잡힌 용모의 체형이다. 물론 강남 텐프로 애들하고는 비교가 안 된다. 그렇지. 오늘 다녀온 미토 늪지대에 피어 있던 갈대꽃쯤 되겠다. 텐프로는 정원에서 피어난 장미라고 해두자. 그때 여자가 그 표정으로 물었다.

"제가 한국 여자라는 거 어떻게 아셨어요?"

"아, 여기."

하고 윤성일이 바보 같은 질문을 한 여자의 티셔츠 소매를 눈으로 가리켰다. 소매 끝에 흰 천이 붙여졌고 그곳에 김가영이라고 볼펜으로 적혀져 있었다. 공동 세탁기에서 빨래를 할 때 구분하려고 붙여놓았던 이름표다. 뚱보가 거스름돈을 내밀었으므로 윤성일이 받으면서 문득 머리를 돌려 여자를 보았다.

"아까 '다 깨다' 하고는 헤어졌습니까?"

일부러 '다 깨다'라고 발음했지만 그게 그건지 여자가 정색하고 대답했다.

"네. 싫다고 했더니 중국 여자 따라가더군요."

그때 뚱보가 윤성일에게 키를 내주었고 여자에게는 타월을 주었다. 여자가 타월을 받으려고 서 있었던 모양이다. 윤성일이 머리를 끄덕이더니 계단을 향해 몸을 돌렸다. 1인실은 3층이다.

버튼을 누른 김가영이 핸드폰을 귀에 붙이고는 심호흡을 했다. 방에는 영국에서 왔다는 여자가 벽 쪽 침대에 누워 깊게 잠이 들었다. 오후 8시 반, 한국은 10시 반이 되어 있을 것이다. 신호음이 두 번 울리고 나서 곧 응답소리가 울렸다.

"여보세요. 가영이니?"

엄마다. 갑자기 가슴이 먹먹해진 김가영이 어깨를 펴고 말했다.

"응, 엄마. 별일 없지?"

"그럼, 난 별일 없다. 너 괜찮아?"

"좋아. 아주."

"돈 모자라지 않아?"

"여긴 물가가 싸."

돈 이야기가 나올 줄 알았지만 다시 가슴이 답답해진 김가영이 말을
잇는다.

"윤영이는?"

"알바가 12시에 끝난대."

"잘됐네. 새벽에 끝나는 것보단 낫지."

"그럼. 너 딴 걱정 말고 바깥바람 좀 실컷 쐬이다 와."

"알았어, 엄마."

이번 여행도 어머니가 노조에서 우수 사원에게 준 해외여행 티켓을
받아오지 않았다면 불가능했을 것이다. 어머니는 부부동반 중국 태산
관광 티켓을 받았는데 그것을 김가영이 동남아 여행 티켓으로 노선을
바꾼 것이다. 비행기 티켓은 그렇게 마련했지만 경비는 따로 준비했다.
어머니가 30만 원, 윤영이가 25만 원, 그리고 자신이 50만 원을 보태
여행 경비로 쓰고 있는 것이다. 대학 2학년 때 휴학하고서 2년째 알바
를 뛰고 있는 터라 답답하기도 했던 김가영이다. 동생 윤영이가 대학에
진학하면서 김가영은 휴학을 해야 했다. 윤영이부터 대학을 졸업시켜야
겠다고 마음먹었기 때문이다. 빌딩에서 청소 일을 하는 어머니 월급으
로는 세 식구 생활비밖에 안 된다. 그래서 둘이 알바를 해서 한 명의 학

자금을 대기로 한 것이다. 물론 이것은 김가영 혼자의 결심이었고 어머니와 윤영은 따를 수밖에 없었다. 김가영이 침대 위로 두 다리를 쭉 뻗으면서 말했다.

"엄마, 오늘 미토라는 메콩강 삼각주에 갔는데 말야."

"으응, 그랬니?"

어머니의 목소리가 밝아졌다.

"그래서?"

"갑자기 비바람이 몰아쳐서 관광하던 사람들도 모두 휴게실로 들어갔어."

"그런데?"

"그런데 가이드가 그러는 거야. 이곳에서 이 비바람을 맞는 사람들의 영혼은 함께 떠다니게 된다고 말야."

"함께 떠다녀? 어떻게?"

"아마 인연이 이어진다는 말 같아."

"누구하고?"

"거기 있던 사람들이겠지. 같이 그 비바람을 맞았으니까."

"누가 있었는데?"

"여러 명."

벽에 머리를 붙인 김가영의 눈앞에 먼저 다께다의 모습이 떠올랐다. 그런데 목소리는 선명했지만 얼굴 윤곽이 흐리다. 그때 김가영은 숨을 들이켰다. 비바람 속에서 자신을 응시하던 사내의 눈이 선명하게 떠오른 것이다. 화난 것 같은 표정에 깊은 바다 속 같은 눈.

"가영아."

어머니의 목소리에 김가영은 생각에서 깨어났다.

"응?"

"잘 놀다 와. 여기 걱정은 말고."

"응."

"넌 참 착한 애야. 분명 복 받을 거야."

"엄마도 참……."

핸드폰을 귀에 붙인 김가영의 온몸에 갑자기 소름이 돋아났다. 사내를 조금 전에 다시 카운터 앞에서 만났다는 사실이 떠올랐기 때문이다. 전설이라고 했던가? 바람의 전설.

현관 앞에 서 있던 찰스가 안쪽을 보더니 반색을 했다.

"헬로?"

그쪽으로 머리를 돌린 김가영이 그 사람을 보았다. 아직 이름을 모르니 그 사람이다. 그가 나왔을 때 찰스가 묻는다.

"미스터, 구찌 동굴에 가지 않으렵니까?"

그 순간 현관 앞에 모인 세 쌍의 시선이 그에게 모여졌다. 세 쌍이란 (캔디)민박에 투숙한 수잔, 제임스와 김가영이 되겠다. 수잔은 U.K, 즉 대영제국녀이고, 제임스는 U.S.A, 즉 미국인으로 흑인이다. 그의 시선이 셋을 스치고 지났을 때 찰스가 말을 잇는다.

"점심 포함해서 10불, 지금 출발하면 오후 6시까지 이곳으로 돌아올 수 있습니다."

찰스는 베트남인 가이드로 지금 골목 밖에 6인승 승합차를 대기시켜 놓은 상태다. 한 사람만 더 태우면 되는 것이다. 그때 그가 김가영에게 물었다. 물론 한국어다.

"싼데, 잘 아는 녀석입니까?"

"아뇨."

그의 시선을 받은 김가영이 말을 잇는다.

"하지만 싸다고 믿을 수 없는 건 아니겠죠. 이곳 물가도 싸니까요?"

"그렇군."

머리를 끄덕인 그가 찰스에게 말했다.

"난 예약 해놓은 것이 있어서. 실례."

그러고는 몸을 돌리더니 발을 떼어 금방 골목 밖으로 사라졌다.

"갓댐!"

제임스가 어깨를 부풀리며 투덜거렸지만 김가영을 의식하고는 더 이상 입을 열지는 않는다. 같은 코리언인 줄을 알기 때문이다.

"이봐요, 찰스. 한 사람 채울 때까지 마냥 기다려야 돼? 도대체 언제까지……."

수잔이 찰스에게 불평을 늘어놓았다. 그러나 김가영은 그가 등을 보인 순간부터 가슴이 서늘해져서 멍한 표정으로 서 있었다.

"한 사람이 더 있어야 됩니다. 그렇지 않으면 1인당 3불씩 더 내셔야……."

수잔의 잔소리를 다 듣고 난 찰스가 그렇게 말했을 때 김가영은 쓴웃음을 지었다. 그렇게 되면 별로 싼 것도 아니다.

구찌 터널은 호치민시에서 30킬로쯤 떨어진 농촌지역에 파놓은 터널이다. 1960년도의 전쟁 때는 구치 현내의 터널 길이만 200킬로가 넘었다. 베트남전쟁 당시 미군은 이 땅굴을 파괴하려고 지상작전을 펼쳤다가 실패하고는 공습으로 초토화시켰다. 그러나 지금은 일부가 복원되어 관광용으로 사용되고 있다.

"꽝! 꽝! 꽝!"

연속으로 세 발을 쏜 윤성일이 개머리판에서 볼을 떼고는 표적을 보았다. 100미터쯤 떨어진 표적은 실물 크기의 두 배쯤으로 그려진 호랑이다. 총알은 호랑이 머리를 겨냥했지만 통나무에 그려진 표적에는 이미 수백발의 총탄에 맞은 터라 표시가 나지 않는다. 윤성일은 다시 M-1 소총의 개머리판을 뺨에 붙였다. M-1은 제2차세계대전 때 미군이 사용하던 소총이니 70년이 넘는 고물이다. 윤성일은 총구를 호랑이 꼬리 쪽으로 돌렸다.

"꽝! 꽝!"

M-1의 발사음은 우렁차다. 탄창의 클립에는 둘째손가락만 한 탄환이 8발 장탄되어 있는데 한 발을 쏠 때마다 빈 탄피가 우측 15도 허공으로 튕겨져 나갔다. 두 발은 꼬리에 맞았다. 영점 조정이 잘된 총이었다. 꼬리에 대고 쏘는 놈이 드물었기 때문인지 꼬리 부분의 나뭇조각이 부서진 것이다. 다시 개머리판을 뺨에 붙인 윤성일이 이제는 호랑이 등 위쪽의 흙담을 겨누었다. 흙담에 한 무더기의 흰 꽃이 피어 있었던 것이다.

"꽝! 꽝! 꽝!"

나머지 세발이 꽃무더기 속으로 파고들었고 마지막 발사음과 함께 빈 탄피와 함께 클립이 쇳소리를 내며 튕겨 나갔다.

"나이스샷!"

뒤에서 외치는 소리에 소총을 내려놓은 윤성일이 몸을 돌렸다. 사대

밖에서 흑인 사내 하나가 웃고 서 있었다. 민박집 현관 앞에서 만났던 흑인이다. 그때 윤성일의 시선이 그 뒤쪽으로 머리만 드러난 김가영을 보았다. 거리는 15미터 정도였지만 영점 조준이 잘된 시선이 정통으로 김가영의 눈동자를 맞췄다.

"저 자식……."

제임스가 그를 향해 수작을 거는 새 뒤쪽에서 수잔이 말했다.

"예약이 있다더니 구찌에 왔군 그래."

대답 대신 김가영이 주위를 둘러보았다. 그의 일행은 보이지 않았다. 그때 그가 이쪽으로 다가왔다.

"일행은?"

제임스도 그것이 궁금한지 먼저 물었다.

"나 혼자 온 거야."

대답한 그가 셋을 둘러보고 묻는다.

"당신들은 셋?"

"그래."

대답은 수잔이 했다. 수잔은 뼈대가 굵고 키도 컸다. 하지만 군살이 없는 날씬한 몸매인데다 미인이었다. 제임스는 노골적으로 치근거렸지만 수잔은 냉담했다. 수잔이 지그시 그를 보았다.

"당신, 뭘 타고 왔어?"

"렌트카."

그 순간 김가영은 수잔의 눈이 반짝이는 것을 보았다. 이런 눈빛은 여자가 잘 안다. 수잔은 그에게 호감을 느끼고 있는 것이다.

"그럼 그 차로 우리 태워줄 수 있어? 우린 안내원 놈이 차를 이중으로 뛰게 해서 지금 한 시간째 기다리는 중이야."

그렇다. 싼 게 좋은 것이 아니었다. 수잔의 부탁을 받은 그가 머리를 끄덕였다.

"그러지."

지프는 무개차여서 바람이 거침없이 밀려왔다. 머리칼이 이렇게 흩날리는 것은 처음이었지만 상쾌했다. 김가영은 뒷좌석에 등을 묻고 힐끗 운전석을 보았다. 비스듬한 위치여서 그의 옆모습이 보인다. 옆자리에 앉은 수잔이 열심히 이야기를 했고 그는 듣는 편이다. 그의 바로 뒤쪽에 앉은 제임스의 컨디션은 차 안의 넷 중 최악이다. 두툼한 입술을 꾹 닫은 채 흰 창이 많은 두 눈을 회번덕거리고만 있다. 그때 수잔이 손으로 그의 어깨를 치면서 웃었다. 같은 방에서 이틀을 함께 지냈지만 이렇게 환한 모습은 처음 본다. 그때 그가 차를 길가의 주유소에 세웠다. 주유소 직원에게 기름을 넣으라고 말한 그가 차에서 내리더니 셋을 둘러보며 물었다.

"뭘 마시고 싶어?"

옆쪽 가게에서 마실 것을 사려는 것이다. 그러자 수잔이 차에서 내렸다.

"같이 가, 윤."

제임스는 가만있었고 김가영은 한국어로 대답했다.

"전 괜찮아요."

그때 그가 김가영에게 말했다.

"내 이름은 윤성일이오."

한국어다. 숨을 들이켠 김가영도 한국어로 대답했다.

"전 김가영이라고 합니다."

"셔츠엔 김나영이라고 쓰인 것 같던데?"

"비슷하게 보였겠죠."

둘의 한국어를 잠자코 듣던 수잔이 윤성일에게 눈을 흘겼다.

"지금 뭐라고 했어?"

그러자 쓴웃음을 지은 윤성일이 가게 쪽으로 몸을 돌리면서 말했다.

"한국 사람은 다 친척이야. 그래서 서로 확인해야 돼. 잘못 하면 사촌끼리 만나 연애할 수 있으니까."

그러자 잠자코 있던 제임스가 빙그레 웃었다.

다시 호치민으로 돌아가는 차 안이다. 수잔의 수다에 응답하던 윤성일이 갑자기 머리를 돌려 김가영에게 물었다. 물론 한국어다.

"난 스물여섯인데, 거기는?"

"스물셋요."

바로 김가영의 대답을 들은 윤성일이 다시 앞쪽을 응시한 채 운전을 했고 수잔의 나이트 무용담이 계속되었다. 방콕의 나이트클럽에서 논 이야기다. 그쪽 이야기를 제임스도 거들었으므로 차 안 분위기가 떠들썩해졌다. 대화는 수잔과 제임스가 주도했고 윤성일은 듣는 쪽, 김가영의 존재는 무시되었다. 그때 다시 윤성일이 뒤에 힐끗 시선을 주고 나서 묻는다.

"오늘 저녁 시간 있어?"

"근데 왜 반말하세요?"

1초도 망설이지 않고 즉각 김가영이 따졌지만 윤성일의 대답은 듣지 못했다. 수잔이 끼어들었기 때문이다.

"무슨 말이야?"

"나이트에 가본 적이 있느냐고 물었어."

수잔과 윤성일은 지금 김가영의 이야기를 한다. 그때 김가영이 영어로 말했다.

"미안한데, 난 나이트 체질이 아냐. 너무 시끄럽고 어수선해."

그러자 윤성일이 한국어로 말했다.

"내가 세 살 위 아냐? 긴장 좀 풀어."

"누가 긴장했다고 그래요?"

한국말은 거기서 끝났다. 이번에는 제임스가 끼어들었기 때문이다.

"하긴 그래. 그곳에 약쟁이가 많았어. 절반 이상이 약 먹고 취한 놈들이더라구."

"약 먹어보았어? 대마는?"

하고 수잔이 묻자 윤성일이 대답했다.

"난 해본 적 없어. 한국에서는 대마초도 불법이야."

머리를 저은 윤성일이 이번에는 앞쪽을 향한 채 한국어로 말했다.

"여덟 시에 골목 건너편 통닭집으로 나와. 나하고 술 한 잔 하게."

김가영은 대답하지 않았고 다시 수잔이 말했다.

"나도 약 끊은 지 반년쯤 되었어. 아니, 8개월쯤 되었나?"

말끝이 공허하게 지프 뒤로 흘러갔는데 아무도 대꾸하지 않았기 때문이다.

치킨식당으로 들어서자 기다리고 있던 윤성일이 눈으로 앞쪽을 가리켰다. 그 모습이 마치 몇년 동안 만난 남자 같은 시늉이어서 한편으로는 편안해졌고 나머지 한편은 반발심이 일어났다. 그 반발심 중 75% 정도가 저 익숙한 제스처로 여자 깨나 거쳤을 것 같다는 생각이 차지했다. 하지만 김가영은 잠자코 앞쪽에 앉는다. 윤성일의 노련한 태도에 대한 대가로 이쪽 인사도 생략, 표정도 시큰둥하게 만들었다.

"닭날개가 괜찮던데. 먹을 거야?"

대뜸 윤성일이 묻자 김가영은 눈을 치켜떴다가 곧 내렸다. 왜 또 발말 하느냐고 물으려다 만 것이다. 괜히 자존심 내세울 것 없다는 생각이 들었기 때문이다. 윤성일이 시선을 주고 있었으므로 김가영은 머리를 끄덕였다.

"좋아요."

"너도 반말해. 하지만 뒤에 형이나 선배 또는 오빠를 붙여야겠지?"

"스물여섯이라며…… 지금 뭐 해요?"

김가영이 불쑥 물었을때 윤성일이 종업원을 불러 이것저것을 시키고 나더니 다시 둘이 되자 대답했다.

"지금 치킨 시켰어. 아 참 뭐라고 했지?"

"직업이 뭐냐구?"

"네가 보다시피 배낭 여행자."

"실업자구만?"

"피차 마찬가지 같은데?"

"다음 행선지는 어디……?"

"육로로 바닷가를 타고 북상해서 하노이까지 가는 거다."

테이블에 팔꿉을 짚고 두 손등 위에 턱을 괴인 윤성일이 지그시 김가영을 보았지만 초점이 멀다. 숨을 삼킨 김가영도 윤성일을 보았다. 짧은 머리, 검게 탄 얼굴이었지만 윤곽이 굵고 조화를 이룬 용모다. 신장은 185센티쯤 되었을까? 크고 날씬한 체격. 여자들의 시선을 빨아들일 만하다. 그리고 이 무심한 것 같은 태도, 툭툭 던지는 말투에다 강하면서도 이렇게 초점이 먼 시선. 나는 이 남자를 바람의 전설이 떠도는 땅에서 만나 같은 비바람을 맞았다. 그때 윤성일의 시선에 초점이 잡혀졌다. 슬그머니 잡혀지는 바람에 김가영은 깜짝 놀랐다.

"뭐, 생각하냐?"

"아냐. 아무것도……."

당황한 김가영이 머리까지 저었을 때 윤성일이 다시 묻는다.

"네 계획은 뭐야?"

"아직……."

"이 자식, 큰일 났군."

"뭐가……?"

"너 방금 '요' 자 붙이려고 했지?"

"아니?"

눈에 힘을 준 김가영을 보더니 윤성일이 입맛을 다시고 나서 말했다.

"그러니까 인마, '다 깨다' 같은 놈들이 치근거리는 거야. 너 앞으로 '다 깨다' 같은 놈이 또 나타날 거다."

"'다 깨다'라니?"

되물었다가 그때서야 말뜻을 알아차린 김가영이 피식 웃었다.

"웃겨. 계획이 없으면 다 흐트러지는 줄 아는 모양이지?"

"며칠 계획으로 왔는데?"

"열흘 계획인데 방콕 거쳐서 오느라고 나흘 지났어."

그때 시킨 음식이 나왔으므로 둘의 말은 그쳤다. 윤성일이 시켜먹은 경험이 있는 터여서인지, 닭날개에 쌀국수, 그리고 꼬치구이까지 먹음 직스러웠다. 이제 둘은 늦은 저녁을 먹는다. 꼬치구이를 씹던 윤성일이 시선을 식탁에 내린 채로 말했다.

"나하고 같이 다니자."

꼬치를 내려놓은 윤성일이 똑바로 김가영을 보았다.

"그때 말이야. 미토에서 '다 깨다'가 너한테 동행하자고 했을 때 나를 보았던 네 얼굴이 계속 어른거리더라. 어젯밤에는 귀신처럼 꿈에도 나타났고. 그래서 결심했어. 귀신하고 같이 여행이나 하면 어떨까 하고……."

다음날 아침 5시 반, 호치민시의 팜응우라오 거리는 조용하다. 아직 이른 아침이어서 통행인은 보이지 않는다. 빈 골목길을 습기 띤 바람이 지나면서 종잇조각이 펄럭이다 떨어졌다. 날은 밝았지만 하늘이 흐려서 마치 저녁 무렵 같다. 골목 끝의 식당 기둥에 등을 붙이고 선 윤성일이 다시 시계를 보았다. 5시 20분에 나와 10분째 서 있는 참이다. 어젯밤 치킨 식당에서 나와 근처의 배낭여행자 전용 맥줏집에서 맥주 6병을 마시고 김가영과 헤어졌다. 헤어지기 전에 이곳에서 내일 아침 5시 반에 만나기로 한 것이다. 물론 윤성일의 일방적 약속이었고 김가영은 대답하지 않았다.

"이것 하나는 약속해줄 수 있지."

민박집 앞에서 윤성일이 그렇게 말했다. 김가영은 시선만 주었는데 술기운이 섞인 두 눈에 불빛이 반사되어 반짝였다. 입술의 갈라진 세로 줄도 없어졌고 습기를 머금어서 번들거린다. 윤성일이 똑바로 김가영을 내려다보았다.

"둘이 한 방을 쓸 거야. 같이 다니면서 방 두 개를 쓰는 놈은 자지가 없거나 미친놈 중의 하나일 테니까."

김가영이 웃지도 않고 노려보았으므로 윤성일은 정색했다.

"하지만 절대로 이상한 짓 안 할게. 네가 지금 한 방을 쓰는 수잔보다 더 편한 분위기에서 지내도록 노력할게."

김가영은 말이 다 끝나기도 전에 몸을 돌렸으므로 끝의 몇 단어는 듣지 못했을 수도 있었다. 다시 손목을 치켜든 윤성일은 5시 37분이 되어 있는 것을 보았다. 약속 시간은 5시 반이다. 아니, 나오라고 했다. 그때 뒤쪽에서 인기척이 났으므로 윤성일은 몸을 돌렸다. 김가영이다. 골목에서 김가영이 나오고 있다. 야구 모자를 썼고 긴소매 셔츠에 바지. 등에는 커다란 배낭을 맨 차림으로. 시선이 마주쳤을 때 윤성일이 이를 드러내고 웃었다. 그러고는 두 팔을 번쩍 들어 보이며 환영사를 뱉는다.

"웰컴, 고스트!"

"뭐야?"

난데없었는지 다가선 김가영이 눈을 치켜떴다. 김가영한테서 옅은 비누냄새에 섞인 채취가 맡아졌다. 옷 냄새인가?

"뭐가 고스트야?"

김가영이 따졌을 때 윤성일이 발을 떼면서 말했다.

"진짜야. 내 꿈에 네가 나타났을 때 얼굴이 너무 선명해서 귀신 같았어."

"그거 욕이야?"

따라 걸으면서 김가영이 묻자 윤성일은 머리를 저었다.

"칭찬이야, 고스트!"

"싫어. 다른 걸로 불러줘."

"천사라고 부를 순 없잖아?"

텅 빈 거리를 걸으면서 윤성일이 김가영의 배낭에 올려진 담요와 비옷, 그리고 묶여진 잡동사니 뭉치를 풀었다.

"뭐 해?"

김가영이 묻자 풀어낸 짐을 제 배낭 위에 얹으면서 윤성일이 대답했다.

"짐이 네 몸무게 반은 나가겠다. 이따 짐 정리 좀 하자, 고스트."

열차는 해안선을 끼고 달리는 중이다. 창가의 의자에 앉은 김가영이 머리를 돌려 앞쪽의 윤성일을 보았다. 윤성일은 머리를 벽에 붙이고는 깊게 잠들어 있다. 다낭행 기차에 탄지 이제 두 시간이 되어간다. 완행 열차여서 오후 7시 반에 도착 예정이지만 출발 시간이 한 시간도 넘게 지연 되었으니 언제가 될지 알 수 없다. 열차 안은 소음으로 가득 찼고 레일을 지나는 바퀴의 마찰음과 진동으로 지진이 난 것처럼 차체가 흔들렸다. 김가영이 다시 윤성일을 보았다. 잠든 모습이 평화롭게 느껴졌다. 옆쪽에 앉은 두 노인 부부가 윤성일과 몇 마디 베트남어를 나누더니 금방 호의에 가득 찬 표정이 된 것도 신기했다. 윤성일의 베트남어 실력은 인사 몇 마디뿐이었는데도 그렇다. 그때 옆에 앉아 있던 소녀가 손에 쥐고 있던 빵을 쪼개더니 김가영에게 한 조각을 내밀었다. 마르고 딱딱한 빵이다. 시선이 마주치자 소녀는 수줍게 웃었다. 열서너 살쯤 되었을까? 갸름한 얼굴에 이목구비가 뚜렷했고 속눈썹이 길다. 옆에 앉아 있던 40대쯤의 여인이 김가영에게 받으라는 손짓을 했다. 둘 다 검정색 바지에 저고리를 입었는데 전통옷이다. 김가영이 빵조각을 받고는 소녀에게 말했다.

"땡큐."

소녀의 까무잡잡한 얼굴에 웃음이 떠올랐다. 그때 앞쪽 할머니가 월남어로 소녀에게 말하자 소녀가 대답했다. 또랑또랑한 목소리다. 이제 마주보고 앉은 두 줄의 좌석에도 이야기가 시작되었다. 그때 윤성일이 눈을 뜨더니 몸을 세웠다. 그러고는 발밑에 깔린 배낭을 들어 세우더니 안에서 볼펜 한 박스를 꺼내 김가영에게 내밀었다.

"이거 쟤한테 줘."

김가영이 볼펜박스를 받아들고는 눈을 둥그렇게 떴다.

"이런 거 갖고 있었어……요?"

"너처럼 쓸 데 없는 건 안 갖고 다녀. 대신 이런 게 많지."

그때 네 쌍의 시선이 볼펜박스에 모여져 있었으므로 김가영이 소녀에게 내밀었다.

"가져."

"선물이라고 해."

윤성일이 코치했다.

"프레전트야."

다시 김가영이 내밀었다가 박스 뚜껑을 열고 볼펜 한 자루를 꺼내었다. 그때 윤성일이 바닥에 떨어진 신문지 조각을 내밀었다. 김가영이 신문조각을 받아 볼펜으로 글씨를 써보였다. 그러고는 박스 안에 볼펜을 모두 꺼냈다가 다시 넣고는 소녀에게 내밀었다. 소녀의 얼굴은 물론 엄마의 얼굴도 굳어져 있다. 그때 앞쪽 할아버지가 베트남어로 말했다. 받으라는 것 같다. 엄마가 굳어진 얼굴로 김가영과 윤성일을 번갈아 바라보면서 말하더니 머리를 숙여 보였다. 김가영과 시선이 마주친 할머니와 할아버지가 연신 머리를 끄덕였는데 얼굴에 따뜻한 기색이 가득 차 있다. 소녀는 이제 볼펜 박스를 두 손으로 감싸 쥔 채 눈치만 살피고 있다.

소녀와 엄마가 내렸을 때는 한 시간쯤 후였다. 내리기 전에 둘은 인사를 했는데 얼굴에 정성이 가득 차 있었다. 빈자리로 사내들이 몰려왔으므로 재빠르게 일어난 윤성일이 제 창가 자리는 비워놓고 김가영의 옆에 앉았다. 그러자 할머니가 윤성일의 창가자리로 옮겨갔다. 윤성일의 왼쪽에는 40대쯤의 사내가 앉았는데 몸에서 땀 냄새가 진동을 했다. 할아버지 옆쪽에 앉은 사내도 마찬가지다.

"괜찮아?"

그 냄새를 맡은 김가영이 미안한 표정을 짓고 물었으므로 윤성일은 머리를 끄덕였다.

"반쪽은……."

잠깐 의미를 몰랐던 김가영이 눈을 깜박였다가 피식 웃고 나서 물었다.

"근데 형은 언제 돌아갈 거야?"

"너 지금 형이라고 했어?"

"그게 그중 나은 것 같아."

머리를 끄덕인 윤성일이 지그시 김가영을 보았다. 바로 옆에 앉았기 때문에 초점 잡기가 힘든 듯 눈이 가늘어졌다.

"글쎄, 호치민까지 가보고 나서 결정해야겠다."

"하롱베이는?"

"거기까지는 가야겠지."

"한국으로 돌아갈 거야?"

"그래야지."

"가서 뭘 할 건데?"

그러자 가늘어졌던 윤성일의 눈이 치켜떠지더니 입술 끝이 비틀려졌다.

"아직 결정된 거 없어."

"군에서는 언제 제대했는데?"

"3월이니까 두 달 조금 넘었네."

의자에 등을 붙인 윤성일이 고분고분 대답했다. 지금까지 둘은 서로의 신상에 대해서 묻지도 않고 알려고 한 적도 없다. 그저 나이와 윤성일이 군에서 제대 했다는 것만을 말했을 뿐이다. 머리를 돌린 윤성일이 김가영의 귀를 보았다. 반달 모양의 잘생긴 귀다. 아래쪽 턱 부분이 도톰했고 그 흔한 귀고리 구멍도 없다.

"너 그러고 보니까 나에 대해서 아무것도 모르고 따라왔구나?"

그러자 김가영이 윤성일을 보았다. 이제 둘의 눈이 20센티 간격을 두고 일직선상에 놓여졌다. 둘은 상대방의 눈동자에 찍힌 자신의 얼굴을 보았다.

"그러네."

김가영의 입술이 달싹였다.

"근데 이상해, 형?"

"뭐가?"

"나, 형이 하나도 안 무서워?"

"왜?"

"그 이유를 모르겠어?"

"지금 나한테 묻는 거야?"

"그래."

그러자 윤성일이 눈썹을 좁히고 김가영을 노려보았다. 김가영의 눈동자에 박힌 언놈이 이쪽을 노려보고 있다. 이윽고 그 자세 그대로 윤성일이 되물었다.

"미토?"

"그래."

"그 비바람?"

"맞아."

김가영의 두 눈에 조금 습기가 번진 것 같다. 번들거리기 시작한다. 눈을 크게 뜬 김가영이 말을 잇는다.

"형도 그 말을 새겨들을 줄 알았어."

"새겨들었다기보다도 그냥……."

"어쨌든 박힌 거야."

"박히다니? 여자가 어떻게 그런 심한 말을……?"

그 순간 윤성일의 입에서 옅은 신음이 뱉어졌다. 김가영이 허벅지를 힘껏 꼬집었기 때문이다.

열차가 해안선에 아주 가깝게 붙어서 달리고 있다. 오후 7시 반, 이미 주위는 어두워졌고 열차안의 소음도 줄어들었다. 지나가는 역무원에게 물었더니 9시경에는 다낭에 도착한다니 1시간 반쯤 남은 셈이다. 김가영이 눈을 뜬 것은 입술을 건드리는 느낌을 받았기 때문이다. 머리를 든 김가영이 손등으로 입술을 비볐다가 곧 사연을 알았다. 윤성일이 손에 쥔 손수건 때문이다. 윤성일의 어깨에 머리를 기댄 채 잠이 들었던 자신이 침을 흘린 것이다.

"왜 흘겨?"

손수건을 내밀면서 윤성일이 투덜거렸다.

"네 침이 내 어깨에 묻어서 그랬다."

"시끄러."

냄새를 풍기던 사내들도 내렸고 앞좌석에는 부부로 보이는 30대 남녀가 앉았다. 잠이 든 사이에 노부부도 떠난 것이다.

"너 참 잘 자더라."

윤성일이 부드러운 표정으로 김가영을 보았다.

"지금까지 내 어깨에 기대고 그렇게 잠을 잔 여자는 없었거든."

"다른 여자는 있었고?"

"아, 그거야……."

하더니 윤성일이 창밖으로 시선을 돌리며 물었다.

"넌 뭐 하고 있니?"

"난 2년째 알바 뛰고 있어."

"무슨 알바?"

"대개 편의점이야. 매장 일도 했고, 홍보업체 일도."

"알바 뛰기 전에는?"

"학교 다녔지. 2학년 마치고 휴학한 거야. 동생이 대학에 입학하는 바람에. 둘이 다닐 형편이 안 되거든."

"그렇구나."

"한양여대 영문과야. 확인해봐."

"그게 무슨 말야? 확인해보라니?"

"형한테 술술 털어놓은 내가 신통해서 그랬어. 대개 이런 때는 멋진 옷을 입힌다고 하던데 말야."

"나는 한국대 경제과 3학년 마치고 군대 갔다 왔다."

"음, 머리는 내가 좀 좋을 줄 알았어."

정색한 김가영이 말했으므로 윤성일은 어깨만 들었다가 내렸다. 한양여대는 여자대학 중 일류다. 한국대는 이류 사립대인 것이다. 힐끗 윤성일에게 시선을 준 김가영이 말을 잇는다.

"하지만 위축될 건 없어. 좋은 대학 나왔다고 다 잘된다는 법은 없으니까."

"……."

"기운 내, 형."

했지만 윤성일은 웃지도, 그렇다고 찌푸리지도 않는다. 머리를 돌린 윤성일이 창밖을 보았다. 밖은 어두워서 열차안의 풍경이 그대로 유리창에 비치고 있다. 유리창에서 김가영과 시선이 마주치자 윤성일이 말했다.

"난 그냥 그럭저럭 살았어."

김가영의 시선을 받은 채 윤성일이 말을 잇는다.

"평범한 가정, 평범한 인생이야. 그럭저럭 살다가 여기까지 왔어."

"어떻게 먹고 살았는데? 난 그게 중요해."

"그럭저럭."

했다가 어깨를 들었다 내린 윤성일이 풀썩 웃었다.

"너처럼 알바 뛰기도 했고. 뭐……."

"3학년 마쳤다면서. 복학은 할 거야?"

"봐서."

"졸업은 해야 되지 않겠어?"

"그렇겠지."

"남의 일처럼 말하고 있네?"

눈살을 찌푸린 김가영이 유리창에서 시선을 떼고는 의자에 등을 붙였다. 그러자 어깨가 닿았고 땀 냄새가 섞인 윤성일의 체취가 맡아졌다. 그때 윤성일이 김가영의 귀에 대고 말했다.

"우리 오늘은 다낭에서 제일 좋은 호텔의 스위트룸에서 자자."

머리를 든 김가영이 시선을 주었는데 미쳤냐고 묻는 표정이 얼굴에 씌어져 있다. 그래서 15센티 거리에 떠 있는 김가영의 눈을 보면서 윤성일이 말했다.

"내가 이러려고 알바 죽어라고 뛴 거야. 가끔 아주 가끔 이렇게 기분전환을 해야 돼."

농담인 줄 알았더니 윤성일은 열차 역에서 택시부터 탔다. 그러고는 운전사에게 '가장 좋은' 호텔로 가자고 한 것이다. 김가영이 말리려고 입을 벌리기는 했지만 말을 내놓지 않았다. 종일 지진에 시달린 것 같은 몸이 욱신거리는데다 꿀꿀한 기분을 업(up) 시킬 필요도 있을 것 같았기 때문이다. 그러나 호텔 현관을 보자 김가영의 가슴이 쿵쿵 뛰기 시작하더니 프런트에 다가간 윤성일이 가격을 묻지도 않고 스위트룸을 달라고 했을 때는 눈앞이 노래졌다. 김가영이 어젯밤 계산해본 여행비 잔액은 425불이 남았다.

"550불입니다."

하고 프런트 직원이 눈을 가늘게 뜨고 윤성일에게 말한 순간 김가영의 심장이 덜컥 내려앉았다. 머릿속은 하얗게 되어서 아무 생각이 안 났지만 말은 나왔다. 아마 조금 전에 박혔던 말이 튀어나온 것 같다.

"안 돼, 돌아가. 미친 짓 말고."

그러고는 윤성일의 팔까지 쥐었다. 그때 윤성일이 말했다.

"오케이."

'웬 오케이? 이 남자가 55불로 들은 거 아냐?' 하는 생각에 팔을 쥔 손에 힘을 주었더니 윤성일이 주머니에서 지갑을 꺼내었다.

"형, 왜 이래? 550불이래?"

다급하게 한국말로 했지만 윤성일은 지갑에서 달러를 꺼냈는데 100불짜리가 두둑했다. 프런트 직원도 그것을 보았다. 잠깐 사이에 직원 옆으로 살찐 체격의 지배인이 다가와 있었는데 그의 시선도 지갑에 꽂혀 있었다.

"형, 미쳤어?"

하고 김가영이 물었을 때 이번에는 지배인이 물었다.

"선생님, 몇 박 하십니까?"

"1박만."

"그럼 1천 불을 디포지트(deposit)하셔야 됩니다."

"오케이."

또 오케이다. 이 바보가. 눈을 치켜뜬 김가영이 숨을 들이켰다가 윤성일을 잡은 팔을 놓았다. 그리고 한마디 했다.

"나 안 갈래."

"어딜?"

돈을 세던 윤성일이 움직임을 멈추고는 김가영을 보았다. 눈이 둥그레져 있다.

"어딜 안 가?"

"방에."

"왜?"

"형, 진짜 미쳤어? 1천 불이나 주고……?"

"맡긴 거야, 1천 불은."

"그래도 그렇지."

"단 하룻밤이라구."

다시 몸을 돌린 윤성일이 돈을 세면서 말을 이었다.

"기분 전환이야. 돈은 이럴 때 쓰라고 열심히 벌었다구."

안 가기는 왜 안 가? 잠시 후에 둘은 호텔 10층의 스위트룸 안에 들어와 있다. 지배인이 직접 안내를 했고 직원 둘이 둘의 배낭을 각각 들고 따랐으며 스위트룸 담당직원까지 가담한 행차가 되었던 것이다. 직원들이 다 물러가고 스위트룸에 둘이 남았을 때 김가영이 소파에 앉더니 말했다.

"참내, 기가 막혀."

"진짜다."

방안을 둘러보던 윤성일이 베란다로 다가가며 말했다.

"진짜 기가 막히게 좋구나."

한국 평수로 계산하면 100평쯤 되는 규모였다. 현관 앞쪽은 회의실 겸 휴게실이었고 그 안쪽으로 응접실과 욕실이 딸린 침실이 두 개, 주방은 넓었으며 식당에는 6개의 고급 의자가 놓인 식탁이 배치되었다. 벽걸이 TV가 모두 4개, 전화기는 5개, 냉장고는 3개나 있었는데 음료와 술병으로 가득 차 있다.

"가영아, 일루 와봐."

베란다에 선 윤성일이 불렀으므로 김가영은 자리에서 일어섰다. 베란다로 나온 김가영은 숨을 들이켰다. 바닷가의 야경이 한눈에 내려다 인다. 오후 10시 반경이어서 깊은 밤이었지만 바닷가 가게들의 불빛으로 바다는 선명하게 드러났다. 윤성일의 옆에 선 김가영이 마침내 탄성을 뱉었다.

"너무 아름다워."

"그렇지?"

윤성일에게는 대답하지 않고 김가영이 심호흡을 했다. 바닷가 공기가 폐 안으로 잔뜩 흡입되었다가 나갔다. 비리고 텁텁한 냄새가 맡아졌다.

"배고프지?"

다시 윤성일이 물었으므로 김가영은 머리를 끄덕였다. 기차 안에서 저녁 무렵에 바나나 한 개씩을 먹었을 뿐이다.

"피곤하니까 룸서비스 시키자."

"비싸잖아?"

했다가 김가영은 쓴웃음을 지었다.

"형, 맘대로 해."

"옳지."

김가영에게로 머리를 돌린 윤성일이 이를 보이며 웃었다.

"그래야 내가 제대로 생색을 내지?"

"근데 정말 비싼 값어치는 있네."

"그렇지?"

"궁전 같아."

"좋니?"

"위압감이 들다가 금방 적응이 되고 있어. 사람이란 게 참 간사한가 봐."

"그것 봐."

"근데 형은 이런데 자주 와본 거야? 와본 사람처럼 말하고 있잖아?"

"스트레스 푼다고 스위트 두 번쯤 가봤어. 돈 많은 선배 덕분에."

"그렇구나."

"그 선배 소개시켜줘?"

"왜?"

"돈 많으니까 맨날 비행기 일등석에다 스위트로만 찾아다닐 텐데."

"쓸데없는 소리 말고 밥 먹자."

"그러자."

몸을 돌린 윤성일이 웃음 띤 얼굴로 김가영을 보았다.

"어디 이곳 스위트룸 서비스는 얼마나 맛있는가 보자."

스위트가 아니라 스위트 할애비 방에 묵는다고 해도 뭘 알아야 제대로 먹지. 룸서비스 메뉴는 수백 개가 있었지만 둘이 시켜먹은 것은 베트남 쌀국수와 닭 날개구이 그리고 야채샐러드였다. 둘이 식사를 마쳤을 때는 오후 11시 반. 식탁에서 일어선 윤성일이 말했다.

"나 씻고 나올 테니까 베란다에서 한 잔 어때?"

윤성일의 시선을 받은 김가영이 머리만 끄덕였다. 이미 둘의 방은 정해져 있는 것이다. 응접실에서 왼쪽이 김가영, 오른쪽이 윤성일의 방이다. 잘 때 걱정은 안 해도 된다. 욕조는 넓어서 혼자 헤엄쳐 돌아다닐 만했으나 윤성일은 샤워만 하고 베란다로 나왔다. 베란다에는 테이블에 비치용 의자까지 갖춰져 있었으므로 윤성일은 냉장고에서 맥주와 양주, 안주까지 날라다 놓았다. 밤바다를 내려다보면서 한 잔 마실 작정이었다.

"어휴, 이게 뭐야?"

뒤쪽에서 김가영이 놀란 목소리로 묻더니 다가왔다. 스치고 지나는 김가영의 몸에서 상큼한 비누냄새가 맡아졌다. 김가영의 짧은 머리는 아직 물기가 마르지 않아서 달라붙었다. 흰 목, 갈아입은 흰 셔츠 밖으로 뻗어 나온 미끈하고 활력을 띤 팔, 그러나 밑은 면바지로 갈아입었고 맨발에 슬리퍼를 걸쳤다. 이렇게 시선은 위쪽 한 곳에 두더라도 한눈에 다 보이는 것이다. 옆쪽 자리에 앉은 김가영이 두 다리를 비치용 의자 위로 길게 뻗었다. 슬리퍼를 신은채여서 아직 이쪽을 의식하고 있는 것 같다.

"자, 마담. 한 잔 하시죠."

맥주병을 쥔 윤성일이 말했을 때 김가영이 머리를 저었다. 젖은 머리칼이 볼에 붙었다가 떨어졌고 불빛에 반사된 눈동자가 검정색 전구 같다.

"싫어?"

"응. 나 위스키 마실래."

"얼씨구?"

양주병으로 바꿔쥔 윤성일이 얼굴을 펴고 웃었다.

"이거 완전히 내 스타일인데?"

"맥주는 배가 불러. 난 소주 스타일이야."

위스키잔을 쥔 김가영에게 잔을 부딪쳐 보인 윤성일이 말했다.

"자, 건배다."

한 모금에 술을 삼킨 윤성일이 길게 숨을 뱉는다.

"이제야 사는 것 같다."

"전에는 안 그랬어?"

"별로 재미없었어."

어느새 김가영의 잔도 비워졌으므로 윤성일이 다시 술을 채우면서 말했다.

"사는 게 말야."

"왜?"

"왜는 무슨? 아무 이유 없어."

술잔을 든 윤성일도 의자에 길게 다리를 뻗고 밤바다를 보았다. 바다쪽에서 불어온 바람이 서늘했고 뒤쪽 커튼이 출렁였다. 작은 소음과 파도소리가 이명처럼 울리고 있다.

"형, 혹시 여자 문제야?"

불쑥 김가영이 물었으므로 윤성일은 시선을 주었다. 시선이 부딪치자 김가영이 웃는다.

"대답 안 해도 돼."

"얀마, 그런 문제는 없어."

"지금까지 여자가 없었다는 말은 아닌 것 같은데, 그지?"

"말 빙빙 돌리지 마."

그러자 김가영이 다시 홀짝 술을 삼켰다. 안주로 땅콩과 오징어, 육포까지 놓았지만 아무도 손을 대지 않는다. 김가영이 더운 숨을 뱉고 나서 말했다.

"뭐 이렇게 호텔방에 둘이 있게 되었으니까 내가 형한테 호감 느꼈다는 건 숨길 수가 없지."

"말 길다."

"시끄러."

눈을 흘겨 보인 김가영이 말을 잇는다.

"이젠 형 차례야. 분위기에 어울리는 말 좀 해봐."

"어쭈구리?"

윤성일도 따라서 눈을 흘겼다.

"그러다가 네가 먼저 날 침대로 잡아끌 기센데?"

"나 그렇게 간단한 여자 아냐?"

"그래, 잘났다."

"말해봐."

"난 여자 없어. 됐냐?"

제 빈 잔에 위스키를 채운 윤성일이 김가영의 잔을 기웃거렸더니 김가영이 병을 받아갔다. 윤성일이 밤바다를 응시한 채 말을 잇는다.

"만나고 헤어진 여자는 많아. 헤어졌다는 표현이 좀 그러네. 그냥 스치고 지났다고 해야 맞으려나? 그래, 한 두어 번 만나서 좋아졌다가 제 갈 길 간 거지……, 뭐."

"그렇군."

머리를 끄덕여 보인 김가영이 답답한지 발을 흔들어 슬리퍼를 떨어뜨렸다. 흰 발이 베란다 창살 쪽으로 펼쳐져 있다.

"난 남자 사귄 적 없어."

한 모금 술을 삼킨 김가영이 머리를 돌려 윤성일을 보았다.

"한 번도."

"지기미!"

입맛을 다신 윤성일이 심호흡까지 했다.

"내가 그럴 줄 알았다니까?"

"뭐가?"

"너 수녀 되려고 그러지?"

"뭐라고?"

"그러니까 아무도 손도 못 댄거 아니냐고?"

"미쳤어."

이제는 김가영이 눈만 껌벅였고 윤성일이 손을 뻗쳐 테이블 위의 맥주캔을 쥐었다.

"이거 취하지가 않아."

투덜거린 윤성일이 맥주잔에 맥주를 따르고 나서 양주를 부어 섞었다. 그러고는 상체를 세우고 숨을 고르더니 벌컥이며 마셨다. 다섯 모금에 잔을 비운 윤성일이 얼굴을 펴고 웃었다.

"야, 맛있다."

"……."

"그래. 너 남자하고 손을 잡아본 적도 없단 말이지?"

"……."

"키스는 물론이고 그지?"

"……."

"혹시 마스터베이션, 그러니까 자위는 해본 적 있어?"

그때는 김가영이 바다를 보고 있었는데 문득 허리를 세우더니 손으로 바다 한쪽을 가리켰다.

"저것 봐. 배들이 꼭 별무리 같다. 그지?"

이번에는 윤성일이 입을 다물었고 김가영의 말이 이어졌다.

"관심이 선으로 보인다면 세상은 무수한 선으로 엉켜져 있을 거야. 그지?"

"……."

"나쁜 생각은 검정색, 호감은 노란색, 그렇게……."

"성욕은 붉은색이고?"

다시 폭탄주를 만들면서 윤성일이 말을 가로챘더니 김가영은 길게 숨을 뱉었다.

"형 나, 성 경험이 없어."

"……."

"그냥 그렇게 되었어."

"……."

"물론 성욕도 느끼고 자위 비슷한 것도 해보긴 했어."

그러자 윤성일이 폭탄주 잔을 내려놓더니 두 손을 들어보였다.

"항복!"

정색한 윤성일이 김가영을 향해 말을 잇는다.

"이제 그런 이야기 안 할게. 네 코가 크다."

"미안해, 형."

"이젠 좀 익숙해지겠지."

술잔을 든 윤성일이 이번에는 네 모금에 폭탄주를 마시고는 길게 숨을 뱉었다.

"꿈이 맞아. 어젯밤 꿈에 난 산속의 탄광 비스무레한 곳에 갔었는데 탄광의 문이 꽉 닫혀 있는 거야. 자물쇠도 이따만 하게 큰 것이 딱 잠겨 있고……."

두 손을 벌려 자물쇠 크기를 보여주던 윤성일의 얼굴에 김가영이 던진 타월이 들러붙었다.

눈을 뜬 김가영은 이곳이 궁전이라고 생각했다. 흰 벽, 분홍빛 커튼과 베란다 쪽 창을 통해 들어오는 햇살. 침대 시트는 눈처럼 희었고 쿠션은 부드럽게 몸을 감싸고 있다. 그리고 이 맑고 신선한 공기. 김가영이 몸을 비틀어 옆쪽 벽을 보았다. 오전 7시 10분. 어젯밤 12시 반까지 베란다에서 술을 마시다가 제각기 방에 들어와 잔 것이다. 오늘 아침은 시간 약속 하지 말고 끝까지 자보자고 윤성일과 합의한 터라 두어 시간 더 잘까 하고 눈을 감았다가 금방 다시 떴다. 이곳이 스위트룸이라는 것을 떠올린 것이다. 하룻밤 550불. 누워만 있기에는 너무 아깝다. 오후 1시가 체크아웃이니 그동안 방마다, 편의시설마다 흔적을 남길 테다. 윤성일 방만 빼고 화장실까지 다 사용해야지. 그래도 본전을 못 뽑는다. 서둘러 침대에서 일어난 김가영이 옷을 입고 응접실로 나왔다. 예상대로 응접실은 비었다. 어젯밤 폭탄주를 다섯 잔이나 마신 윤성일은 아직 일어나지 못했을 것이다. 응접실을 지나 문 쪽 휴게실로 다가간 김가영이 화장실로 들어섰다. 제방에도 화장실이 있지만 이쪽도 써보려는 것이다. 화장실은 컸다. 안쪽에 사우나실과 샤워실. 그 옆쪽으로 나란히 러닝머신과 헬스용 자전거가 놓여 있다. 감탄한 김가영이 한숨을 뱉으면서 변기에 앉았다. 그렇구나, 스위트에는 헬스기구까지 갖춰져 있구나. 더 탐험해야겠다. 용무를 본 김가영이 자전거에 올라 페달을 100번 돌린 후에 화장실을 나왔다. 샤워는 제 방에서 하려는 것이다. 그쪽은 거울이 컸고 화장대까지 놓여졌다. 그때 문 쪽에서 문 열리는 소리가 들렸으므로 놀란 김가영이 몸을 돌렸다. 윤성일이 들어서고 있다. 아직 제 방에서 일어나지도 않을 줄만 알았던 터라 김가영은 눈을 둥그렇게 떴다. 일찍 일어나 밖에 나갔다가 온 것이다.

"어디 갔다 온 거야?"

"오늘 둘러볼 데 알아보고 왔어."

다가온 윤성일이 팸플릿을 내밀며 말했다.

"네가 계획을 세워봐."

"오늘 다 어떻게 봐?"

"내일 오후까지 둘러보는 거야. 우린 내일 오후 7시에 출발하는 호치민행 특급열차를 탄다."

윤성일이 바지 주머니에서 티켓 두 장을 꺼내 다시 내밀었다.

"특실이야. 방으로 된 좌석에 침대가 두 개. 화장실도 딸렸지."

"……."

"밤에 자고 일어나면, 그러니까 아침 8시면 호치민에 도착한다는군."

티켓을 받아든 김가영이 정색하고 윤성일을 쳐다보았다.

"이거 비싸지?"

"별로."

그때 윤성일이 심호흡을 하고 나서 말을 이었다.

"오늘밤 하루 여기서 더 잔다. 계산 끝내고 왔으니까 잔소리 마."

그렇구나. 라운지에 차려진 스위트룸용 뷔페로 식사를 하면서 김가영이 생각한다. 지위가 높으면 옷차림이 어떻든 한수 접고 봐주는구나. 엄청나게 큰 새우, 먹다가 깨달았지만 바다가재를 먹으면서 김가영이 힐끗 앞에 앉은 윤성일을 보았다. 윤성일은 접시에 갈비구이, 밥, 초밥, 김치, 닭고기까지 산더미처럼 올려놓고 열심히 먹는다. 그릇에 시선을 집중한 채 한눈도 팔지 않는다. 윤성일도 허름한 티셔츠 차림이었고 김가영도 그렇다. 그래서 식당 앞에선 직원들이 둘을 보고는 의심이 가득 찬 표정을 지었다가 스위트룸 키를 보여 주었더니 순식간에 왕과 왕비를 맞는 자세로 돌변했다. 지금도 김가영의 뒤쪽에 선 직원 하나는 손에 물병을 들고 물잔이 비기만을 기다리고 있다. 그때 윤성일이 머리를 들고 김가영을 보았다.

"아까 호텔 프런트에서 말야."

김가영의 시선을 받은 윤성일이 말을 이었다.

"스위트에 투숙한 부부한테는 둘의 이름을 새긴 은반지를 선물로 준다더군?"

"……."

"샘플을 보여주던데 괜찮아 보이더라. 프랑스 디자이너가 만들었대. 심플하면서도 세련되었어."

"……."

"반지 안쪽에다 둘의 영문 이름을 박아서 주는 거야. 두 개를."

다시 생선초밥을 집어 입에 넣은 윤성일이 씹어 삼키고 나서 말했다.

"할 거냐고 묻길래 오브코스 했지. 내가 미쳤니? 사양하게? 안 그래?"

그러면서 윤성일이 시선을 주었으므로 김가영이 호흡을 고르고 나서 대답했다.

"당근이지."

이곳은 미케 해변(My Kye Beach). 바닷가의 대형 파라솔 밑에 의자를 길게 펴고 누운 김가영이 바다를 본다. 햇살이 찬란하게 비치는 한낮이다. 지금 윤성일은 바다 안쪽으로 들어가 수영을 하는 중이었는데 사람들 사이에 섞여 있어서 보였다 안 보였다 했다. 오전 11시 반, 부드러운 바닷바람이 드러난 팔과 얼굴 피부를 스치고 지나갔다. 수영복을 사서 입은 터라 하체는 거의 알몸이나 마찬가지였지만 흰 타월로 덮여 있다. 윤성일이 바닷가 가게에서 수영복을 골라주면서 정색하고 말했던 것이다.

"야. 수영복 입은 거하고 침대에서 벗은 거하고 분위기가 전혀 다르니까 내숭 떨지 마. 알았어?"

하더니 김가영이 수영복으로 갈아입고 나오자

"아이구, 몸매 끝내주네."

해버렸다. 그래서 계속 이렇게 타월로 덮고 있는 것이다. 바닷가에는 서양인이 많았다. 이곳은 옛날 미군의 휴양지였다는 말을 들었기 때문인지 백인 노인들은 모두 당시의 미군 병사들처럼 느껴졌다.

"내가 선크림 발라줄까?"

뒤에서 목소리가 울렸으므로 김가영은 깜짝 놀랐다. 머리를 돌린 김가영은 선크림을 들고 서 있는 윤성일을 보았다. 바다에서 보이지 않더니 어느새 나와 가게에서 선크림을 사온 것이다.

"아, 됐어."

긴장한 김가영이 머리를 저었다.

"난 바를 필요 없어."

"그늘에 있더라도 발라야 돼."

"됐다니깐?"

그때 윤성일이 김가영이 덮고 있던 시트를 와락 걷었다. 그러자 수영복 차림인 김가영의 하반신이 다 드러났다.

"엄마."

놀란 김가영이 무릎을 세우고는 얼굴이 새빨개졌다.

"이리 내! 빨랑!"

김가영이 소리치자 윤성일이 입맛을 다시고는 타월을 던졌다. 타월 뭉치가 김가영의 배에 떨어졌다.

"정말 박물관에 가야 될 애 같아."

몸을 돌린 윤성일이 다시 들으라고 투덜거렸다.

"내가 창피하다, 야."

오후 1시, 김가영이 머리를 돌려 옆을 보았다. 옆쪽 해변용 의자에 누운 윤성일은 깊게 잠이 들었다. 바다에서 실컷 놀다가 돌아오더니 그대로 곯아떨어진 것이다. 곯아떨어지기 전에 온몸에 다 골고루 선크림을 바른 터라 피부가 번질거리고 있다. 김가영이 이제는 찬찬히 윤성일을 보았다. 조금 전까지는 힐끗거리기만 했던 것이다. 잘 빠진 몸매다. 무지막지한 근육질 몸매는 징그럽다. 윤성일의 몸은 적당히 근육이 붙은 날씬한 몸매다. 키는 185센티쯤 될까? 서양인보다도 큰 키다. 윤곽이 뚜렷한 사내다운 얼굴. 그래서 오히려 더 얄밉다. 저런 몸, 저런 얼굴의 남자를 여자들이 가만두었을 것 같은가? 그래, 어젯밤에 그렇게 말했지. 스치고 지난 여자들, 두어 번 만나서 좋아졌다가 제 갈 길을 간다고 했던가? 그럼 나도 그 대열에 들것인가? 김가영은 길게 숨을 뱉었다. 윤성일은 이제 낮게 코까지 골면서 자고 있다. 선글라스를 쓰고 반듯이 누운 채 세상 모르고 잔다. 두 다리를 쭉 뻗은 김가영이 이제는 자신의 발끝을 본다. 가지런한 발가락이 보기에 좋다. 앞으로 우리는 어떻게 될 것인가? 나는 지금 이 남자와 함께 있는 것이 꿈속에 있는 것만 같다.

윤성일이 실눈을 뜨고 김가영을 본다. 이제 김가영은 그 넝마 같은 타월을 치웠기 때문에 수영복만 입은 몸매가 다 드러났다. 아름답다. 싸구려 원피스형 수영복을 입었지만 미끈한 몸매는 눈이 부신다. 저 미끈한 하체. 단단하고 실팍한 허벅지와 쭉 뻗은 종아리, 그리고 가지런한 발가락, 제 입으로도 말했지만 남자의 손길을 한 번도 받지 않은 몸이다. 윤성일은 가볍게 코 고는 소리를 내면서 입안에 고인 침을 삼켰다. 조금 전에 잠에서 깨어나 김가영의 몸을 훑어보는 중이다. 짙은 선글라스를 낀 터라 정탐하기에는 안성맞춤이다. 앞으로 얘하고의 미래는 어떻게 전개될 것인가? 지금까지 수많은 여자를 거쳤지만 이런 감정이 들기는 처음이다. 어젯밤에 그대로 보낸 것이 지금 생각해도 신기하다. 왜 그랬을까? 하루 종일 틈만 나면 그 이유를 생각해 보았지만 모르겠다. 다만 같이 있는 순간이 좋았고 그래서 아끼고 싶었다는 것. 왜 아끼고 싶었는가하는 대목에 가서는 턱 막혔다. 그때 김가영이 힐끗 이쪽에 시선을 주더니 혼잣소리를 했다.

"아유, 배고파."

그 순간 윤성일은 상반신을 일으켰고 김가영이 소스라쳤다. 선글라스를 벗으면서 윤성일이 김가영을 보았다.

"밥 먹으러 갈까?"

"형, 들었어?"

무릎을 반쯤 세웠다가 다시 펴면서 김가영이 묻자 윤성일이 두 팔을 뻗고 기지개를 켰다.

"금방 일어났어."

그러고는 자리에서 일어섰다.

"가자."

바닷가의 해산물 식당에서 둘은 늦은 점심을 먹는다. 이곳은 고급식 당으로 가장 싼 음식이 10불이었지만 이제는 김가영도 놀라지도 말리지도 않는다. 둘은 바닷가재와 굴, 게 요리를 시켰는데 맛이 있다. 김가영은 윤성일 몫인 게 요리를 먹고 감탄한다.

"이런 요리가 있는지 몰랐어."

"그렇구나."

윤성일이 건성으로 맞장구를 쳤지만 김가영은 계속 진지하다.

"가격이 35불이나 한다는 게 좀 그렇지만 어쨌든 그만한 값어치는 하는 거 같아."

"횡설수설."

윤성일이 낮게 말했지만 김가영이 들었다.

"뭐가 횡설수설이야?"

"굴 더 시킬까?"

"내가 횡설수설했어?"

"국수가 있던데 국수 먹을래?"

그러자 눈을 흘긴 김가영이 굴 하나를 입에 넣고 씹었다. 2층 창가에 앉은 둘에게로 바람이 스치고 지나갔다. 이곳 바람은 짠 냄새가 섞여졌고 매운맛이 느껴진다.

"내가 여덟 살 때 아버지가 돌아가셨어."

문득 김가영이 입을 열었는데 윤성일을 향한 눈동자의 초점이 멀어졌다. 윤성일은 김가영의 접시에 남은 바닷가재 고깃점을 포크로 찍었다. 김가영이 제 접시를 앞으로 조금 밀면서 말을 잇는다.

"전기 기술자였는데 공사장에서 사고로 돌아가셨어."

이제 윤성일은 정색한 채 머리만 끄덕였다.

"내가 초등학교 1학년 때였는데 그때부터 난 가난이란 것을 피부로 느꼈어. 남들보다 많이 가질 수 없다는 느낌, 아껴야만 한다는 생각."

"……."

"맛있는 것, 좋은 것을 먹고 가질 수 없다는 슬픔. 형은 그런 것 느껴 본 적 없어?"

"왜 없어?"

김가영의 시선을 받은 윤성일이 심호흡을 했다.

"남들은 어머니가 다 있는데 난 없다는 슬픔, 열등감. 그따위들……."

"응? 어머니?"

눈을 크게 뜬 김가영이 묻자 윤성일은 헛기침을 했다.

"이 형은 중1 때 어머니가 돌아가셨단다. 암으로."

"……."

"그러니까 피차 하나씩 부족한 결손가정이다. 너하고 나하고."

"……."

"좋은 방법이 있는데."

눈썹을 좁힌 윤성일이 김가영을 노려보았다.

"네 엄마하고 우리 아버지를 결혼시키는 것이 어떠냐?"

"시끄러."

이맛살을 찌푸린 김가영이 포도주병을 쥐었다. 25불짜리 포도주다. 제 잔에 포도주를 따르면서 김가영이 말했다.

"좀 진중해봐. 장난으로 돌리지 말고."

"난 진중해."

"형네는 어떻게 살아?"

"어떻게 살다니?"

"알바 해서 여행경비 모았다고 했는데 몇 년이나 모아서 이렇게 쓰는 거야?"

"널 만나서 어제부터 쓰는 것이라니깐 그러네. 딴 때는 거지처럼 살아."

"날 만났을 때도 100불 내고 1인실 들어갔잖아?"

"100불짜리 1인실이냐? 28불이지."

"어쨌든."

"난 그저 그렇게 살아. 보통이야."

정색한 윤성일이 다시 심호흡을 하고 나서 말을 이었다.

"아버지는 건물 관리소장이고 난 노가다로 1년 뛰고 나서 여행경비 만들었다. 됐냐?"

스위트에서의 두 번째 밤.

이제는 스위트용 가운을 걸친 윤성일과 김가영은 한 쌍의 부부나 다름없다. 가운은 허리끈으로만 묶게 되어 있어서 다리를 크게 떼면 허벅지의 최상층부가 드러날 정도다. 가운 밑에 바지를 입는다든가 하는 미친 짓을 할 만큼 꽉 막힌 김가영도 아니어서 밑에는 팬티에다 위에는 브래지어만 찼다. 위에 셔츠를 입었더니 그 꼴이 마치 한복 밑에 덕다운을 걸친 것 같았기 때문이다. 룸서비스로 저녁까지 시켜먹은 둘은 베란다로 자리를 옮겨 둘만의 파티를 연다. 오늘밤은 어젯밤과 달리 준비가 돼 있다. 김가영이 다낭 시장에서 과일과 야채, 구운 새우와 닭튀김 등 안주에다가 맥주와 위스키까지 사왔기 때문이다.

"이걸 어떻게 다 먹냐?"

베란다 테이블에 진열된 술상을 본 윤성일이 놀라면서 한편으로 감탄했다. 특히 소스까지 사서 만들어낸 야채샐러드를 보고는 머리를 절레절레 저었다.

"보통 솜씨가 아닌데. 둘이 먹기에는 아깝다."

"누구 불러?"

맥주캔을 나란히 놓으면서 김가영이 묻자 윤성일이 정색했다.

"냅둬. 기다리면 생기겠지."

"뭐가?"

"같이 마실 식구."

"누군데?"

"우리 자식들 말이다."

순간 눈만 크게 뜬 김가영을 향해 윤성일이 말을 이었다.

"셋만 낳자. 아들 둘에 딸 하나."

"미쳤어."

같이 골라서 산 17년산 위스키병을 든 김가영이 윤성일을 보았다.

"내가 폭탄주 만들어줘?"

"오늘밤에 아이 만들까?"

"위스키는 얼마나 넣을 거야?"

"너 섹스를 어떻게 하는지는 알지?"

"위스키 잔으로 하나?"

김가영의 눈빛이 강해졌으므로 윤성일은 어깨를 늘어뜨리면서 길게 숨을 뱉었다.

"그래, 하나다. 이 자식아."

"그런 농담 그만해."

위스키를 따르면서 김가영이 낮게 말했다.

"싫어."

"우리 언젠가는 한번 섹스를 해야 되지 않을까?"

"한 번만 더하면 나 그냥 방에 들어갈 거야."

"맥주는 잔에 가득."

하고 말을 바꾼 윤성일이 자리를 고쳐 앉았다.

밤바람이 기다렸다는 듯이 불어와 뒤쪽 커튼이 흔들거렸다. 윤성일이 이번에는 김가영에게 폭탄주를 만들어준다.

"우리 이곳에 언제 다시 올 수 있을까?"

술잔을 건네주면서 윤성일이 묻자 김가영이 그때서야 눈으로 웃었다.

"형, 정말 다시 오고 싶어?"

"그럼."

"이곳 다낭으로?"

"아니?"

윤성일은 김가영의 두 눈이 반짝이는 것을 보았다. 가운 깃 사이로 가슴 윗부분이 보인다. 흰색 브래지어를 찼구나. 시선은 김가영의 눈동자에 박혀 있어도 다 보인다. 그때 김가영이 다시 묻는다.

"그럼 어디?"

그러자 윤성일의 눈이 가늘어지더니 초점이 멀어졌다.

"그렇지, 그 갈대숲."

김가영을 응시한 채 윤성일이 한 마디씩 말을 잇는다.

"그 휴게실. 비바람. 그곳에서 다시 만나면 좋겠다."

"나도."

김가영의 두 눈이 더 반짝였다.

"나두 거기야, 형."

김가영의 얼굴이 선명하게 머릿속에 저장되는 느낌이다. 눈썹의 한 올 한 올에서 눈 밑의 주근깨까지. 오늘은 입술의 세로줄이 사라졌다. 아름답다. 과연 아름다운가? 내가 폭탄주 때문에 오버된 게 아닌가? 성욕이 일어나도 그렇지. 섹스하기 전에는 모두 다 아름답다고 누가 그랬던가? 윤성일이 김가영의 얼굴을 보면서 느낀 생각을 그대로 나열한 것이다. 그러나 윤성일의 얼굴은 엄숙 그 자체다. 사람들은 이런 얼굴을 한 채 오만가지 생각을 다 하는 것이다. 이것은 하나님만 아시고 벌 주시든지 말든지 한다. 윤성일은 다시 폭탄주 잔을 들어 벌컥이며 마셨다. 이것으로 일곱 잔째. 다 세고 있다. 박기춘 그놈이 그랬지. 넌 술 마시고 여자 따먹는 데는 선수라고. 그렇지, 여자가 같이 술을 마셔준다면 백발백중이었다. 한 번도 실패한 적이 없다. 그런데 보라. 지금 김가영도 폭탄주를 세 잔째 마시고 내려놓았다. 7대 3의 비율이지만 그쯤이야. 18대 5까지 간 적도 있으니까. 그때 김가영이 다시 폭탄주 잔을 들고 말했다.

"형, 나 지금 몇 잔 째야?"

"모르겠는데?" 조금 놀란 윤성일이 시치미를 떼었다. 제 생각을 읽힌 것 같았기 때문이다. 그러나 횟수를 말해줄 수는 없다.

"좀 취하는데."

손에 쥔 술잔을 노려보는 김가영의 얼굴은 조금 상기되었다.

"그래? 그럼 그놈만 마셔."

윤성일이 걱정스런 표정을 짓고 말했다. 아주 취하면 작전 불가다. 취해서 늘어진 상대를 안는 것은 범죄행위다. 김가영이 벌컥이며 네 잔째 폭탄주를 마시고 있다. 조금 치켜든 턱 밑의 목울대가 흔들렸고 그 밑쪽 흰 젖가슴 윗부분까지 드러났다. 볼륨이 꽤 있는 가슴이다. 가운 밑을 여미고 거기다 깃을 두 다리 사이에 낀 채 꼬고 앉았기 때문에 아래쪽은 완전무장한 상태. 다만 위쪽 다리는 무릎 밑부분에서부터 드러났고 조금 전 발끝에 걸렸던 슬리퍼가 벗겨져 있다. 섹시한 발이다. 둘째 발가락이 엄지보다 몇 밀리 더 길었고 새끼발가락의 발톱이 분명한 상태. 그때 술잔을 입에서 뗀 김가영이 어깨를 늘어뜨리면서 윤성일을 보았다.

"형."

"왜?"

"나 좋아해?"

"응."

했다가 상반신을 똑바로 펴고 김가영을 보았다.

"좋아해."

"그럼 나 가져."

김가영도 똑바로 윤성일을 보았다. 그 순간이다. 김가영이 딸꾹질을 했다. 놀란 김가영이 숨을 참았지만 두 번째 딸꾹질이 더 크게 터졌다. 이제는 당황한 김가영이 어금니까지 문 순간이다. 딸꾹질이 더 크게 터지면서 악물렸던 입이 열렸고 저녁때 먹은 쌀국수가 입 밖으로 뿜어졌다. 다행히 직전에 머리를 틀었기 때문에 윤성일의 얼굴에다는 쏟지 않았다. 옆쪽 바닥에다 쏟았다.

"어이구."

놀란 윤성일이 벌떡 일어섰는데 스물여섯 평생에 이런 일은 처음 당했기 때문이다. 그때 오바이트를 한 곳에 쪼그리고 앉은 김가영이 두 손으로 얼굴을 가리면서 소리쳤다.

"가! 저리 가!"

"어, 갈게."

그때서야 사태를 파악한 윤성일이 서둘러 안으로 들어서다가 주춤 멈춰 섰다. 그러고는 한 마디 했다.

"참지 말고 다 쏟아."

다시 발을 떼다가 윤성일이 한 마디 더 덧붙였다.

"다 쏟고 나서 다시 한 잔 하자."

무슨 또 한 잔? 그때부터 윤성일은 다음날 아침까지 김가영과 한 마디도 대화를 나누지 못했다. 시선도 마주치지 못했다. 오바이트 한 것을 치운 김가영이 제 방으로 들어가 버렸기 때문이다. 분위기를 보아하니 가만 두는 것이 신상에 이로울 것 같았기 때문에 윤성일도 제 방으로 들어가 잔 것이다. 다음날 아침, 8시가 다 되어서야 응접실로 나온 김가영에게 윤성일이 말했다.

"커피 끓였는데 줄까?"

외면한 김가영이 앞쪽 소파에 앉더니 머리만 끄덕였다. 윤성일이 커피 잔을 김가영의 앞에 놓고 정색했다.

"난 한꺼번에 그렇게 많은 쌀국수를 뿜어내는 기계는 첨 봤다."

몸을 돌린 윤성일이 말을 잇는다.

"기발한 작전이었어. 날 가져 해놓고 쌀국수를 뿜어내는 작전 말야."

"……."

"북한이 쓰는 다연발장사정포 같았어."

그때 머리를 돌려 김가영을 본 윤성일이 숨을 삼켰다. 김가영의 눈에서 눈물이 흘러내리고 있었기 때문이다. 김가영이 그 얼굴로 윤성일을 보았다. 눈을 크게 뜨고 입은 꾹 닫혀진 표정이다.

"미안."

윤성일이 쓴웃음을 짓고 말했다.

"장난도 못하냐? 분위기 좀 부드럽게 하려고 그랬다. 네가 어색할 것 같아서."

그때 김가영이 눈물범벅이 된 얼굴로 픽 웃었다. 얼굴을 활짝 펴고 웃는 것이다.

"속았지?"

이제는 눈만 껌벅이는 윤성일을 향해 김가영이 혀를 반쯤 내밀었다가 집어넣었다.

"메롱."

윤성일은 길게 숨을 뱉었다. 왠지 개운하다.

"여기 있습니다."

지배인이 윤성일과 김가영 앞으로 반지 박스를 밀어주면서 웃었다. 오후 5시, 방에서 체크아웃을 마친 둘에게 지배인이 반지를 증정한 것이다. 뚜껑을 연 윤성일이 은반지를 꺼내 안쪽을 보았다. '윤성일, 김가영' 이름이 나란히 영문으로 파여져 있다. 김가영도 반지 안쪽으로 보고 있다. 단순하지만 위쪽이 6각형을 이룬 형태여서 독특했다. 윤성일이 왼쪽 중지에 반지를 꼈다. 어제 호텔로 돌아왔을 때 손가락 사이즈를 재었기 때문에 반지는 딱 맞았다. 김가영도 반지를 껴보고 있다.

"맞네요."

손가락을 펴 보이면서 윤성일이 만족한 표정을 짓고 영어로 사례했다.

"고맙습니다. 구안 호텔은 잊지 못하게 될 것 같습니다."

"저도요."

김가영도 지배인에게 웃어보였다.

"저희들한테 좋은 추억을 주셨어요. 감사합니다."

김가영의 손가락에 낀 은반지가 반짝이고 있다.

"은반지는 영원한 인연을 뜻합니다."

둘의 손가락을 번갈아 보면서 둥근 얼굴의 지배인이 말을 잇는다.

"두 분의 사랑이 영원하기를 진심으로 빌겠습니다."

하노이행 특급열차의 특실 안이다. 2인승 특실이어서 침대는 2층 구조로 되어 있고 방안에 화장실과 옷장, 창가에는 의자와 탁자가 갖춰졌다. 창가의 의자에 마주앉은 윤성일이 창에 비친 김가영을 보았다. 열차는 어둠 속을 달려가는 중이었는데 유리창에 둘의 얼굴이 선명하게 떠 있다. 윤성일이 김가영의 시선을 잡고 물었다.

"어때? 특실."

"멋져."

해놓고 김가영이 길게 숨을 뱉었다.

"이렇게 공주가 되었다가 알바 하녀 신세로 급락하면 또 적응하기 힘들 것 같아."

"다 적응하게 되는 거다."

특실 안을 둘러본 윤성일이 입맛을 다셨다.

"다 좋은데 하나가 마음에 안 드는군."

"뭔데?"

"난 2인용 침대라고 해서 둘이 같이 자는 침대인 줄 알았거든."

"또."

"그래서 이번에는 어쩔 수 없이 불가항력적 자연발생적으로 널 안게 될 것으로 기대했는데 말야."

"맨날 그 생각뿐이야?"

"운이 없었던 거지."

"운은 무슨?"

"어젯밤은 다 되었는데 입으로 다연발로켓이 나오는 바람에."

유리창에서 김가영이 눈을 흘기더니 손이 뻗어 나와 윤성일의 팔을 꼬집었다.

"술 마실래?"

팔을 문지르면서 윤성일이 묻자 김가영은 머리부터 저었다.

"싫어."

어젯밤에 남은 맥주와 양주, 과일까지 싸들고 온 것이다. 윤성일이 비닐백에서 술과 안주를 꺼내 탁자 위에 놓았더니 김가영이 술잔을 가져왔다.

"난 열흘 동안 계속해서 마신 적도 있어."

잔에 맥주를 따르면서 윤성일이 말을 잇는다.

"나중에는 내가 취한 건지 세상이 빙빙 도는 것이 정상인지 헷갈리더라니까."

"형은 돌아가면 뭘 할 거야?"

불쑥 김가영이 묻자 윤성일이 한 모금 맥주를 삼키고 나서 대답했다.

"아직 결정 안 했어. 학교를 마칠까 아니면 그냥 알바나 할까 생각중이야."

"……."

"네 알바 하는데서 같이 할까? 너 편의점 나간다고 했지?"

"매장 일도 했어."

"미니스커트 입고?"

"그런 것 아냐."

윤성일이 남은 맥주를 다 마시고 나서 잔을 탁자 위에 놓았다. 이제는 정면으로 김가영을 보았다.

"너 한국 가서도 나 만날래?"

김가영이 머리를 돌려 윤성일을 똑바로 본다. 그러나 입은 굳게 다문 채다.

"그렇군."

김가영의 눈동자를 응시하던 윤성일이 천천히 머리를 끄덕였다.

"우린 여행지에서 잠깐 스쳐가는 사이가 아니었어."

다시 머리를 끄덕인 윤성일이 말을 이었다.

"운명이야. 그렇지?"

몸을 일으킨 윤성일이 김가영의 얼굴을 두 손으로 감싸 쥐었다.

"키스만 할게. 좋아?"

대답도 기다리지 않고 머리를 숙인 윤성일이 김가영에게 키스했다. 김가영은 그대로 눈을 감았다. 입술은 꾹 다문 채 눈도 감았다. 그러나 얼굴은 돌리지 않았다.

제2장

사랑

아래층 침대에 누운 김가영이 천장을 보았다. 2층 침대에 윤성일이 누워 있는 것이다. 특실 안은 조용해서 바퀴가 레일 위를 구르는 소리만 들린다. 새벽 2시쯤 되었다. 김가영은 눈을 감았다. 그러자 다시 윤성일의 입술이 부딪쳤을 때의 촉감이, 냄새가, 얼굴에 부딪쳤던 입김까지 생생하게 떠올랐다. 자꾸 입술 안을 헤집고 들어오려고 했던 윤성일의 입술 놀림, 그때의 짜릿한 쾌감. 저도 모르게 침을 삼킨 김가영이 다시 눈을 뜨고는 손바닥을 볼에 붙였다. 볼이 뜨겁다. 윤성일은 키스만 하고 볼을 감쌌던 두 손을 떼고 물러났는데 아쉬워하는 것 같았다. 자신이 꼭 이를 다물고 있는 바람에 입 안으로 들어오지 못했던 걸까? 입 안으로 들어오면 혀를 빨려고 했던 것일까? 아직 한 번도 그런 키스를 해본 적이 없는 터라 김가영이 이를 악물고 있었던 것은 당연했다. 키스는 했다. 윤성일에게 거짓말을 했다. 하지만 솔직히 키스를 한 것도 아니었다. 대학 1학년 때 미팅에서 만난 남자애가 갑자기 달려들었으니까. 더

군다나 채 2초도 안 되었다. 김가영이 밀어젖혔기 때문이다. 이번에 윤성일과 한 키스는 10초쯤 되었을까? 더 된 것 같다. 15초? 모르겠다. 하지만 달콤했고 짜릿했으며 황홀했다. 온몸이 오그라드는 것 같았다가 혈관의 피가 튀는 느낌도 났다. 특히 아래쪽 그곳이. 그 순간 숨을 들이켠 김가영이 어금니를 물었다. 내가 음탕한가 봐. 숨을 억누르며 그런 생각을 떠올렸다. 지금도 그래. 그 순간이 조금 더 오래 계속되었으면 하고 바란 것 같아. 윤성일이 손을 떼고 물러날 때 가슴이 허전해지지 않았던가? 만일 윤성일이……, 호흡을 조정했지만 생각은 끈질기게 이어졌다. 만일 윤성일이 계속했다면. 닫힌 이가 열렸을지도 몰라. 그러면 어쩔 수 없이 혀가 나왔겠지. 혀를 내밀어준 경험은 없지만 방법은 안다. 이쪽은 가만있으면 된다. 그러면 윤성일이 내 혀를 빨겠지. 비비고, 밀고, 타액을 삼키고. 김가영은 이제 두 손으로 볼을 감싸 안는다. 그러고 나서 어떻게 될까? 윤성일이 나를 침대로. 바로 내가 누운 이곳에 밀어 눕힐 것이었다. 그러고는 옷을 벗긴다. 그럼 나는 거부할 힘이 남아 있을까? 아니, 거부할 수 있었을까? 김가영은 자신의 두 다리가 꼬여져 있는 것을 알았다. 그러나 놔두었다.

밑에서 조심스럽게 부스럭대는 기척이 들렸으므로 윤성일은 숨을 죽였다. 신경이 예민해져 있어서 열차의 소음 사이로 김가영의 꼼지락거리는 소리도 다 들린다. 그렇다. 김가영을 아래층 침대로 밀어 넘어뜨리고 옷을 벗겨도 별 반항은 하지 않을 것이었다. 어디 이런 경우가 한두 번인가? 수십 번 아니 수백 번도 넘을 것이다. 넘어뜨릴 때 예 써(Yes, Sir) 하고 사지를 쩍 벌린 여자는 단 한 명도 없었다. 다 고만 고만, 비슷

비슷, 대동소이하게 저항하는 시늉을 하다가 할 수 없이, 마지못한 척 내버려두었다. 그 와중에 열에 아홉은 바지나 치마 벗기는 것이 지체라도 되면 되레 제가 엉덩이를 들거나 후크를 풀기도 했다. 김가영도 마찬가지일 것이라고 확신한다. 내기를 해도 좋다. 김가영은 달아올라 있었다. 숨결이 뜨거웠고 조금만 윗입술을 더 밀었다면 입을 벌렸을 것이다. 그럼 일사천리다. 혀를 빨고 비비고 이제 두 팔로 허리를 껴안고는 하반신을 밀착시킨 후에 쇠기둥이 된 남성을 김가영의 하복부에 얼마쯤 문지르면 다리에 힘이 풀리게 되는 것이다. 그때 침대로 밀어 눕힌다. 누운 후에 약간의 저항 시늉, 바지를 벗길 때 조금 비비적거리겠지만 입술로 입을 막고 바지 지퍼를 내리는데 걸리는 시간은 30초 안팎이다. 다 통계가 나와 있다. 하도 실전을 많이 겪어서 감(感)으로 아는 것이다. 지퍼가 내려지고 바지를 밑으로 당기면 100명 중에서 90명은 엉덩이를 들어주었다. 바지는 다 벗길 필요도 없다. 다리 한쪽만 벗겨도 된다. 그 상황이 되면 이쪽이 여유가 생긴다. 자신의 바지와 팬티를 한꺼번에 내린 후에 상대의 팬티를 내리는 것이다. 그 시점이 되면 100명 중 99명은 기다리고 있었다는 듯이 엉덩이를 들고 얼른 팬티 내리는 것을 돕는 것이다. 단, 정신을 차리고 팬티를 움켜쥔 여자가 하나 있었다. 그래서 윤성일이 화가 난 듯이 몸을 뗐더니 여자도 팬티에서 손을 뗐던 것이다. 윤성일이 다시 팬티를 내리자 여자는 저항하지 않았다. 백발백중이었다. 그때 윤성일은 가늘고 긴 숨을 뱉었다. 김가영은 잠이 들지 않았다. 그리고 자신이 눈을 말똥거리고 있다는 것도 김가영이 알고 있는 것이다. 둘 다 똑같이 생각에 잠겨 있다. 조금 전의 행동에 대한 후회와 미련 또는 감동을 떠올리고 있다. 윤성일은 눈을 감았다. 그래, 이대로도 좋다. 이런 감정은 처음이지만 나름대로 황홀하구나. 아니 뜨겁고 자극적인 섹스보다 오히려 더 여운이 길다. 비록 온몸에 뜨거운 가려움증이 일어난 것 같은 기분이 들지만 말이다. 좋다. 눈을 감은 채 윤성일이 마음먹었다. 새로운 방법이다. 아끼자. 아니다, 아끼고 싶다.

둘이 일어났을 때는 오전 8시경이다. 먼저 일어난 김가영이 왔다 갔다 하는 바람에 윤성일이 깬 것이다.

"형, 커피 줄까?"

하고 김가영이 물었는데 외면한 채였다. 2층 침대에 누운 채로 보면 김가영의 눈높이와 이쪽 시선이 평행선이다. 그래서 윤성일이 김가영의 볼에 대고 말했다. 울컥 일어난 충동을 참지 못했다.

"네 입술은 정말 달콤했어."

그 순간이다. 외면한 채 서 있던 김가영의 얼굴이 순식간에 빨개졌다. 그것이 화면이 바뀌지도 않고 처리되었기 때문에 윤성일의 심장이 세차게 뛰었다. 이런 장면은 처음이다. 이럴 수가 있다니.

"가영아, 나 너 좋아해."

그 반작용이 분명하다. 이렇게 말이 저절로 튀어 나왔지만 윤성일은 그 말을 제 귀로 듣고 나서도 조금도 후회하지 않았다. 다른 때 같으면 부끄러워서 이쪽이 빨개졌을 대목이다. 그리고 이런 말 처음 써본다. 그때 김가영이 머리를 돌려 윤성일을 보았다. 여전히 얼굴은 빨갛고 두 눈이 번들거리고 있는 것은 습기 때문이다. 김가영이 입을 열었다.

"형, 나 겁나."

윤성일은 시선만 주었고 김가영의 말이 이어졌다.

"자꾸 그러지마, 형."

"뭘?"

"말도 하지 마."

"커피 잔이나 이리 내."

윤성일이 손을 뻗쳤다.

"이 말도 안 되냐?"

하노이에서는 옛 동문(東門) 근처의 가장 싼 숙박업소에 투숙했다. 스위트룸에서 며칠 묵다 보니 그렇게 표현한 것이지 본래 계획했던 숙박지였다. 그러니까 싸다 비싸다 말할 필요도 없이 원래의 일상으로 돌아온 셈이다.

"음, 이만하면 괜찮군."

방으로 들어선 윤성일이 주위를 둘러보며 말했다. 방에는 침대가 두 개, 욕실도 있었고 벽에 TV와 탁자도 갖춰졌으며 깨끗했다. 이제는 둘이 자연스럽게 같은 방을 썼고 어색함도 많이 줄었다.

"먼저 씻을래?"

오전 10시 반, 둘은 긴 기차여행으로 지친 터라 오후부터 관광을 하기로 했다. 윤성일이 묻자 김가영이 머리를 끄덕였다.

"응, 꼼짝 말고 거기에 있어."

"아, 그럼."

했다가 윤성일이 눈을 가늘게 뜨고 김가영을 보았다.

"내가 도망갈까 봐 겁나면 아예 같이 목욕할까?"

"거기서 움직이지 마."

눈을 치켜뜬 김가영이 손을 권총처럼 만들고 윤성일을 가리켰다.

"한 발짝도 욕실 가까이 오지 마."

그러고는 김가영이 몸을 돌렸으므로 윤성일이 등에 대고 말했다.

"발은 안 떼고 엎드리면 욕실 안으로 머리는 들어갈 것 같은데 괜찮을까?"

김가영은 대답하지 않았고 곧 욕실 안에서 열쇠 채우는 소리가 났다.

욕실에서 샤워물 떨어지는 소리가 들린다. 깨끗한 방이긴 하지만 방음이 전혀 안 되어서 옆방의 남녀가 떠드는 소리도 고스란히 전달되었다. 중국인 남녀다. 키득거리고 부스럭거리는 것이 엉켜있는 것 같다. 침대 위에 누운 윤성일이 다시 욕실을 보았다. 그저 물 떨어지는 소리만 들릴 뿐 다른 잡음은 일절 없다. 저 소리에 숨어서 몸을 문지르고 있을 것이었다. 초점이 멀어진 윤성일의 눈앞에 김가영의 알몸이 떠올랐다. 날씬한 체격이어서 몸매도 잘 빠졌다. 168센티쯤 되었나? 가슴 사이즈도 적당했고 다리도 미끈하다. 엉덩이가 너무 크지도 작지도 않아서 진 바지에 잘 어울린다. 그때 바지 주머니에 넣은 핸드폰이 진동을 했으므로 꺼내 보았다. 그 순간 윤성일이 숨을 들이켰다. 아버지 윤정수다. 한동안 전화기를 응시하던 윤성일이 마침내 통화 버튼을 누르고 귀에 붙였다.

"예, 아버지."

"너 지금 베트남이냐?"

대뜸 윤정수가 그렇게 물었으므로 윤성일이 어깨를 폈다. 누나가 꼰질렀구나.

"예, 아버지."

"당장 이리로 와."

윤정수는 항상 이렇다. 숨 돌릴 사이도 없이 윤정수가 말을 잇는다.

"내일 아침 9시까지 내 사무실로 와, 알았냐?"

"아버지, 왜요?"

이렇게 토를 다는 자식은 넷 중 윤성일 하나뿐일 것이다. 그것이 익숙해질 만한데도 윤정수는 그때마다 화를 냈고 윤성일도 고치지 않는다. 역시 이번에도 윤정수가 버럭 소리쳤다.

"이 자식아, 왜라니? 당장 못 와?"

"아버지, 비행기 시간이……."

"박 비서가 다 해줄 거다. 당장 비행기 타고 와, 이 자식아!"

"글쎄, 왜 그러시는데요?"

"내일 아침 9시다!"

그래놓고 통화가 끊겼으므로 윤성일이 어금니를 물었다.

"안 가."

욕실을 노려보면서 말했지만 심장이 무겁게 느껴졌다. 자신이 결국 가게 될 것이라는 것을 알고 있는 것이다. 곧 박 비서한테서 전화가 올 것이다. 그때 욕실 문이 열리면서 김가영이 나왔다. 들어갈 때의 차림 그대로인데 머리에 타월만 감았다. 윤성일의 시선을 받은 김가영이 눈을 흘겼다.

"왜 그렇게 봐?"

김가영의 얼굴은 반질거렸고 볼은 조금 상기되었다. 막 씻은 복숭아 같다.

"형, 씻어. 시원해."

옆을 지나는 김가영의 몸에서 상큼한 향내가 맡아졌다. 그 순간 윤성일이 김가영의 팔을 잡았다. 김가영이 몸을 돌렸지만 입을 열지는 않았다. 잡힌 팔을 당기지도 않는다.

"가영아……."

윤성일이 불렀지만 김가영은 시선만 준다. 그때 윤성일이 김가영의 팔을 거칠게 당겨 침대 위로 넘어뜨렸다.

"형, 왜 그래?"

김가영이 낮게 물었을 때 옆방에서 낮은 신음소리가 울렸다. 마침내 둘은 섹스를 시작했다. 그것을 들은 김가영의 얼굴이 순식간에 새빨개졌다.

"형, 놔."

"안 돼."

김가영의 바지 지퍼를 내리면서 윤성일이 서둘렀다.

"형, 안 돼."

이제는 김가영이 몸부림을 쳤지만 목소리는 낮았고 동작은 크지 않았다. 윤성일이 서둘러 바지를 벗겼을 때 김가영이 가슴을 밀면서 말했다.

"형, 이러지 않기로 했잖아?"

빨개진 얼굴에 치켜뜬 눈에는 습기가 가득 차 있다. 그때 윤성일이 김가영의 팬티를 끌어 내리면서 말했다.

"나 오늘 돌아가야 돼."

김가영이 주춤 움직임을 멈췄고 그때 윤성일은 바지와 팬티를 거칠게 벗었다. 김가영의 시선을 받은 윤성일이 몸 위에 오르면서 묻는다.

"가영아, 싫어?"

김가영은 눈만 크게 뜬 채 대답하지 않았고 윤성일이 말을 잇는다.

"나 너를 갖고 싶어. 놓치기 싫어서 그래."

그때 김가영이 두 팔을 올려 윤성일의 어깨를 쥐었다.

"형, 가져."

그 순간 김가영의 골짜기에 닿아 있던 윤성일의 남성이 진입했다. 김가영이 입을 딱 벌렸지만 신음은 뱉지 않았다. 대신 어깨를 쥔 두 손의 힘이 강해졌다. 윤성일은 어금니를 물었다. 몸이 합쳐진 순간의 강한 충격으로 머릿속이 멍해졌지만 눈을 치켜뜨고 김가영을 보았다. 김가영은 이제 눈을 감고 있다. 그러나 윤성일은 감은 눈에서 흘러내린 두 줄기의 눈물을 보았다. 윤성일이 머리를 숙여 김가영의 눈물을 입술로 문질러 닦는다. 그러고는 고통으로 옅게 신음을 뱉는 김가영의 입술을 덮었다. 방안은 거친 숨소리와 함께 뜨거운 열기로 덮여졌다. 어느덧 김가영의 두 손이 윤성일의 목을 두 팔로 감아 안았고 신음이 더 굵고 길어졌다. 얼마나 시간이 흘렀는지 모른다. 윤성일은 자신의 몸이 산산이 부서지는 느낌을 받으면서 김가영의 몸을 더욱 세차게 끌어안았다.

"가영아, 미안해."

거친 숨을 뱉으면서 김가영의 귀에 대고 그렇게 말했지만 대답은 듣지 못했다. 대신 목을 감은 두 팔에 조금 더 힘이 실려진 것을 느꼈다. 그렇게 둘은 한 덩이가 된 채 그대로 누워 있었다. 누구도 먼저 엉킨 팔다리를 풀려고 하지 않았다.

"형은 어떻게 티켓을 끊었어?"

배낭을 챙기는 윤성일의 등에 대고 김가영이 물었다. 오후 3시 반, 이제 윤성일은 6시 반 인천행 비행기를 타려고 한다. 핸드폰을 귀에서 뗀 김가영이 이맛살을 찌푸렸다.

"모레 떠나는 비행기까지 꽉 찼어. 사흘 후도 대기해야 된대."

"넌 일정대로 나흘 후에 출발하면 되잖아?"

몸을 돌린 윤성일이 묻자 김가영이 머리를 저었다.

"싫어."

"왜?"

"이제 단 하루도 머물기 싫어."

"글쎄, 왜 그런 거냐고?"

윤성일이 묻자 김가영이 어깨를 늘어뜨리면서 외면했다. 그 순간 윤성일은 숨을 들이켰다. 김가영의 옆얼굴이 그림처럼 선명하게 드러났다. 창문을 통해 들어온 햇살이 반대 면을 비치면서 이쪽 윤곽이 눈앞에 펼쳐진 것이다. 콧날과 턱의 선, 그리고 목덜미에 난 솜털까지. 홀린 듯한 표정으로 그것을 보던 윤성일이 손을 뻗쳐 김가영의 뒤쪽 머리칼을 쥐었다. 김가영의 얼굴이 윤성일에게 향해졌고 햇살을 뒤로 받아 그늘이 졌다.

"넌 누구야?"

윤성일이 불쑥 그렇게 묻고 나서 심호흡을 했다. 가슴이 벅찼기 때문이다. 그때 김가영이 그늘진 얼굴 그대로 대답했다.

"바람이야."

"바람……."

윤성일이 이제는 김가영의 머리칼을 단단히 잡았다. 놓치지 않으려는 것 같다.

"넌 내 가슴 안에서 부는 바람이다."

다른 손으로 제 가슴을 짚으면서 윤성일이 말했다.

"빠져나가지 않을 거야."

"형, 안아줘."

그러면서 김가영이 먼저 몸을 붙였으므로 윤성일이 상반신을 껴안았다.

"내가 연락할게."

김가영의 귓불을 입술로 물면서 윤성일이 말했다.

"그렇지. 네가 도착한 다음날 만나자."

"어디서?"

한쪽 어깨에 대고 김가영이 물었을 때 윤성일이 잠깐 생각하다 대답했다.

"아무 데서나. 거긴 우리나라야. 비자 받지 않아도 다닐 수 있는 곳이라고."

비행기가 이륙할 때부터 윤성일은 잠만 잤다. 비즈니스 석은 넓고 쾌적하다. 다리를 쭉 뻗고 누우면 침대보다 더 안락하다. 지나던 스튜어디스가 담요를 덮어주었고 조명도 조절해주었다. 김가영이 티켓을 구하지 못한 것은 당연했다. 이코노미 석은 예약이 꽉 차 있었기 때문이다. 그러나 김가영은 윤성일이 비즈니스 석으로 돌아가는 것을 모른다. 윤성일이 운 좋게 이코노미 좌석표를 구한 줄로만 아는 것이다. 다섯 시간 동안 잠만 자면서 윤성일은 꿈을 꾸었다. 비행기의 은은한 엔진음과 진동, 통로를 조심스럽게 지나는 승무원들의 기척까지 다 들으면서 꾸는 꿈이어서 오히려 실제로 일어나는 상황처럼 느껴졌다.

"형, 가지 마."

김가영이 비바람을 맞으며 자신에게 소리치고 있다. 이곳은 미토의 갈대숲이다. 갈대숲에 선 김가영이 손을 뻗으면서 다시 소리쳤다.

"형, 내 손을 잡아줘. 내 다리가 움직이지 않아!"

"넌 이코노미 좌석표를 끊어서 그래!"

윤성일은 자신의 입에서 뱉어진 목소리를 제 귀로 듣고는 눈을 치켜 떴다. 왜 이러는가? 왜 생각도 없이 말이 나오는가? 그때 김가영이 두 손으로 얼굴을 가리면서 잠깐 흐느꼈다. 안타까운 윤성일이 다시 소리 쳤다.

"바람은 무슨 바람! 스치고 지나면 흔적도 없이 사라지는 바람이야!"

그 순간 윤성일이 자신의 입을 손바닥으로 막았다. 이것이 진심인가? 뇌에서 계산하지 않고 뱉어진 가슴의 목소리인가? 그때 김가영이 똑바 로 윤성일을 보았다. 어느덧 바람이 그쳤고 갈대숲은 곧게 서있다. 김가 영의 두 눈이 선명하다. 김가영이 말했다.

"형, 괜찮아."

그때 김가영의 얼굴에 웃음이 떠올랐다.

"나 갈게, 형."

김가영의 얼굴이 흐려지기 시작했다. 그러고 보니 다시 바람이 분다. 미토의 갈대숲이 흔들렸고 김가영의 얼굴도 흔들린다. 그 순간 김가영 의 목소리가 울렸다.

"사랑해."

그 순간 윤성일이 눈을 떴다. 이것이 꿈인 줄 알면서 꾸는 꿈이라 이쯤 해서 끝낼 작정을 한 것이다. 그것은 그 결말이 싫다는 의미가 되었다.

다음날 오전 9시 20분,

윤성일이 대일산업 회장실에 앉아 아버지 윤정수를 기다리고 있다.

윤정수는 아직 출근하지 않았지만 연락을 받은 비서가 안에서 기다리게 한 것이다. 소파에 등을 붙이고 앉은 윤성일이 방안을 둘러보았다. 넓다. 100평쯤 되는 방이다. 책상과 소파, 각종 집기는 호화롭게 번쩍였는데 모두 수입품이다. 벽에 걸린 괴상망측한 그림도 이태리의 유명한 화가작품으로 45억을 주고 샀다고 들었다. 그 전에는 25억짜리 그림이 걸려 있었는데 더 비싼 것에 밀려난 모양이다. 아버지는 그런 인품이다. 비싼 것을 제일로 친다. 거꾸로 말해서 돈 많은 놈이 제일이다. 권력도, 명예도 다 헛것이다. 금력이 가장 오래 지속되며, 안전하며, 방법에 따라 모든 것을 지배할 수가 있다고 가르쳤다. 고졸 학력으로 성남에서 복덕방 심부름을 하던 아버지는 부동산에 일찍 눈을 떴다. 그러고는 강남이 개발되기 전부터 돈을 끌어 모아 닥치는 대로 땅을 매입했다는 것이다. 그때는 강남의 과수원, 임야 가격이 평당 1천 원이었다고 했다. 이제 윤정수는 강남에 빌딩만 14동, 전국적으로 80여 개의 빌딩과 부동산 50여 만 평을 소유한 억만장자다. 윤성일이 형들의 대화를 얼핏 듣기로는 부동산 가치만 10조가 된다니 억대라면 모를까 그쯤은 계산불가다. 그때 방문이 열리더니 윤정수가 들어섰다. 65세인 윤정수는 건강한데다 몸 관리를 잘해서 50대로 보인다. 윤성일이 자리에서 엉거주춤 일어섰지만 본 척도 안 한 윤정수가 뒤를 따르는 박상호에게 말했다.

"좋아. 문 닫고 나가."

박상호가 허리를 꺾어 절을 하고는 그대로 몸을 돌려 방을 나간다. 윤정수의 수행비서. 48세로 20년 가깝게 윤정수를 모셔온 터라 분신이나 같다. 회사에서는 박 전무로 불리는데 작은 키에 살찐 체격이었지만 공처럼 잘 굴러다닌다. 윤정수가 소파로 다가와 털썩 앉더니 처음으로 윤성일을 노려보았다.

"앉아."

윤성일이 잠자코 자리에 앉아 윤정수의 시선을 맞받는다. 반년 만에 보는 아버지다. 제대하기 두 달쯤 전에 휴가를 나와서 누나 윤은지를 만나기로 한 약속장소에 갔더니 윤정수가 와 있었다. 윤은지가 모셔온 것이다. 그때 보고 처음이다. 그때도 20분 동안 잔뜩 야단만 맞고 끝냈다.

"너 지금 어디서 살아?"

불쑥 윤정수가 물었으므로 윤성일이 숨을 들이켰다. 예상했던 질문목록 1번이다. 대답도 준비해놓았다.

"마포의 오피스텔에서 월세로 살아요."

그 순간 윤정수가 자리에서 일어섰다. 윤정수는 키가 180센티는 되었고 적당히 살찐 체격이다. 형제 중에 윤정수의 체형을 닮은 것이 윤성일이다. 윤성일은 185센티에 85킬로였는데 두 형은 각각 175센티 안팎이었기 때문이다. 책상으로 다가간 윤정수가 서류봉투를 접더니 다시 소파로 돌아와 앉았다.

"너 배 변호사 만났지?"

불쑥 윤정수가 물은 순간 윤성일은 사태를 파악했다. 배영국 변호사는 검사장 출신으로 윤정수의 고문 변호사다. 윤성일이 눈만 껌벅이자 윤정수의 눈빛이 강해졌다.

"엄마 유산을 넘겨달라고 했다면서? 자 여기 있다, 자식아."

윤정수의 목소리가 더 높아졌다.

"그래, 그것 가지고 뭐 할 거냐? 아예 애비는 안 볼 작정이라면 그렇게 해. 이 애비 없는 호로자식 같으니."

"……."

"배 변호사가 어떻게 할 거냐고 묻길래, 내가 얼른 줘버리라고 했다. 가져가! 그리고 내 앞에 다시는 나타나지 말아, 이 자식아!"

숨을 들이켠 윤성일이 탁자 위에 놓인 서류봉투를 집었다. 봉투 안에 서류가 들어 있었기 때문에 꽤 묵직했다. 서류를 무릎 위에 올려놓은 순간 윤성일의 심장이 세차게 뛰기 시작했다. 이것이 어머니가 남겨준 유산인 것이다. 지금부터 12년 전, 어머니는 14살짜리 막내아들 윤성일을 두고 가는 것이 한에 맺혀 눈을 뜨고 세상을 떠났다. 암에 걸린 지 석 달 만이었다. 돈으로도 해결하지 못하는 일중의 하나가 인간의 생명이다. 갑자기 췌장암 말기 진단을 받은 어머니는 매일 밤 윤성일의 손을 쥐어야 잠이 들었다. 그리고 어머니의 장례식을 마치고 나서 유언과 유서가 공개되었을 때 네 자식 중에서 위의 형들과 누나가 펑펑 울었고 윤성일만 울지 않았다.

"너희들은 다 컸어. 하지만 막내 성일이가 불쌍해."

어머니가 녹음된 유언으로 말했다.

"성일이를 두고 가는 것이 미안해. 정말 미안해. 날 용서해라."

또렷한 목소리로 말한 어머니는 그동안에 모은 유산을 윤성일에게만 남겨 주었다. 강남의 2층 건물 하나와 일산의 임야 5백 평, 그리고 현금 8억 7천만 원이다. 모두 45억 가치의 유산이었는데 윤정수에 비하면 새 발의 피가 아니다. 코끼리와 참새 정도는 될 것이다. 그것을 윤성일이 지난번에 배 변호사에게 찾아가 내놓으라고 했던 것이다. 어금니를 문 윤성일이 엉거주춤 일어섰을 때다. 윤정수가 다시 소리쳤다.

"내가 일어나라고 안 했어! 앉아!"

자리에 앉은 윤성일에게 윤정수가 묻는다.

"너 내 말을 뭘로 들었어?"

"다 들었는데요?" 마침내 윤성일이 되물었다.

"다시는 나타나지 말라고 하셨잖아요?"

"뭐야?"

"안 나타날게요."

"이 자식이?"

윤정수가 눈을 부릅떴을 때였다. 심호흡을 한 윤성일이 말했다.

"난 엄마 모시고 살 테니까 잊어버리세요. 어머니 생신 때도 묘소에
나 혼자 갔더군요."

윤정수의 몸이 굳어졌고 윤성일이 말을 잇는다.

"참, 며칠 후에 누나가 다녀간 것 같고. 아버진 어머니 묘소를 5년째
그대로 놔두셨어요."

"……"

"이젠 저도 놔두세요. 난 그 집에 들어가기도 싫으니까. 내 짐은 버리
든지 누나 시켜서 보내든지 알아서 하시구요."

"아니, 이 자식이?"

"난 아버지의 재산 따위 눈곱만치도 관심 없어요. 난 공사장에서 일용
직을 해서라도 벌어먹고 살 자신이 있으니까요."

그러고는 윤성일이 서류를 들고 자리에서 일어섰다.

"저 갈게요."

하고 몸을 돌렸더니 뒤쪽에서는 숨소리도 들리지 않았다. 그렇지만
문을 열고 밖으로 나올 때까지 뒷머리 신경이 곤두서 있었다. 아버지가

뭔가를 집어던질 수도 있었기 때문이다.

　전화벨이 울렸을 때 윤성일은 먼저 벽시계부터 보았다. 오피스텔 방 안이다. 마트에서 사은품으로 받은 벽시계가 오후 4시 반을 가리키고 있다. 잠깐 잠이 들었던 터여서 윤성일이 탁자 위에 놓인 핸드폰을 들었을 때는 벨이 일곱 번 울린 후였다. 발신자 번호를 본 윤성일이 잠깐 망설였을 때 벨이 두 번 더 울렸다. 윤성일은 핸드폰을 귀에 붙였다.

　"여보세요."

　응답했을 때 곧 강희나의 맑은 목소리가 울렸다.

　"잘 다녀왔어?"

　"어딜?"

　했지만 윤성일의 머릿속이 분주하게 움직였다. 화살표가 빠르게 이동 한다. 아버지, 새어머니 오명화 그리고 강희나의 순서다. 그때 강희나가 큭큭 웃었다.

　"어디긴 어디야, 베트남이지? 스타일상 배낭여행인 것 같은데, 고생 좀 많이 했겠구만?"

　"그래 용건이 뭐야?"

　"오늘 저녁에 술 한 잔. 이본에서."

　"피곤해."

　"술 마시고 풀어."

　윤성일이 대답 대신 핸드폰을 귀에서 떼고는 심호흡을 했다. 그 순간 강희나의 얼굴이 눈앞에 떠올랐다. 칼을 대지 않았어도 독특한 미모, 육 감적인 몸매에 세련된 매너. 그리고 미국 유학을 마치고 귀국한 후에 대학원 석사과정의 지성. 거기에다. 윤성일이 다시 전화기를 귀에 붙였다. 강희나는 새어머니 오명화의 조카다. 언니 딸인 것이다. 그리고 그 부모가 누구인가? 골프장을 3개나 소유한 졸부다. 아버지 윤정수에게는 미치지 못하지만 같은 섬에서 사는 육식 공룡 가족처럼 느껴진다. 물론 윤정수는 티라노사우루스고, 강희나의 부모는 그보다 급수가 낮은 육식동물로 들개쯤 되려나?

"그럴 기분 아니니까 담에 보자."

윤성일이 말했더니 강희나가 바로 말을 받는다.

"그러지 마, 오빠. 오늘 같은 날 혼자 있으면 안 돼. 내가 분위기 맞춰줄게, 응?"

그 순간 윤성일은 어깨를 늘어뜨렸다. 아버지는 오늘 사무실에서의 사건을 다 오명화에게 말한 것이다. 그리고 오명화는 다시 그 이야기를 강희나에게……. 윤성일은 다시 핸드폰을 귀에서 떼었다. 그럴 만도 했다. 강희나를 소개시켜준 사람이 바로 오명화이기 때문이다. 이른바 정략적 주선이다. 격이 맞는 부류끼리. 티라노의 새끼와 들개 새끼의 결합. 물론 오명화는 윤정수의 동의를 얻었을 것이다.

짐을 찾은 김가영이 배낭을 어깨에 매었을 때 핸드폰에서 진동이 울렸다. 주머니에서 핸드폰을 꺼낸 김가영이 서둘러 귀에 붙였다. 윤성일이다.

"형, 나야."

"도착했어?"

"응, 방금 짐 찾았어."

"그럼 곧 나오겠네?"

"응."

대답했던 김가영이 눈을 크게 떴다.

"형은 어딘데?"

"나?"

하더니 통화가 뚝 끊겼으므로 김가영은 핸드폰을 쥔 채 발을 떼었다. 세관원은 쓱 시선만 줘도 밀수꾼을 안다. 세관원 옆을 지난 김가영이 입국장 대합실로 나왔을 때 바로 눈앞에 '김가영'이라고 쓴 골판지를 치켜든 윤성일이 보였다. 어디서 라면박스를 주워 펴고 안쪽에 사인펜으로 여러 번 그어서 쓴 이름인데 독특했다. 솔직히 제일 '거지' 같다는 표현이 맞을 것 같다. 그래서 얼른 눈에도 띈 것이다.

"아유, 창피해."

더구나 윤성일이 이산가족 찾는 동포처럼 절실한 표정을 짓고 있는 터라 다가선 김가영이 웃지도 못하고 말했다. 손을 뻗어 아직도 치켜들고 있는 골판지를 끌어 내린 김가영이 눈을 흘겼다.

"왜 나왔어?"

"심심해서."

김가영의 가방 하나를 받아 쥔 윤성일이 발을 떼면서 말했다. 사이공에서 출발하기 전에 통화는 했지만 공항에 마중 나오겠다고는 하지 않았다. 청사 앞 버스정류장에 선 윤성일이 손목시계를 보는 시늉을 했다. 오후 6시 반이다.

"어때? 같이 저녁 먹고 들어갈까?"

"형, 집에서 엄마가 기다려."

바짝 다가선 김가영이 윤성일의 손을 쥐었다. 손가락을 낀 김가영이 힘을 주었으므로 윤성일이 마주 잡았다. 어깨가 붙여졌고 바라보는 눈과 눈 사이가 20센티밖에 안되었다. 윤성일이 김가영의 눈동자에 박힌 제 얼굴을 보면서 물었다.

"여기서 키스 한 번 할까?"

"아서."

"뭐 어때?"

그러자 김가영이 어깨를 떼었지만 손은 풀지 않았다.

"보고 싶었어, 형."

"그럼 밤에는 나올 수 있어?"

"오늘은 안 돼, 형."

그러자 어깨를 늘어뜨린 윤성일이 길게 숨을 뱉었다.

"형, 오늘만 참아. 응?"

잡은 손에 다시 힘을 주고 김가영이 말했을 때 윤성일은 머리만 끄덕였다. 이제 시선이 떼어져서 앞쪽을 본다.

"형, 화났어?"

"아니."

"밤에 나갈게."

어깨를 밀면서 김가영이 말했더니 윤성일은 풀썩 웃었다.

"아냐, 괜찮아. 내일 만나."

"정말 괜찮아?"

"그렇다니까?"

그때 버스가 왔으므로 둘은 제각기 가방과 배낭을 집어 들었다.

그 시간에 윤은지는 작은오빠 윤수일과 변호사 사무실에서 마주앉아 있다. 윤수일은 서초구 구의원도 겸하고 있는 터라 형제 중 가장 바쁘다. 작년에 33세로 구의원에 당선된 윤수일은 최연소 구의원 기록까지 세워서 아버지를 기쁘게 했다.

"그럼 그 자식이 어머니 유산을 다 찾아갔단 말이지?"

윤수일이 묻자 윤은지는 먼저 한숨부터 뱉었다.

"아버지는 성일이하고 인연을 끊는다고 하셨대. 박 전무한테 앞으로는 성일이 이름도 꺼내지 말라고 하셨다는 거야."

"하긴 그놈이 그동안 아버지 속을 어지간히 썩였어야지."

했다가 윤수일이 정색했다.

"지금 그 자식 어딨냐?"

"오피스텔에 있는 모양인데 사흘 전부터 전화도 안 받아."

"엄마 유산은 다 가져갔고?"

"응, 배 변호사가 서류 다 넘겼대."

"그게 모두 50억쯤 되지?"

윤은지의 시선을 받은 윤수일이 혀를 찼다.

"자식, 돈이 필요하면 나나 형한테 말할 것이지 하필 어머니 유산을……."

"내 생각은 그게 아냐."

윤수일은 입을 다물었고 윤은지가 정색하고 물었다.

"오빠, 올해 어머니 제사 그냥 넘어간 것 모르지?"

"제사?"

되물었던 윤수일이 헛기침을 했고 윤은지가 말을 잇는다.

"6월 12일이었어. 그런데 성남댁 아줌마한테 물어봤더니 집에서 그냥 지나갔대. 성남댁은 제삿날을 알고 있었지만 아버지가 아무 말씀 안 하시고 새엄마한테 물어볼 수도 없고 해서 가만있었다는 거야."

"……."

"벌써 5년째야."

"……."

"그런데 성일이가 엄마 산소에 제삿날 다녀갔어. 난 나중에야 알고 엄마 산소에 갔더니 성일이가 다녀간 흔적이 있더라구."

"……."

"성일이는 그래서 아버지한테서 엄마 유산 가져간 거야. 어머니 제사도 안 지내는 아버지께 엄마를 상기시켜주려는 의도가 있었던 것 같아."

"그 자식이……."

어깨를 부풀렸다 내리면서 윤수일이 길게 숨을 뱉는다. 윤성일과 나이차가 8살이나 났지만 그래도 바로 윗 형이다. 어렸을 때는 윤수일이 챙겨주곤 했다. 큰 형 윤태일은 11살이나 차이가 나는데다 어머니가 돌아가시고 3년 만에 결혼을 하고 분가했기 때문이다. 이제는 윤수일도 결혼해서 분가한 터라 윤정수의 대저택에는 새어머니 오명화와 데리고 들어온 딸 전세희가 주인 행세를 하고 산다. 윤은지도 병원 일을 핑계로 대고 병원 근처의 아파트로 옮겨간 것이다.

"우리가 너무 소홀했어."

눈을 크게 뜬 윤은지가 한 마디씩 힘주어 말했는데 말끝이 떨렸다.

"성일이한테 말야. 생각해봐, 오빠?"

윤수일은 시선만 주었고 윤은지의 얼굴이 차츰 상기되었다.

"어머니 제사도 지내지 않는 아버지. 집에는 딴 여자와 데리고 들어온 딸이 주인 행세를 하고. 형들이나 누나는 제각기 제 가족, 제 일 때문에 전화나 한 통 제대로 해준 적 있어?"

"그 자식은 군대에 가 있었기 때문에……."

"제대한 지 석 달이 넘었는데 오빠는 걔한테 몇 번 연락했어? 몇 번 만났고?"

"야, 너도 알다시피 나는……."

"한 번도 안 만났지?"

"아니 그것이……."

"전화는?"

"몇 번 했는데 통화중이어서……."

그때 윤은지가 자리에서 일어섰다가 가방을 서둘러 열더니 손수건을 꺼내 눈물을 닦았다. 윤수일이 그것을 보더니 어금니를 물고 외면했다.

"엄마, 걔 지금 어딨어?"

하고 전세희가 물었으므로 오명화는 눈을 흘겼다.

"개가 뭐야, 이년아! 그렇게 이야기해도 못 고쳐?"

"둘만 있는데 어때?"

따라서 눈을 흘긴 전세희가 털썩 소파에 앉더니 두 다리를 주욱 뻗었다. 핫팬츠를 입은 터라 미끈한 다리가 통째로 드러났다. 어깨까지 늘어진 머리와 갸름한 얼굴. 이목구비가 서구적인 미인이다. 전세희가 앞에 앉은 오명화에게 다시 묻는다.

"엄마, 지금 뭐 해?"

"문자 읽는다."

핸드폰에서 시선을 뗀 오명화가 찌푸린 얼굴로 말을 이었다.

"희나가 세 번이나 연락을 했는데도 전화를 받지 않는다는구나."

"누가?"

했다가 전세희는 고쳐 묻는다.

"걔가?"

"이놈의 계집애가?"

이제는 정색한 오명화가 고쳐 앉았다.

"너 누구 닮아서 이 지랄이야? 응?"

"그야 엄마 닮았지? 봐."

턱을 치켜든 전세희가 대들었다. 과연 닮은 얼굴이다. 오명화 또한 갸름한 얼굴형에 큰 눈, 오뚝 선 콧날. 오히려 전세희보다 더 섬세한 용모였다. 그러자 어깨를 늘어뜨린 오명화가 주위를 둘러보았다. 한남동의 저택은 조용하다. 아래층에서 가정부 둘이 저녁 준비를 하고 있었는데 2층에는 부르지 않으면 출입금지인 것이다. 집주인 윤정수는 부산 출장을 갔기 때문에 건평 350평의 대저택에는 둘이 남았다. 주인 식구가 둘이라는 말이다. 저택 안에는 가정부 둘에 대문 옆 별채에 사는 조 씨 부부까지 고용원 넷이 상주했고 낮에는 운전사와 관리인이 근무한다. 전세희의 시선을 받은 오명화가 말했다.

"성일이가 제 엄마 유산을 내놓으라고 했다는구나."

이제는 전세희가 눈만 크게 떴고 오명화의 말이 이어졌다.

"아버지가 화가 나서 다 주신 모양이야. 한 50억쯤 되는 부동산인데 이젠 성일이하고 인연을 끊는다고 하셨어."

"그럼 이쪽도 끊어야지."

대뜸 전세희가 말하자 오명화가 노려보았다.

"뭘 끊어?"

"희나 언니 말야. 애써 붙여줄 필요 없잖아? 그까짓 50억 바라보고 희나 언니 붙여줄 거야?"

"이 기집애, 정말 나쁜 년이네?"

"나 엄마 딸이야."

"넌 겉만 나 닮았어. 다른 건 다 네 아빠야."

이제는 오명화의 말끝이 차가워졌다. 눈을 치켜뜬 오명화가 말을 잇는다.

"난 네가 그럴 때마다 정나미가 뚝뚝 떨어져. 네 아버지 생각도 나고……."

"그러라고 내가 일부러 그러는 거야."

오명화의 시선을 맞받으며 전세희가 말을 잇는다.

"그리고 죽은 아빠 자꾸 매도하지 마. 나도 여차하면 윤성일이처럼 유산 찾아가지고 나갈 수도 있으니까……."

"이 미친년이?"

쓴웃음을 지은 오명화가 눈을 가늘게 뜨고 전세희를 보았다.

"저것 봐. 꼭 제 아비 닮았어. 하지만 너는 성일이처럼 되진 않을 거다."

오명화가 한마디씩 또박또박 끊어 말한다.

"네 아비가 너한테 남긴 유산은 없어. 그리고 내 재산은 내 맘대로야. 알아, 이 미친년아?"

"아유, 정떨어져."

"넌 액운 덩어리야!"

머리를 저은 오명화가 길게 숨을 뱉고 나서 말했다.

"난 윤정수 씨한테 오고 나서 처음으로 내 가치를 알았어. 비록 고졸 학력에 불과한 날 이해해주고 내 능력을 발휘하게 해주었으니까."

"그보다는 돈이 한 90% 차지했겠지?"

"난 내 능력으로 10년 동안 150억에서 800억을 만들었어. 난 그것으로 족해. 윤정수 씨 재산까진 바라지 않아."

다부지게 말한 오명화가 웃음 띤 얼굴로 전세희를 보았다.

"너도 명심해. 우린 이런 대궐에서 살고 있지만 800억대 규모에서 놀 수 있을 뿐이야. 그런데도 넌 성일이 아빠의 10조 원대 거부의 딸 흉내를 내고 있단 말이지?"

"……."

"너 그러다가 내가 한 푼도 안 줄 수 있어. 이태원 클럽에서 서양 놈들하고 놀고 다니는 거 내가 모를 줄 알아?"

"또 정보원 고용했군."

그러자 오명화가 머리를 저었다.

"넌 구제불능이야."

"거긴 위선자야."

자리에서 일어선 전세희가 입술 끝을 올리고 웃는 시늉을 했다.

"돈 바라고 여기 들어온 주제에……. 뭐, 내 능력으로 800억을 만들었어? 내가 모를 줄 알고? 성일이 아빠가 다 뒤에서 도와준 걸? 나한테까지 거짓말하고 있어."

그러고는 몸을 돌렸으므로 오명화는 입을 벌렸다가 닫았다.

술잔을 든 박기춘이 윤성일을 보았다.

"네 새 엄마 사업은 잘 돼?"

"잘 되는 것 같더라."

한 모금에 소주를 삼킨 윤성일이 알코올 기운을 한숨으로 뱉었다.

"학원이 꽤 유명해."

새 엄마 오명화는 외국어 전문학원인 강남의 '대명학원' 이사장이다.

"나도 TV 광고 보았다."

머리를 끄덕인 박기춘이 붉어진 얼굴로 쓴웃음을 지었다.

"네 새 엄마 딸, 그 물건은 요즘도 이태원 다니나?"

"글쎄, 난 안 본 지가 꽤 되어서."

"내가 서너 달 전에 한남동 클럽에서 봤어. 흑인하고 같이 있더구만."

한 모금 소주를 삼킨 박기춘이 말을 이었다.

"제 버릇 개 못 준다. 걘 외국으로 나가든지 해야 돼."

윤성일은 잠자코 주위를 둘러보았다. 영등포의 포장마차 안이다. 오후 8시 반이어서 포장마차 안에는 손님이 꽉 찼고 소란스러웠지만 오히려 안정이 되었다. 때로는 시끄러운 분위기가 마음을 가라앉히기도 하는 것이다. 윤성일은 잠자코 빈 잔에 소주를 채웠다. 새 엄마가 집에 온 지 10년이 되었다. 윤성일이 16세가 되었을 때다. 그러나 대학 때 학교 근처에서 하숙을 했고 바로 군에 갔기 때문에 같이 산 기간은 3년쯤이나 될까? 하지만 세 살 아래인 새 엄마의 딸 전세희하고는 제대로 이야기를 나눠본 기억도 없다. 이쪽도 노골적으로 거부감을 보인 데다가 전세희도 만만한 성품이 아니었기 때문이다. 그래도 오명화는 꽤 노력을 한 것 같다. 하숙할 때 밑반찬을 들고 자주 찾아왔고 작년에 휴가를 나왔을 때는 강희나를 소개시켜주기까지 했으니까. 윤성일의 눈앞에 강희나의 모습이 떠올랐다. 처음 만났을 때의 장면이다.

"저기, 윤성일 씨?" 다가온 여자가 물었으므로 윤성일의 몸이 잠깐 굳어졌다. 불과 1초 정도의 짧은 순간이었지만, 인간은 그 시간에 10페이지가 될 만큼의 생각을 한다. 윤성일이 1초 동안 생각한 내용을 순서대로 기록하자면,

1) 이거, 어떤 년이지?
2) 혹시 입대 전에 갔던 룸살롱 아가씨?
3) 섹시한데.
4) 음, 젖가슴이 탱탱해. 실리콘은 아닌 것 같아.
5) 씨라고 했으면 학교에서 만난 애는 아냐. 이런 인물도 없었고.
6) 내가 건드렸던 애는 아니겠지?
7) 혹시 아버지나 형 사무실 직원?
8) 아니, 근데 그 여자가 왜?

대략 이 정도였던 것이다. 이때까지 딱 1초가 걸렸다. 어쨌든 윤성일의 눈동자가 흔들렸다. 그때 여자가 말했다.

"나 거기 엄마 심부름 왔어."

그 순간 윤성일의 어깨가 늘어졌다. 그 여자란 새 엄마 오명화를 말한다. 여기에서 새 엄마를 만나기로 한 것인데 이년이 대신 심부름을 왔다는 것이다. 여자가 앞쪽 자리에 앉더니 손바닥으로 얼굴에 부채질을 하는 시늉을 했다.

"아, 더워. 여긴 에어컨도 안 트나?"

7월초라 비교적 선선한 편이었다. 그런데 이년은 덥댄다. 종업원이 다가오더니 여자의 눈치를 보았다. 감히 주문하라고 말을 못 하는 것 같다. 그만큼 포스가 느껴지는 여자다. 이곳이 압구정동인데도 그렇다.

'수틀리면 확 이 빌딩 사버릴까?'

하고 내뱉을 만한 포스.

'그리고 널 해고시키고 이 빌딩까지 그냥 내다버릴 거야!'

하는 강렬한 포스가 여자의 비싸 보이는 분위기에서 철철 넘치고 있는 것이다.

"나는 아이스티 주세요."

여자가 던지듯 주문했다. 그때서야 종업원이 눈을 깜빡이자 여자가 덧붙인다.

"코냑 두 스푼만 넣어줘요."

"네에?"

하고 종업원이 비명처럼 되물었을 때 윤성일이 헛기침을 했다.

"코냑 없으면 소주 한 잔 넣어도 돼요."

이제는 종업원의 눈동자가 초점을 잃었으므로 윤성일이 해결했다.

"그냥 아이스티로 가져와요."

종업원이 몸을 돌렸을 때 여자가 피식 웃었다.

"나 강희나라고 해. 거기 새 엄마가 내 이모야. 울 엄마 동생인 거지."

"……."

"거기 의붓동생 전세희가 내 외사촌동생이 되고……."

그러고는 여자가 가방에서 봉투를 꺼내 윤성일 앞에 놓았다. 꽤 두툼한 봉투다.

"1천만 원이야. 이모가 갖다 주라고 했어."

"……."

"거기 기분 괜찮다면 내가 테이트 상대 해줘도 돼. 이것도 이모 부탁이야."

그때 윤성일이 머리를 끄덕이며 말했다.

"눈물겹도록 고맙다고 전해라."

"집에 한 번은 들어왔다 가라고 했어."

"그건 내가 알아서 할 것이고……."

"어때?"

하고 강희나가 똑바로 시선을 주었으므로 윤성일은 심호흡을 했다. 매력 있는 년이다. 쓸데없는 반발심은 버리자. 그건 유치뽕이다. 점잖게 성의를 받아들이는 것이 원원이다. 더구나 너는 넉 달 반이나 굶지 않았냐? 현재 마스터베이션으로 손바닥에 물집이 생길 정도다, 이 병신아. 이번에는 그것이 1초 동안에 다시 윤성일의 머릿속에서 뒤죽박죽으로 떠오른 생각이다.

"어디 갈래?"

박기춘이 묻는 소리에 윤성일은 생각에서 깨어났다.

"내가 갈 데가 어딨어?"

대답은 그렇게 해놓고 손목시계를 보았더니 오후 9시 반이다. 그때 박기춘이 말했다.

"그럼 애들 오라고 하지 뭐?"

박기춘의 아버지는 제분회사 회장이다. 상장회사는 아니지만 박기춘에게 300억쯤 유산이 떼어진다는 것이다. 위로 회사 일에 열심인 형이 있어서 제분회사는 상속받지 않겠다고 했다. 핸드폰을 꺼낸 박기춘의 통화 내용은 한쪽만 들렸지만 분위기가 다 파악되었다.

"어, 난데. 올 때 네 친구 하나 데리고 와."

"누구냐고? 성일이야. 그러니까 알아서 챙겨와."

"그럼 10시에 루비에서 보자. 우리가 먼저 들어가 있을게."

이렇게 이야기를 세 번 주고받음으로써 끝났다. 이것은 작업도 아니다.

"언니, 시계 정말 예뻐."

손목에 찬 시계를 보면서 김윤영이 활짝 웃는다. 알바를 마치고 늦게 돌아온 김윤영에게 김가영이 사온 시계를 준 것이다. 면세점에서 50불을 주고 산 시계다. 18평형 아파트는 아늑하다. 거실에 앉은 둘에게서 오른쪽 세 발짝쯤 거리는 현관이고 왼쪽으로 두 발짝 정도 떨어진 주방에는 어머니 정민옥이 김가영이 좋아하는 야채샐러드를 만들고 있다가 말했다.

"네 언니가 나한테도 실크스카프하고 시계를 사왔단다."

"그래? 어디? 어디?"

눈을 동그랗게 뜬 김윤영이 묻자 정민옥이 활짝 웃었다.

"저기 TV 옆에 있다."

김윤영이 TV 옆으로 달려갔는데 한 발짝만 뛰면 되었다. 시계와 스카프를 번갈아보는 김윤영에게 정민옥이 말했다.

"게다가 언니가 돈을 300불이나 남겨왔단다. 그걸로 네 실습비 내면 되겠다."

"정말?"

놀란 김윤영이 손에 쥔 스카프와 김가영의 얼굴을 번갈아 보았다.

"돈까지 남겨왔어? 도대체 거기 물가가 얼마나 싼 거야?"

김가영은 웃기만 했으므로 정민옥이 거들었다.

"네 언니가 본래 깔끔하잖니? 자, 야채샐러드 먹자."

김윤영이 샐러드를 보고 탄성을 질렀으므로 김가영은 어깨를 늘어뜨렸다. 돈을 300불이나 남기면서도 하룻밤 550불짜리 스위트에서 이틀 밤이나 자고 특급열차 특실에다 185불짜리 식사를 했다고 하면 둘 다 까무라칠 것이었다. 샐러드를 먹던 김가영의 시선이 다시 벽시계로 옮겨졌다. 밤 10시 10분이다.

방으로 들어선 두 여자 중 앞장선 조유미는 박기춘의 애인이다. 윤성일의 시선이 뒤쪽 여자에게로 옮겨졌다. 여자도 당당하게 윤성일의 시선을 받는다.

"하이!"

조유미가 그렇게 아는 체를 했으므로 윤성일이 시선을 떼었다.

"웰컴!"

"응, 너구나."

하고 박기춘이 뒤쪽 여자를 맞는다. 안면이 있다는 표시다. 미끈한 여자다. 전체적으로 다 미끈하다. 얼굴도, 몸매도 쭉쭉빵빵이다. 자세히 말하자면 얼굴형, 콧날, 입술선, 턱선, 가슴 볼륨, 다리와 엉덩이까지 다 그렇다. 그것은 조유미도 마찬가지. 특급 외모를 갖춘 선택된 종자들.

"앤 최희명이. 내 친구."

자리에 앉은 조유미가 그렇게 소개하자 윤성일이 받았다.

"반가워. 난 윤성일."

"자, 마시자."

하면서 박기춘이 술병을 들었으므로 소개가 끝났다. 자리에 앉을 때 이미 최희명은 윤성일의 옆자리에 앉은 상태.

"2차는 강릉에서 어때?"

술잔을 든 박기춘이 셋을 둘러보며 묻는다. 붉은색 조명을 받은 두 눈이 번들거리고 있다. 큰 키에 섬세한 용모여서 여자가 따르지만 감정의 기복이 심해서 불안정한 분위기를 조성한다. 박기춘이 안정된 상태를 유지하는 것은 윤성일과 함께 있을 때라고 자타가 공인한다.

"오케이!"

금방 조유미가 찬성했고 최희명이 머리를 돌려 윤성일을 보았다. 그것은 '난 좋은데 자기는 어때?' 라는 표시다.

"얀마, 내일 회사 안 나가?"

윤성일이 묻자 박기춘은 쓴웃음을 지었다.

"감기 몸살로 병원에 가는 거야."

박기춘은 대성제분 서울출장소 대리다. 물론 대성제분 사주는 박기춘의 아버지다.

"난 안 돼. 약속이 있어."

윤성일이 말하자 한 모금에 위스키를 삼킨 박기춘이 눈을 치켜떴다.

"약속은 개뿔! 내일 아침에 일찍 달려오면 되잖아? 자, 2차 가는 거다."

하긴 지난번 휴가왔을 때 서울에서 강릉까지 1시간 반에 주파했다. 새벽 3시에 출발했다가 4시 반도 안 되었을 때 강릉 톨게이트에 닿았던 것이다.

"오빠 차 그대로 벤츠야?"

조유미가 윤성일에게 물었을때 대답은 박기춘이 했다.

"아니, 이 자식이 계속 그놈만 타겠냐? 아우디로 바꿨다."

박기춘은 포르쉐다.

버튼을 누르고 난 김가영이 심호흡을 하고 나서 핸드폰을 귀에 붙였다. 화장실 안이다. 분위기가 안 맞지만 집안에서 적당한 장소는 이곳뿐이다. 신호음이 울리고 있다. 한 번, 두 번, 세 번. 심장박동이 점점 빨라지더니 여덟 번째 벨이 울렸을 때 김가영은 핸드폰을 귀에서 떼고 정지버튼을 눌렀다. 10시 반이다. 한동안 전화기를 내려다보던 김가영이 길게 숨을 뱉는다. 너무 늦은 시간인가 보다. 이 시간에 남자한테 전화 해본 적도 없는 김가영이다. 그때 밖에서 어머니와 김윤영의 웃음소리가 들렸다. 오늘 어머니의 분위기는 밝다. 그래서 냉장고에 오랫동안 들어 있던 소주병을 꺼내 소주 파티를 한다. 어머니의 소원은 딱 하나뿐이다. 두 딸이 대학을 졸업하는 것. 그러면 만사가 다 풀리는 줄로만 안다. 이윽고 김가영은 화장실을 나왔다. 어머니와 김윤영의 웃음 띤 얼굴이 김가영을 맞는다.

그 시간에 전세희는 홍대 근처의 룸카페에 들어가 있었는데 앞에 앉은 상대가 바로 강희나다. 위스키 한 병을 둘이 절반쯤 나눠 마신 터라 적당히 취기가 오른 상태. 둘은 방안에 들어와 있어서 술 따르는 소리도 들렸지만 밖은 소란하다. 플로어에 가득 찬 군상이 음악에 맞춰 몸을 흔들었고 괴성이 터지고 있다. 다른 때 같으면 둘은 밖의 테이블에 앉아 뭇 남자의 시선을 받으면서 즐겼을 것이다. 그런데 오늘은 제법 심각하다. 웨이터의 출입도 금지시켜놓았다.

"그래서……."

트림을 하고 난 전세희가 앞에 앉은 강희나를 보았다.

"그 자식이 전화도 안 했단 말이지?"

"얘!"

정색한 강희나가 전세희를 쏘아보았다.

"그 자식이 뭐니? 너 말 좀 조심해."

"하이구."

눈을 가늘게 뜬 전세희가 풀썩 웃었다.

"언니, 꿈 깨. 내가 왜 언니 만나자고 했는지 이야기 해줄 테니까."

빈 잔에 위스키를 채우고 난 전세희가 잔을 들고 강희나를 보았다.

"언니, 걔 이제 거지야."

강희나는 시선만 주었고 전세희의 말이 이어졌다.

"잘 들어."

하고 나서 전세희가 윤성일의 어머니 유산 찾아간 사건을 신나게 떠드는 동안 강희나는 차분한 표정으로 잔에 술을 채우고 마셨다. 이윽고 이야기를 그친 전세희가 호흡을 고를 때 강희나가 지그시 시선을 주었다.

"얘, 내가 전부터 궁금했었는데 이 기회에 물어봐야겠다."

"뭘 물어?"

술잔을 든 전세희의 두 눈이 번들거리고 있다. 둘은 서구적인 외모에다 화려함, 직선적인 성격까지 비슷했지만 다른 점이 있다. 강희나는 사려가 깊은 편이다. 그것은 어렸을 때부터 부모 슬하를 떠나 미국 생활을 했기 때문인지도 모른다. 팍팍거리는 내면에 용의주도함과 때로는 신중함이 자리잡고 있다. 전세희의 시선을 받은 강희나가 물었다.

"너 오빠, 그러니까 윤성일 씨 좋아하고 있지?"

그 순간 전세희가 3초쯤 뻥한 표정으로 강희나를 보았다. 입을 절반쯤 벌린 채 눈동자의 초점은 멀다. 그렇게 몸을 굳히고 있다가 어깨를 늘어뜨렸다.

"미치겠네……."

하고 한숨과 함께 말을 뱉었을 때 강희나가 한 마디씩 차분하게 말했다.

"내가 보기엔 네가 그 정도로 성일 씨한테 원한을 품을 이유가 하나도 없어. 넌 분명 호감을 위장하고 있는 거야."

"돌겠네……."

"하긴 너하고 윤성일 씨는 남남이지. 연애해도 전혀 문제가 안 돼."

"언니!"

마침내 전세희가 눈을 치켜뜨고 소리쳤지만 강희나가 쓴웃음을 지었다.

"아마 그 감정의 시작은 꽤 오래된 것 같다는 생각이 들어. 그래서 네 위장의 강도도 그렇게 강해진 거야."

"잘해 봐."

소리 나게 술잔을 내려놓은 전세희가 강희나를 노려보았다.

"울 엄마처럼 날 아주 화냥년을 만들지 그래?"

"넌 착한 애야. 내가 잘 알아."

강희나가 전세희의 빈 잔에 술을 채우더니 제 잔에도 술을 따랐다.

"난 성일 씨가 한 푼 없는 백수라도 좋아. 내 유산만으로도 충분해."

술잔을 든 강희나가 한 모금에 술을 삼키더니 입을 벌리고 더운 숨을 뱉었다. 루주를 바른 입술이 마치 피를 마신 것처럼 더 붉어졌다. 강희나가 똑바로 전세희를 보았다.

"세희야, 가슴을 열고 네 오빠 아니, 윤성일 씨를 봐. 자꾸 그러면 너 병나."

전세희는 한 살 아래인 스물셋이었지만 어렸을 때부터 강희나가 언니 노릇을 톡톡히 했기 때문에 질서가 잡힌 관계다. 물론 강희나 집안 분위기도 일조를 했을 것이다. 아버지 전규식과 싸우고 나면 오명화는 전세희를 데리고 언니집으로 피신한 경우가 여러 번이어서 신세를 진다는 위축감, 그리고 강희나의 아버지 강만규는 해운회사 회장으로 재계순위 30위권 안에 드는 재벌이다. 기가 죽지 않을 수가 없다. 강희나의 시선을 받은 전세희가 이제는 정색하고 말했다.

"언니, 제발 오버하지 마. 언니 수준에서 날 평가하지 말란 말야. 난 단순하고 그 자식이 그냥 싫어. 우리 수준에는 그냥 싫으면 그냥 싫은 거라구. 바닥이 없단 말야."

"그 말 믿을게. 그치만 하나만 묻자. 너 한 번도 억지 쓴 적이 없니? 윤성일 씨, 네 오빠에 대해서 말야?"

"없어."

대번에 대답했던 전세희가 눈을 가늘게 뜨고 나서 다시 말을 이었다.

"같이 산 적이 몇 년밖에 안 되고 그동안 얼굴 맞대고 앉았던 적도 별로 없었으니까 말야. 그리고 보면 내가 그 남자 뒷담화만 한 셈이군 그래."

강희나가 다시 술잔을 쥐었다. 문득 윤성일의 얼굴이 떠올랐기 때문이다. 그날, 처음 만났던 날. 내가 데이트 상대를 해줘도 된다고 했을 때다.

"근데 너 몇 살이야?"

어깨를 늘어뜨린 윤성일이 물었으므로 강희나는 쓴웃음부터 지었다.

"에휴, 남자란……."

"남자가 왜?"

"나이, 고등학교 졸업년도, 학번, 군번까지 따져보고 사귄다면서?"

"너 근데……."

이맛살을 찌푸린 윤성일이 머리를 한쪽으로 기울였다.

"계속 그렇게 말 놓을래?"

"그러니까 얼른 계산이나 따져보잔 말이지?"

"그게 예의라니까 그러네?"

"웃겨."

"말 안 해?"

하고 윤성일이 눈을 치켜떴으므로 강희나가 의자에 등을 붙이고 말했다.

"한국식으로 08학번이다. 왜?"

"한국식?"

했다가 어깨를 편 윤성일이 강희나를 째려보았다.

"나보다 두 살 어리구만……."

"재수했어."

"웃기고 자빠졌네?"

"아유, 정말 이 남자 재수 없어."

강희나가 정색했을 때 윤성일이 길게 숨을 뱉는다. 어느새 놓여진 찻잔을 들고 강희나가 다시 윤성일의 옆모습을 보았다. 짧은 머리에 선이 굵은 용모, 햇볕에 그을린 피부는 윤기가 흐른다. 티셔츠 밑으로 빠져나온 굵은 팔, 체크무늬 셔츠에 진 바지의 사복차림이 잘 어울렸다. 재수했다는 건 거짓말이다. 미국에서 대학을 졸업하고 한국에 나온 지 1년

반, 지금은 대학원 석사과정에 있지만 공부를 계속할지 어쩔지는 아직 결정하지 않았다. 그때 머리를 든 윤성일이 강희나를 보았다.

"나하고 목포 갈래?"

"목포?"

이곳은 압구정동이다. 강희나는 목포가 마포 옆쪽쯤 있는 줄 알고 되물었다. 중학교 때부터 미국에 있었기 때문에 목포가 어딘 줄도 몰랐다.

"그래. 가보지, 뭐."

손목시계를 본 강희나가 말을 잇는다.

"가서 점심이나 먹으면 되겠네……."

오전 11시 반이었다.

속도계는 시속 155킬로를 가리키고 있다. 나란히 달리던 박기춘이 용인 근처에서 치고 나갔기 때문에 윤성일은 뒤로 처진 셈이다. 차는 방금 호법 인터체인지를 지났다. 밤 11시 반, 짙게 어둠이 깔린 고속도에는 차량 통행이 드문드문하다. 달리기에 적당했지만 윤성일은 이 속도를 유지하고 있다.

"오빠는 여자 두 번 이상 안 만난다면서요?"

옆자리에 앉은 최희명이 불쑥 물었으므로 윤성일이 눈만 크게 떴다. 물론 앞쪽을 향한 채다. 차 안에 엔진 소음이 적당하게 울리고 있다. 윤성일은 엔진음과 진동을 좋아한다. 그래야 자동차 같다는 것이다. 소리 없이 미끄러지는 차는 장의사 차 같다고 한다. 다시 최희명의 말이 차 안을 울린다.

"나 오빠 몇 번 봤어요. '런던'에서. 그리고 '로망'에서도."

"그으래?"

'으' 자를 길게 늘인 윤성일의 얼굴에 웃음이 떠올랐다.

"그럼 그때 데리고 다녔던 애들도 다 알겠구나."

"유진이 알죠?"

"모르겠는데?"

"아휴, 골 때려."

눈을 흘긴 최희명이 왼쪽 손으로 윤성일의 오른쪽 허벅지를 살짝 때렸다. 그래놓고 손바닥이 허벅지 위에 머물러 있다. 최희명이 말을 이었다.

"제주도 데리고 간 애 있잖아요? 작년에?"

"제주도 데리고 간 애가 하나둘인가?"

"미쳐."

"용모파기를 말해."

"쇼트커트 했고 갠 코를 잘못해서 너무 커. 글고……."

"아래쪽 얘기하면 직빵 아는데."

그 순간 최희명의 손이 허벅지를 꼬집었으므로 차가 불쑥 속력을 내었다. 엑셀을 밟았기 때문이다.

"오빠, 나도 그럴 거지?"

"뭘?"

"금방 잊어버릴 거냐구."

"아래쪽은 다 기억해."

그때 최희명의 손이 윤성일의 사타구니로 올라갔다. 그러더니 부드럽게 쓸어올린다.

"이것 봐라?"

윤성일의 얼굴에 웃음이 떠올랐다.

"한 번 해?"

"갓길에 세워, 오빠."

"좋지."

차가 갑자기 속력을 내었고 윤성일의 두 눈이 번들거렸다.

"응? 어디 가는 거야?"

차가 고속도로 톨게이트 앞에서 잠깐 멈춰 섰을 때 두리번거리던 강희나가 물었다.

"목포."

다시 액셀을 밟으면서 윤성일이 말했다.

"목포가 어딘데?"

"내비 찍어봐."

"말로 해."

평일 낮이어서 고속도로는 밀리지 않았다. 벤츠는 금방 160킬로까지 속력이 올라갔다. 강희나가 머리를 돌려 윤성일을 보았다.

"멀어?"

"너 진짜 말 계속 놓을래?"

"내 말 대답부터 해."

"전라남도 목포, 알겠나?"

"전라남도?"

"거기 어딘지 알지?"

"전라도야?"

"경상도 옆."

"그럼……."

"한반도 끝. 목포 앞은 남해 바다다."

"어머나."

벤츠의 속력은 180킬로까지 올라갔다가 앞에 차가 막혀서 툭 떨어졌다. 손목시계를 들여다보는 시늉을 하고 나서 강희나가 앞쪽을 향한 채로 묻는다.

"얼마나 걸려?"

"4시간 정도……."

"……."

"배고프냐?"

"……."

"곧 휴게소가 나와. 거기서 먹자."

"거기 목포라는 곳, 뭐 하러 가는데?"

"한국 끝이거든. 음식도 맛있고. 특히 회가."

"……."

"우선 끝까지 가보고 싶어. 아마 이 속도로는 3시간쯤 걸릴 수도 있겠는데."

속도계를 보았더니 다시 180킬로로 올라가 있다. 의자에 등을 붙인 강희나가 다시 묻는다.

"여자 만나면 이렇게 했니?"

"응."

너무 간단하게 대답하는 바람에 강희나가 머리를 돌려 윤성일을 보았다. 윤성일의 옆모습은 차분했다. 진지하다고 표현해도 좋을것 같았다.
강희나가 시선을 준 채로 물었다.

"어떻게 했는데?"

"그냥 호텔로 끌고 가는 거지 뭐?"

"……."

"참 그리고 보면 널 데리고 최장거리를 달려서 호텔에 들어가는 셈이
되겠다."

"……."

"지금까지 서울, 강릉이 최장거리였거든."

"모두 고분고분 호텔로 따라갔고?"

"응."

"나도 그러리라고 생각해?"

"아니?"

다시 강희나가 머리를 돌려 윤성일을 보았다. 그때 윤성일이 힐끗 시
선을 주었는데 웃음을 띠고 있다.

"난 너하고 잘 생각 없어."

"누가 자주기나 한대?"

"근데 네 이모, 뭐라고 하면서 널 나한테 보낸 거냐?"

어느덧 차의 속도가 120킬로로 내려와 있었으므로 강희나는 심호흡
을 했다. 정말 미친놈은 아닌 것 같다.

갓길에서 차를 멈춘 윤성일이 머리를 돌려 최희명을 보았다. 룸 라이
트를 꺼놓았지만 계기판의 불은 명멸하고 있다. 가는 불빛에 반사된 윤

성일의 눈동자가 반짝이고 있다.

"오랄 해줄래?"

"싫어."

"못 하는 거야? 아니면 싫은 거야?"

"더러워."

"그럼 네가 위에서 해."

"싫어."

"꽤 까탈스러운 애네."

"오빠가 위에서 해."

그때 윤성일이 차 문을 열면서 말했다.

"소변 좀 보고."

"어디에서?"

최희명이 물었지만 윤성일은 대답하지 않고 차 밖으로 나왔다.

목포에 도착했을 때는 오후 4시 반이다. 도중에 사고차량 때문에 길이 막혀서 5시간이 넘게 걸린 것이다.

"와, 바다다!"

바다를 본 강희나가 차창을 열고 입을 딱 벌렸다. 바다 공기를 들여마신다는 시늉인데 비린내를 맡고 나서는 얼른 창문을 닫는다. 벤츠는 이제 해변도로를 달려가고 있다.

"저기 봐. 고깃배!"

하고 강희나가 다시 창문을 내렸을 때 윤성일이 입맛을 다셨다.

"그건 고깃배가 아니야. 모래채취선이다."

"모래채취선이 뭔데?"

"말 그대로 모래를 파 올리는 배야."

"어떻게 그렇게 잘 알아?"

"여기서 내가 막노동을 했거든."

"여기서? 막노동?"

"군대 가기 전에."

그러고는 윤성일이 입을 딱 닫았으므로 강희나가 어깨를 부풀렸다가 말했다. 윤성일이 차를 세운 곳도 바닷가 호텔이다. 특급호텔이었는데 윤성일이 강희나를 바라보며 말했다.

"틀림없이 방 없다고 할 거다."

강희나의 시선을 받은 윤성일이 목소리를 낮췄다. 뒤에서 종업원이 따라오고 있었기 때문이다. 둘이 빈손이었는데도 그렇다. 버릇이 된 것 같다. 과연 둘이 다가오는 것을 노려보던 프런트 직원이 방이 있느냐는 윤성일의 말이 떨어지기가 무섭게 말했다.

"방이 없는데요, 손님."

"스위트는?"

이쪽도 그럴 줄 알고 있었다는 듯이 묻자 종업원의 시선이 옆에 선 매니저에게로 옮겨졌다. 강희나는 둘의 시선이 부딪친 순간 섬광이 번쩍이는 느낌이 들었다. 그때 직원이 윤성일을 보았다. 정중한 표정이었지만 콧구멍이 조금 넓어졌다.

"예, 스위트는 있습니다. 손님."

"그럼 키를 줘요."

"하루 숙박비가 125만원입니다, 손님."

그러자 윤성일이 가슴 주머니에서 봉투를 꺼내더니 5만 원권 뭉치 하나를 뽑아 앞에 놓았다. 강희나한테서 받은 돈이다.

"하루 숙박비로 이거 디포지트 합시다."

직원과 매니저의 시선이 돈뭉치에 꽂히더니 동시에 윤성일에게로 옮겨졌다. 직원은 낭패한 표정을 숨기지 못했지만 나이 든 매니저는 나았다. 직원 대신 매니저가 말했다.

"알겠습니다. 제가 방으로 모시지요."

스위트의 방에 둘이 남았을때 강희나가 물었다.

"졸부 놀음. 재밌어?"

"그래, 이 맛에 돈 버는 거야."

웃지도 않고 말한 윤성일이 소파에 앉아 다리를 길게 뻗었다.

"이게 싫다는 놈은 내 기준으로 보면 정신이상자지."

"그런데 여기서 막노동을 했다구? 어떤 일인데?"

"배도 탔고, 공사장 막일, 시장 청소원, 경비원, 그리고 룸살롱 웨이터도 했고……."

"거짓말."

눈을 치켜뜬 강희나가 목소리까지 달라졌다.

"거짓말이지?"

"반년 굴렀다. 그랬더니 험한 세상 견딜 수 있겠다는 생각이 들더라."

"도대체 왜?"

"바닥까지 가봐야 돈 쓰는 재미가 더 붙는 거다. 그래서 난 언제든지 뛰어내릴 준비가 되어 있어."

그때 강희나는 윤성일의 두 눈이 번들거리는 것을 보았다. 바로 그 순간 그녀의 심장박동이 빨라졌으며 목이 메었다. 그 이유를 지금 생각해도 알 수가 없다.

위스키를 한 모금에 삼킨 강희나가 전세희를 보았다.

"내가 어렸을 때 널 봐서 잘 알아."

"중학교 때?"

쓴웃음을 지은 전세희가 머리를 저었다.

"그때하고 달라, 언니."

"넌 수줍음 많고 예민했어."

"지금하고 정반대구만."

"천성은 변하지 않는 거야."

"울 엄마 생각하고는 다른 것 같은데."

그때 강희나가 손목시계를 보았다. 11시 20분이 되어가고 있다.

"지금 시계 몇 번째 보는 줄 알아?"

정색한 전세희가 묻더니 제가 대답했다.

"10시 반부터 다섯 번째야. 10분에 한 번 꼴로 보고 있다구."

"그런가?"

강희나가 입끝을 올려 웃었다.

"넌 내가 시계를 보는 횟수를 세어보고 있었구나."

"뭐 어지간해야지. 누구 기다려?"

"그런 거 없어."

"순진한 건 언니야."

"뭐?"

"이건 내 추측인데."

술잔을 든 전세희가 지그시 강희나를 보았다.

"걔가 돌아왔다는 말. 엄마한테서 들었지?"

"또 소설 쓴다."

"논픽션이야."

"너 자꾸 걔, 걔 하지 마. 거슬려."

정색한 강희나가 전세희를 보았다.

"오빠 소리가 거북하면 윤성일 씨라고 이름을 불러. 억지 부리지 말고."

"억지?"

했다가 전세희가 소파에 등을 붙였다. 시간이 지날수록 밖의 소음은 더 커졌다. 안은 여전히 조용했지만 진동은 막지 못한다. 소파가 진동으로 흔들리고 있다. 그때 강희나가 말을 이었다.

"그래, 이모가 나한테 윤성일 씨 왔다고 연락해주었어."

"……."

"다른 이야긴 안 했고 그냥 시간 나면 연락이나 해보라고 하더라."

"……."

"그래서 문자 보냈더니 연락도 없네."

"그래서 자꾸 시간 보는 거야?"

"늦어서 그래. 엄마한테 일찍 들어간다고 했거든."

그때 전세희가 퍼뜩 시선을 들었다가 내렸는데 그 시늉의 의미는 뻔했다.

"언니는 진짜 윤성일을 좋아하는구나."

이제는 차분해진 표정으로 전세희가 강희나를 보았다.

"그것도 감추지도 못할 만큼. 그렇지?"

"내 성격 탓이야."

"근데 왜 나를 끌어들여? 내가 라이벌로 느껴져?"

"예감이지."

"예감 좋아하네."

눈을 좁혀 뜬 전세희가 지그시 강희나를 보았다.

"언니, 윤성일 만난 지 1년 가깝게 되었지?"

"8개월. 하지만 군에 가 있었기 때문에 만난 건 네 번밖에 안 돼."

"세어봤네."

"당연하지. 숫자가 많다면 모르지만."

고분고분 대답했던 강희나가 이제는 전세희와 같은 표정이 되었다. 그러나 초점이 멀다.

"놀랬는데?"

면회소를 들어선 윤성일이 다가오며 말했다. 강희나는 다가오는 윤성일을 보았다. 눈을 좁혀 뜨고 있는 것이 마치 눈이 부신 것 같은 모양이다. 옆쪽 면회 테이블에 둘러앉은 서너 팀의 가족이 일제히 이쪽에 시선을 주는 바람에 주위가 잠깐 조용해졌다. 백령도의 해병대 면회소 안이다. 앞쪽 자리에 앉은 윤성일의 얼굴에 희미하게 웃음이 떠올랐다.

"야, 네 덕분에 내가 1박 먹었다."

"무슨 말이야?"

"외박 허가를 받았다구."

"외박?"

"부대 밖에서 자는 거."

"여기?"

하면서 주위를 둘러보는 시늉을 한 것은 백령도 안이냐는 뜻이다.

"아, 당연히 백령도 안이지."

"잘 데가 어디 있어?"

"많아."

그러더니 윤성일의 눈썹이 좁혀졌다.

"근데 갑자기 웬일이냐? 임신이라도 한 거냐?"

"이 남자 미쳤나 봐. 임신은 입으로 하니?"

눈을 흘긴 강희나가 가져온 음식을 탁자 위에 펼쳤다. 윤성일을 두 번째 만나는 날이다. 첫 번째는 마포 옆의 목포에 가는 줄 알고 전라남도 목포에 갔을 때. 그날 바닷가 호텔 스위트에서 자고 다음날 오전에 상경했지만 사고(?)는 일어나지 않았다. 소문과 다르게 윤성일이 전혀 찔벅대지 않기 때문이다. 저녁에 바닷가 횟집에 가서 술을 억수로 마시고 돌아왔기 때문인지도 모른다. 그러나 강희나에게는 꽤 좋은 추억이었다. 그것이 이렇게 백령도까지 찾아오게 된 동기부여를 했을 것이다. 윤성일은 걸신이 들린 것처럼 한 손에 통닭, 다른 손에는 김밥을 들고 먹는다. 보다 못한 강희나가 생수병 마개를 따서 내밀었지만 머리를 흔들었다. 입안에는 음식이 가득 채워져서 말도 못한다.

"어유, 돼지 같애."

말 못 하는 동안에 찔러보려고 강희나가 대놓고 말했다.

"좀 씹고 삼켜. 먹는 게 악어 같네."

하지만 속은 반대다. 해병대 군복을 입은 윤성일의 모습을 본 순간 숨을 멈출 만큼 감동을 받은 것이다. 군복은 용기와 힘, 남성의 상징이기도 하다. 거기에다 윤성일의 머리 위쪽에는 '절제'의 후광이 빛나고 있는 것처럼 느껴졌다. 그야말로 순식간에 통닭 한 마리, 김밥 세 줄, 만두 2인분을 먹어치운 윤성일이 집다가 떨어진 만두 한 개를 아쉬운 표정으로 바라보고 있을 때 강희나가 물었다.

"외박한다며?"

오후 2시 반밖에 안 되었다.

그날 밤, 바닷가를 돌아다니다가 식당에 들려 회와 술을 마셨는데 윤성일이 오늘은 조금밖에 마시지 못했다. 강희나가 기를 쓰고 못 마시게 했기 때문이다. 그래서 자려고 민박집 방안에 들어섰을 때는 멀쩡했다. 너무 멀쩡해서 자다가 금방 깬 사람 같았다. 오후 9시 반쯤밖에 안 되었다. 군복 상의를 벗으면서 윤성일이 강희나를 바라보며 웃었다.

"저것 봐."

턱으로 문 쪽을 가리킨 윤성일이 말을 잇는다.

"주인 부부가 지금 뒤채로 옮겨가고 있잖아? 그것도 우리더러 보라고 수선을 떨면서 말아?"

"……."

"그건 무슨 의미겠냐? 맞춰 봐."

"얼른 씻기나 해."

"그건 우리가 마음 놓고 소리 지르고 섹스를 해도 된다는 서비스다. 군민(軍民)이 호흡이 맞는 거지."

118

"더운 물 나온다고 했어."

"너 섹스할 때 소리 많이 내는 편이야?"

"아유, 이 저질!"

눈을 치켜떴던 강희나가 몸을 돌리면서 말했다.

"내가 먼저 씻을 테니까 거기서 혼자 중얼거리고 있어."

소변을 보고난 윤성일이 주머니에 넣어둔 핸드폰을 꺼내 들었다. 전원을 켜자 곧 통화내역이 주르르 떴다. 부재중 통화가 네 번. 강희나가 두 번, 김가영이 두 번이다. 강희나는 이틀 전 오후 4시에 한 번, 오늘 4시에 한 번을 했고, 김가영은 오늘 오후 10시 반, 10시 40분에 했다. 핸드폰 위쪽에 현재 시간이 깜박이고 있다. 11시 30분, 핸드폰을 진동으로 해놓아서 김가영의 신호는 듣지 못했지만 강희나의 연락은 보면서도 받지 않았다. 한동안 통화내역을 바라보던 윤성일이 메시지 버튼을 누르고는 김가영의 번호를 올려놓았다. 옆쪽으로 트럭 한 대가 맹렬한 기세로 스치고 지나는 바람에 옷자락이 펄럭였다. 윤성일이 문자 버튼을 차분하게 누르기 시작했다.

"자고 있을 것 같아서 문자 보내. 네 전화 못 받아서 미안."

윤성일이 잠깐 멈춰 거짓말을 궁리하고 나서 문장을 이었다.

"나도 피곤해서 자고 있었거든. 그래서 잠깐 지금 깨어나서 읽고 문자 보낸다."

깊은 밤이다. 이곳은 문막 근처쯤인데 차량 통행이 드물다. 윤성일이 다시 글을 잇는다.

"잘 자. 내일 전화할게."

그러고는 송신 버튼을 누르고 나서 전원을 껐다. 김가영이 깨어 있다가 전화라도 걸어오면 낭패이기 때문이다.

　윤성일의 예상이 맞았다. 진동으로 떠는 핸드폰을 켜고 문자를 읽고 난 김가영이 자리에서 일어섰다. 김윤영과 같은 방을 쓰는 터라 핸드폰을 쥔 김가영이 문으로 다가갔다. 그때까지 책상에 앉아 리포트를 쓰고 있던 김윤영이 머리를 돌려 김가영을 보았다. 시선이 마주치자 김윤영이 말했다.
　"언니 고마워."
　그냥 웃어 보인 김가영이 거실로 나와 핸드폰을 켰다. 윤성일의 번호가 드러났고 통화 버튼을 누르자 곧 안내 음성이 들렸다.
　"전원을 꺼놓았습니다……."

　"어머."
　윤성일이 욕실 안으로 들어서자 놀란 강희나가 손으로 젖가슴과 아래쪽 골짜기를 가렸다. 샤워기 밑에 서 있었기 때문에 물이 어깨 위로 쏟아지고 있다. 강희나는 알몸이다. 불빛에 비친 알몸이 눈에 부신 듯이 윤성일은 눈을 가늘게 뜨고 다가온다.
　"저리 가!"
　몸을 돌리면서 강희나가 소리쳤지만 윤성일은 얼굴을 펴고 소리없이 웃는다. 윤성일도 알몸인 것이다. 다가온 윤성일이 강희나의 알몸을 껴안았다. 뒤에서 부둥켜안은 셈이다. 이제 둘은 샤워기의 물을 함께 받는다. 두 알몸 위로 샤워기의 물이 쏟아져 내리고 있다. 윤성일이 몸을 웅크리고만 서 있는 강희나의 귀에 입술을 붙였다.
　"네 몸이 이렇게 잘 빠졌을 줄이야."

"싫어."

강희나가 몸을 비틀었는데 그것이 알몸의 마찰 효과를 내었다. 윤성일의 숨결이 뜨거워졌고 강희나는 눈을 감았다. 쾌락에 대한 기대가 치솟아 오르고 있어서 강희나는 아무것도 생각이 나지 않았다. 귓속으로 뜨거운 뱀이 기어 들어오는 것 같다. 온몸의 소름이 돋아났다가 뜨거운 기운으로 씻겨 내려간다. 그때 윤성일이 강희나의 몸을 돌려 세웠다. 그러자 이제 둘은 마주보고 선 자세가 되었다. 윤성일의 뜨거운 기둥이 다리 사이를 짓누르고 있었으므로 강희나는 저도 모르게 입을 벌렸다. 그때 입술에 윤성일의 입이 덮쳐졌다.

"언니."

전세희가 부르는 바람에 강희나는 생각에서 깨어났다. 눈동자의 초점을 잡은 강희나에게 전세희가 묻는다.

"윤성일 씨, 사랑해?"

"응."

바로 대답한 강희나가 전세희를 똑바로 보았다. 그러더니 얼굴을 펴고 웃는다.

"왜 놀라지 않니?"

전세희가 차분한 표정이었기 때문이다. 그러자 전세희가 따라 웃었다.

"그런 줄 알았기 때문이야."

"하긴……."

이제는 제가 손목시계를 보고 나서 전세희가 강희나를 보았다.

"지금 남자 부킹하면 안 되겠지?"

"물론."

"그럼 그냥 집에 가야 해?"

"오늘 너도 밀린 숙제 다 해서 개운할 것 같은데 부킹까지 해야 되니?"

"밀린 숙제라니?"

"윤성일 씨에 대한 네 감정 정리, 호칭 변경 그리고 내 감정 확인 말이야."

손가락을 꼽으며 말했던 강희나가 문득 머리를 들고 눈을 가늘게 떴다.

"보고 싶다."

그 시간에 김가영이 거실 소파에 앉아 문자를 작성하고 있다. 물론 수취인은 윤성일. 김가영이 한 자 한 자 꾹꾹 눌러서 쓴다.

"보고 싶어."

그 시간에 윤성일은 갓길에 세워놓은 아우디의 운전석에 오른다.

"왜 이제 와?"

기다리던 최희명이 물었는데 조금 토라진 표정이다.

"인마, 길가에 서서 대포를 쏠 수가 있니? 내려가서 쏘고 온 거야."

그러자 최희명이 피식 웃었다.

"밤에 누가 봐? 지나가느라고 바쁘지."

해놓고는 최희명이 스커트를 조금 치켜 보였다. 그 순간 윤성일이 숨을 멈췄다. 최희명은 노팬티인 것이다. 차 안은 어둑했지만 다리 사이의 검은 숲이 드러났다.

"오빠 나간 사이에 팬티 벗었어."

"어이구."

"내가 올라가?"

"잠깐."

윤성일이 상반신을 세우고는 최희명을 보았다.

"급한 일 때문에 돌아가야겠다."

놀란 최희명이 눈만 크게 떴을 때 윤성일이 차의 시동을 켜면서 말을 잇는다.

"내가 보상은 할게. 섹스는 서울 돌아가서 해도 되겠지?"

브레이크를 풀자 차가 천천히 움직였고 윤성일은 비상등을 껐다.

"괜찮지?"

하고 윤성일이 머리를 돌려 최희명을 본 순간이다.

"박삭!"

소리는 그렇게 들렸다. 크지 않았다. 대신 윤성일은 눈앞에 하얀 공간이 펼쳐지는 것을 보았다. 그의 몸이 허공을 날고 있었다. 끝없이 계속되는 것 같았다. 먼 곳에서 비명이 울리고 있었다. '무슨 일이지?' 하고 윤성일이 생각했지만 곧 흰 공간이 어두워지더니 그의 의식도 끊겼다

제3장

변신

오전 3시 반, 침대에 누워 있던 오명화가 전화벨 소리에 눈을 떴다. 옆에 누운 윤정수의 코고는 소리가 뚝 그친 것은 그쪽도 잠이 깨었다는 증거일 것이다. 집 전화다. 요즘은 집 전화번호도 잊어먹을 정도로 핸드폰이 분신처럼 사용되고 있지만 집 전화가 없는 대한민국 국민은 없다. 집이 있으면 당연히 집 전화가 있는 것이다.

"뭐야, 받아봐?"

오명화가 잠깐 망설였더니 윤정수가 눈을 감은 채 재촉했다. 전화벨은 여덟 번째 울리고 있다. 오명화가 손을 뻗어 흰색 전화기를 쥐었다. 가끔 이 전화로 윤정수에게 전화가 왔지만 이 시간에는 처음이다. 전화기를 귀에 붙인 오명화가 응답했다.

"여보세요."

"사모님, 저 박상호입니다."

공손한 사내 목소리가 들렸을 때 오명화는 말이 끝나기도 전에 전화기를 귀에서 떼며 대답했다.

"네, 잠깐만 기다리세요."

윤정수의 심복 박상호 전무다. 그만이 이 시간에 집 전화를 쓸 수 있을 것이다.

"자, 박 전무예요."

전화기를 건네주며 말했더니 윤정수가 일어나 앉으며 받는다. 이미 깨어 있었던 터라 얼굴에 긴장한 기색이 덮여졌다.

"응, 무슨 일이냐?"

전화기를 귀에 붙인 윤정수가 대뜸 묻자 박상호가 말했다.

"회장님, 사고가 일어났습니다."

박상호가 바로 말을 잇는다.

"성일이가 고속도로에서 교통사고를 당했습니다."

"……"

"중상입니다. 지금 원주병원에 입원해 있습니다만 생명에는 지장이 없다고 합니다, 회장님."

가장 중요한 부분을 먼저 말하고 난 박상호의 보고 속도가 잠깐 느려졌다.

"갓길에서 나오다가 뒤에서 달려오던 트럭이 들이받은 것입니다. 12시 경에 사고가 났는데 신원 확인에 시간이 걸려서 조금 전에야 연락을 받았습니다, 회장님."

"……"

"지금 제가 원주로 가고 있는 중입니다, 회장님. 다시 보고 드리겠습니다."

"알았다."

마침내 윤정수가 한마디 하고 전화기를 오명화에게 건네주었다.

오전 3시 45분, 서울지검 부장검사 윤태일이 손을 뻗어 침대 옆에 놓인 핸드폰을 쥐었다. 진동으로 떨던 핸드폰이 손 안에서 산 벌레처럼 꿈틀거렸다. 옆에 누운 아내 김미정은 세상 모르고 잔다. 잠이 많아서 미인이라고 제 입으로 말하는 인간이라 이상하지도 않다. 핸드폰을 귀에 붙이면서 윤태일은 이번에 맡은 대형 사기사건의 중요한 정보가 터졌을지도 모른다고 기대한다.

"여보세요."

응답했더니 대뜸 여자 목소리가 울렸다.

"오빠?"

이 시간에 오빠라고 부르며 전화할 여자는 윤은지뿐이다.

"어? 너 웬일이냐? 이 시간에?"

"오빠, 큰일 났어."

해놓고 윤은지가 징징 울었으므로 윤태일은 몸을 솟구쳐 일어나 앉았다. 그럼 아버지가?

"무슨 일이야?"

갈라진 목소리로 물었을 때 윤은지가 훌쩍이며 소리쳤다.

"성일이가 교통사고가 났대……. 고속도로에서……. 지금 원주병원에……."

아버지가 아니었다. 심호흡을 하고난 윤태일의 이마가 찌푸려졌다가 윤은지의 말이 계속되는 동안 어금니가 물려졌다. 오랜 만에 막냇동생

윤성일의 이름을 듣는 터라 생소했고 남의 일 같았다. 그래서 윤은지의
반응이 조금 어색했다. 윤은지의 말이 다 끝날 때까지 윤태일은 듣기만
했고 김미정은 깨어나지 않았다.

　오전 4시 15분, 고속도로를 달리는 차 안에서 박상호가 핸드폰을 귀
에 붙이고 말한다.
　"예, 사모님. 성일이하고 동승한 여자는 현장에서 사망했다고 합니다.
이건 사망 사고여서 벌써 취재기자가 다녀갔다고 합니다. 내일 아침에
보도가 될 것 같은데요……."
　뒷좌석에 등을 붙인 박상호가 말을 잇는다.
　"성일이 상태를 봐서 곧 서울 중앙병원으로 옮길 예정입니다. 그래서
현재 중앙병원 응급팀하고 앰뷸런스가 지금 원주로 내려가는 중입니다."
　"어쨌든 나도 지금 출발할 테니까요. 계속 연락을 해주세요."
　오명화가 말하자 박상호는 걱정스러운 말투가 되었다.
　"사모님, 그러지 않으셔도 되는데요. 중앙병원으로 오셔도 될 텐데요."
　"아뇨. 그럴 수 없죠. 그런데……."
　오명화가 차분해진 목소리로 묻는다.
　"그 사망했다는 여자. 누군가요?"
　"예, 조금 전 성일이와 함께 강릉으로 내려가던 친구하고 통화가 되었
는데요. 만난 지 몇 시간 밖에 안 되는 여자라고 했습니다. 성일이 친구
의 여자 친구가 데려온 아인데 22세, 전문대 휴학생이라고 합니다."
　"……."
　"그 가족한테도 연락이 되었다는데, 트럭의 과실로 사고가 난 것이니

만치 우리 측에서 책임질 일은 없을 것 같습니다."

"……."

"우리 신분을 알면 물고 늘어질 가능성이 있으니 사모님께서는 가급적 접근하지 않으셔도 됩니다. 원주에 오시면 주위에 직원들을 배치시켜놓겠습니다."

"알겠어요. 그럼 수고하세요."

"사모님께서 고생 많으십니다."

통화가 끊겼으므로 핸드폰을 귀에서 뗀 박상호가 앞쪽 운전석 옆자리에 앉은 사내에게 지시했다.

"그 여자애 가족은 철저히 차단시켜. 성일이 배경을 알면 손을 벌릴지 모르니까 말야."

"예, 전무님."

"회장님은 아직 들어오시지 않은 것 같다."

좌석에 등을 붙인 박상호가 길게 숨을 뱉고 나서 말을 잇는다.

"성일이가 계속 말썽이구만."

핸드폰을 쥔 김가영이 다시 위쪽의 시간을 보았다. 오전 6시 10분이다. 남녀 사이에서 이 시간에 전화를 한다는 것은 약간 미치거나 급한 스케줄 변경 따위의 이유가 있는 것이었다. 소리죽여 숨을 뱉은 김가영이 다시 눈을 감았다. 두 시간만 더 자자. 8시 반쯤 되었을 때 차분하게 연락을 하는 것이다. 그때는 핸드폰을 켜놓았겠지. 지금 이 시간에 문자를 보내는 것도 속 보이는 것이다. 늦게까지 공부를 한 김윤영이 고른 숨소리를 내면서 자고 있다. 집만은 조용하다. 김가영이 손바닥을 심장 위에 얹어 놓았다. 심장박동이 느껴졌다. 이 가슴의 박동이 그 사람, 윤성일 때문에 뛰는가? 그건 아니겠지. 하지만 윤성일의 입술이 젖꼭지를 물었던 쾌감은 지금도 선명하게 기억난다. 내 몸을 처음으로 가진 남자. 그 아픔, 그 뜨거운 숨결, 그 쾌락, 그리고 그때의 내 신음까지.

눈을 뜬 윤성일은 환한 빛살에 이맛살부터 찌푸렸다. 그 순간 외침소리가 귀를 울렸다.

"성일아! 나 누나야!"

윤은지다. 곧 손에 따뜻한 촉감이 잡혀지더니 흐린 눈앞에 영상이 떠올랐다.

"성일아! 정신 차렸어?"

그러고 보니 누나 목소리가 엄마를 닮았다. 그 순간 윤성일의 치켜뜬 눈에서 주르르 눈물이 흘러내렸다. 반듯이 누운 상태여서 눈물은 눈 끝에서 귀 쪽으로 흘러 내려간다.

"아이고, 이 자식아!"

눈물을 본 윤은지의 목소리에도 울음이 섞여졌다. 그때 형의 목소리가 울렸다.

"성일아, 나다! 형이야!"

큰형이다. 바쁜 큰형이 다 왔네. 근데 여긴 어디지? 아직 눈앞이 흐려서 윤성일은 검은 형체만 보일 뿐이다.

"아이고, 막냇삼촌!"

이것은 둘째형수, 둘째형 대신 형수가 나온 것 같다. 그때서야 흐린 영상이 선명해졌으므로 윤성일이 눈을 크게 떴다. 그 순간 온몸에서 고통이 전해졌다.

　오명화는 눈물겨운 가족 상봉의 현장에는 빠져 있었다. 대신 응급실 앞에서 박상호 전무, 원주병원장 고박사 그리고 원주로 달려온 서울 중앙병원의 응급처치 팀장 장 박사와 외과과장 유 박사에 둘러싸여 있었다.

　"지금 깨어난 것 같으니까 앰뷸런스로 옮기겠습니다."

　중앙병원 장 박사가 말하자 유 박사가 머리를 끄덕였다.

　"헬기는 장비가 부족해서 그냥 돌려 보냈습니다."

　중앙병원 원장 최 박사의 지시에 의하여 응급 헬기가 10분 전에 떴다가 되돌아간 것이다. 빨리 도착할 수는 있어도 장비가 부족하고 옮겨 싣는데 거추장스럽다는 이유였다. 물론 차로 내려온 두 박사팀이 헬기가 가버리면 할 일이 없다는 것도 이유 중의 하나가 될것이었다. 중앙병원은 앰뷸런스 3대, 의사 4명, 간호사 3명에 보조장비까지 가득 싣고 온 것이다. 머리를 끄덕인 오명화가 둘러선 박사들을 보았다. 오명화가 현장 지휘관인 것이다.

　"신세 잊지 않겠습니다. 잘 부탁드립니다."

　오명화를 둘러선 박사들이 일제히 머리를 숙였다. 윤성일의 상처는 대단했다. 갈비뼈 6대가 부러졌고, 왼쪽 팔과 오른쪽 다리가 골절되었으며, 내출혈에다 머리 왼쪽에 10여 개의 쇠와 유리 파편이 박혔다. 그러나 치명상은 넘겼다는 것이다.

　"엄마, 어떡해?"

　강희나가 이렇게 비명 같은 외침을 뱉은 것은 오전 8시 반이다. 지금 윤성일의 사고 소식을 전해들은 것이다. 물론 제보자는 전세희. 세상 모르고 자다가 조금 전에 어머니가 원주에 갔다는 이야기를 듣고 그때서야 진상을 알았다. 물론 오명화로부터 들었기 때문에 진상은 정확하게 파악되었다.

"중상이야?"

다시 소리쳐 물었더니 전세희의 차분한 목소리가 울렸다.

"응, 하지만 생명에는 지장이 없대. 병신도 안 되고. 지금 서울 중앙병원으로 이송 중."

"……."

"곧 내출혈 수술, 전치 2개월. 그것은 병원에 2개월 동안 자빠져 있어야 된다는 말씀."

"애!"

이제는 강희나의 목소리가 칼날처럼 날카로워졌다.

"너 그따위 말버릇 못 고쳐?"

"위대하신 윤성일 씨가 누구하고 사고를 낸 줄 알아?"

여전히 기세등등한 전세희의 말이 이어졌고 강희나는 숨을 죽였다.

"여자 하나가 옆자리에 타고 있었는데 현장에서 사망이야. 지금 시체는 원주에 있어."

"……."

"제 버릇 개 못 준다고 또 여자 꼬셔서 술 마시고 강릉으로 달리다가 사고가 난 거라구."

"지금 중앙병원으로 오는 중이야?"

전세희의 말을 자른 강희나가 묻더니 거칠게 통화를 끊었다.

아직도 전원이 꺼져 있었으므로 김가영이 이맛살을 찌푸렸다. 오전 8시 50분, 집 안에는 김가영 혼자뿐이다. 어머니는 빌딩 청소 일로, 김윤영은 학교에 갔기 때문이다. 머리를 한쪽으로 기울였던 김가영이 메시지 창을 펼쳤다. 곧 윤성일의 어젯밤 메시지가 선명하게 떠올랐다.

"나도 피곤해서 자고 있었거든. 그래서 지금 깨어나서 읽고 문자 보낸다."

그 밑에 또 있다.

"자고 있을 것 같아서 문자 보내. 네 전화 못 받아서 미안."

11시 30분, 11시 28분이다.

"지금도 자나?"

혼잣소리로 말한 김가영이 문자 버튼을 눌렀다. 윤성일에게 문자를 보내려는 것이다. 전원을 켜면 바로 읽겠지.

오전 11시 반, 중앙병원 특실은 대형 의료장비로 가득 차 있다. 의사 대여섯 명과 간호사 7, 8명이 지금 윤성일의 몸을 병상에 올려놓고 수술 준비를 하고 있는 중이다. 곧 이 대부대가 모두 14층 수술실로 내려가려는 것이다. 병상 주위에는 가족들이 몰려와 있어서 100평 가까운 특실도 좁아 보인다. 아버지 윤정수가 다가오자 윤성일은 시선만 주었다.

"걱정 말고 수술 잘 받아라."

윤정수는 조금 전에 이곳에 도착했는데 윤성일에게 처음 말하는 셈이다. 윤정수의 시선을 받은 윤성일의 눈썹이 조금 흔들렸다.

"네, 아버지."

그러나 표정 없는 얼굴로 윤성일이 그렇게 부른 순간이다. 옆에 서있던 오명화는 윤정수가 숨을 들이켜는 소리를 들었다. 그러나 뱉어진 말은 냉담했다.

"나쁜놈 같으니……."

중앙병원의 윤성일 일행 중에서 가장 존재감이 없는 인간을 꼽으라면 박기춘이다. 그러나 박기춘은 경찰 측에서 보았을 때는 가장 중요한 증인 격이어서 원주에서 중앙병원으로 옮겨올 때도 원주 형사가 둘이나 따라붙었다.

"이것 봐. 그 최희명이라는 여자. 만난 지 얼마 안 된단 말이지? 틀림없어?"

복도에 선 형사 하나가 미심쩍은 표정으로 묻자 박기춘이 눈을 치켜떴다.

"제 파트너가 증언했잖아요? 왜 자꾸 물어보시는 겁니까?"

"이봐, 자네도 생각 좀 해봐."

다른 형사가 바짝 다가붙더니 지그시 박기춘을 보았다.

"같이 타고 가다가 죽었는데. 여자 쪽 입장에서는 억울하지 않겠느냔 말야. 더구나 윤성일이가 이런 억만장자 자식이란 걸 알면 말야."

"억만장자 할애비라도 안 될걸요?"

분이 난 박기춘이 형사들을 노려보았다.

"그 사고가 성일이 잘못입니까? 트럭 운전사놈이 졸다가 들이받은 거 아닙니까? 돈 좀 있다고 해서 다 덤탱이 써야 하는 겁니까?"

맞는 말이다. 그러나 형사들 또한 산전수전 다 겪은 여우들이다. 둘은 제각기 외면했다.

눈을 뜬 윤성일은 한동안 눈을 껌벅여야만 했다. 눈앞이 뿌옇게 흐려져 있었기 때문이다. 이윽고 눈동자의 초점을 잡은 윤성일의 시선이 방안을 훑었다. 벽시계가 오전 6시 반을 가리키고 있다. 수술을 마치고 하루 동안 중환자실에 있다가 어제 오후에 이곳 특실로 옮겨온 것이다. 그러고 보니 사고가 난 지 사흘이 지났다. 특실은 넓다. 왼쪽 창가의 간병인 침대에 누워 있는 것은 누나 윤은지다. 머리를 조금 들었던 윤성일은 수술한 부위의 고통 때문에 이를 악물고 다시 내렸다. 온몸이 붕대로 감겨져 있어서 마치 미라 같다. 머리와 가슴, 한쪽 팔과 다리가 감각이 없다. 어제 오후에 담당의가 1개월이 지나야 붕대를 푼다고 했다. 1개월은 또 물리치료를 받아야 한다는 것이다. 병실 안은 조용하다. 어제 저녁에는 아버지만 빼고 전 가족이 다 모였다. 아버지는 수술하기 전에 한번 얼굴을 보이고 나서 나타나지 않았다. 그러나 그것만으로도 너는 아버지께 용서를 받은 것이라고 작은형 윤수일이 말했다. 가족 위문단 속에는 강희나가 끼어 있었다. 강희나는 오명화의 친척이니 가족 범주에 포함이 된다. 전세희의 옆에 붙어선 강희나는 시선만 주었지만 그 속에 수십 개의 단어가 포함되어 있었다. 윤성일은 눈을 감았다. 그 순간 김가영의 얼굴이 바로 눈앞에 떠올랐다. 웃는 얼굴이다.

"형, 뭐 해?"

맑은 목소리로 김가영이 물었다.

"보다시피."

윤성일이 어깨를 치켜올리는 시늉을 했다가 어금니를 물었다. 고통이 밀려왔기 때문이다. 윤성일이 잇사이로 말했다.

"너 때문에 이렇게 되었어."

"나 때문에? 왜?"

눈을 크게 뜬 김가영이 놀란 얼굴로 윤성일을 보았다.

"어머, 다쳤네. 어쩌다가⋯⋯."

"네 생각이 나서 서울로 돌아가려고 했거든. 그러다가 사고가 난거야."

"어디서?"

"고속도로 갓길에서. 내가 갓길에 그냥 있기만 했어도 트럭에 받히지 않았을 텐데⋯⋯."

윤성일은 말끝을 흐리다가 멈췄다. 물론 핑계지만 그냥 차 안에서 비상라이트를 켠 채 최희명과 섹스를 했다면 트럭에 받히지는 않았을 것이다. 억지다. 그러자 김가영이 물었다.

"근데 왜 연락을 안 해?"

그 순간 윤성일이 눈을 떴다. 핸드폰, 내 핸드폰이 어디 있지?

사흘 동안 핸드폰이 꺼져 있다는 것은 분명히 무슨 일이 일어났다는 증거다. 그 '무슨 일'이 무엇일까? 이틀 전부터 알바를 시작한 김가영은 끊임없이 그 '무슨 일'을 생각하면서 지낸다. 가장 끔찍한 예는 사고로 핸드폰이 없어지는 경우. 가장 생각하기 싫은 예는 윤성일이 자신을 잊으려고 그러는 경우. 핸드폰을 잊어버렸을 때는 다른 전화로 할 수 있을 것이며 손을 다쳤더라도 입으로. 입을 다쳤다면 문자로. 경찰에 체포되었을 경우를 알바집 주인한테 물었더니 경찰서 안에서도 전화를 할 수 있단다. 아침에 연락한다고 문자까지 보낸 남자가 사흘 동안 소식이 없으니 이상할 만 했다. 하지만 아는 건 핸드폰 번호 하나였고 한국대 3학년 휴학생인 것은 알았지만 학교에다 알아보지는 못했다. 며칠 더 있다가 학교에 찾아가던지 할 작정이다. 도대체 왜 이럴까? 만날 그 생각이니 일이 손에 잡힐 리가 없다. 5만 원권을 5천 원권으로 착각했다가 손님한테 핀잔을 받은 적도 있고 집에서는 어머니하고 윤영이가 걱정거리가 있느냐고 자꾸 묻는다. 편의점 알바를 마쳤을 때는 오전 7시 반. 밤 11시부터 7시까지 8시간을 근무한 터라 온몸이 찌뿌둥하다.

"수고했다."

대형 편의점이었고 야간 당번은 둘이었는데 하나는 남자다. 주인아저씨는 예비역 장군 출신인데 장사도 잘 되었지만 알바한테도 잘해준다. 주인이 일당 4만원씩을 주더니 기간이 지난 식품 박스 두 개를 그들 앞에 내놓았다.

"집에 가져가. 한 박스는 내가 가져가려고 남겨놓았다."

"고맙습니다."

하면서 남자 알바는 박스를 번쩍 들어 어깨에 올렸지만 김가영은 두 손으로 들었다가 내려놓았다. 무거웠기 때문이다.

"이런, 넌 박군처럼 안 되겠다. 배낭에 넣어가든지 해야겠다."

주인아저씨가 말하자 박군이 김가영한테 물었다.

"누나, 내가 택시 정류장까지 옮겨줄까?"

"바보야, 택시비가 2만원 나오는데 일당 반이나 주란 말야?"

"그렇구나."

"사장님, 배낭 가져와서 내일 아침에 가져갈게요. 오늘은 비닐백에 덜어 가져가구요."

"그렇지."

주인아저씨가 머리를 끄덕이며 웃었다.

"과연 머리가 좋아."

"그런데 새벽에 손님이 낸 5만 원권을 5천 원짜리로 받았답니다."

박군이 흥을 보았다. 착한 남자다. 스무 살짜리로 대학 1학년인데 열심히 산다. 주변에는 착하고 열심이고 성실하며 끈질긴 사람들이 많다.

"네 핸드폰은 없어. 사고 날 때 없어진 모양야."

윤은지가 커피 잔을 쥔 채 말했다. 오전 8시, 윤은지는 지금 자신이 근무하는 근처 병원으로 출근을 하려는 참이다. 이곳 윤성일의 특실은 가족까지 머물 수 있는 아파트 구조였기 때문에 윤은지는 옷까지 가져와 밤에는 이곳에서 잔다. 윤은지가 커피 잔을 내려놓더니 가방에서 수첩과 펜을 꺼냈다.

"자, 새 핸드폰 사서 가져올게. 신청서류 양식 적자. 번호는 같은 번호로 해야겠지?"

"빨리 가져와."

윤성일이 입술만 달싹이고 말했다.

"연락할 데가 있어서 그래."

"부르기나 해. 자식아."

그래놓고 적는 중인데 벨소리가 났다. 간병인이 나가 문을 열자 곧 오명화와 뒤를 따라 전세희가 들어섰다.

"응, 출근하려고?"

윤은지의 옷차림을 본 오명화가 밝은 표정으로 묻는다.

"네, 어서 오세요."

예의바르게 오명화를 맞은 윤은지가 전세희에게도 아는 체를 한다.

"응, 세희도 왔니?"

"안녕하세요?"

전세희가 머리 숙여 인사를 했다. 윤성일이나 만만하게 대하지 윤은지는 그녀에게 공포의 대상이다. 말하자면 전세희가 세상에서 가장 어려워하는 인간일 것이다. 왜냐하면 윤은지가 고등학교 7년 선배인데다 같은 서클 출신인 것이다. 그야말로 제대로 걸린 셈인데 윤은지는 그래서인지 전세희를 예뻐했다.

"뭐 적어?"

다가선 오명화가 묻자 윤은지가 수첩을 접으며 말했다.

"사고로 성일이 핸드폰이 없어져서 다시 만들어주려구요."

"이런……, 바쁜 사람이……."

이맛살을 찌푸린 오명화가 손부터 내밀었다.

"이리 줘. 내가 할 테니까. 사람 시키면 돼."

"아, 그래 주시겠어요?"

"그럼, 당연히."

윤은지가 찢어 내민 쪽지를 받으며 오명화가 가늘게 숨을 뱉었다.

"아버지가 걱정 많이 하셨어. 어젯밤에도 잘 주무시지 못했어."

윤은지가 잠자코 머리를 끄덕였다. 지어낸 말일지도 모르지만 아버지와 한 침대에서 자는 사람의 전언인 것이다. 지금은 혈연의 자식보다 오명화의 위세가 더 크다. 그것은 윤정수의 권위가 그만큼 크다는 증거일 것이었다. 그리고 그 권위는 아직도 재산 장악에서 비롯된다.

윤수일은 변호사이며 구의원이다. 세 살 위인 윤태일이 25살에 사법

고시에 패스했지만 윤수일은 24살에 패스했다. 그래서 기수 차이는 2년이 된다. 그만큼 머리가 좋다는 말도 되었는데 집안 대소사(大小事)는 윤수일이 챙겼다. 형 윤태일이 서울지검 소속 부장검사여서 나설 형편이 아니었던 것이다. 윤수일의 변호사 사무실은 항상 고객들로 붐볐다. 그것은 구(區) 주민들이 구의원 윤수일에게 민원을 부탁하기 때문이다. 대부분이 서류 값만 받는 터라 변호사 사무실은 적자 운영이다. 오전 10시 반, 오늘도 사무실 안은 손님들로 가득 찼다. 소음으로 떠들썩한 바깥 사무실과는 달리 안쪽 상담실은 조용하다. 상담실 소파에 둘러앉은 사람은 다섯. 부부로 보이는 중년 남녀와 일행인 40대 사내. 그리고 이쪽은 윤수일과 백영만이다. 백영만은 경찰간부 출신으로 변호사 사무실의 사무장이다. 40대 사내가 입을 열었다.

"트럭 운전사는 보험도 들지 않았고 트럭도 임대차올시다. 그러니 윤성일 씨가 책임을 져주시란 말씀입니다."

사내는 죽은 최희명의 외삼촌이다. 나름 친척 중 가장 똑똑한 인물을 고른 것 같다. 눈을 치켜뜬 사내의 목소리가 높아졌다.

"우리도 다 알아보고 왔습니다. 윤성일 씨 집안이 억만장자라고 하더만요. 죽은 우리 조카한테 위자료도 내놓지 못한단 말입니까? 아니, 누구 때문에 거기 있었는데요?"

윤수일과 백영만은 시선만 주었고 사내의 기는 더욱 살아났다.

"우리는 윤성일 씨 부친의 빌딩 앞이나 큰형이 근무하는 서울지검 또는 여기 사무실 앞에서 단식 농성을 할 각오를 하고 왔습니다. 언론사에다도 알릴 예정이지요. 그럼 어떻게 되나 보십시다."

여전히 둘이 대답하지 않았으므로 사내는 이제 주먹으로 탁자까지 내려쳤다.

"우리 희명이는 모델로 곧 계약금을 받을 예정이었단 말이오! 그 애가 앞으로 벌어들일 돈이 1억, 2억인 줄 아시오? 50억도 넘을 겁니다!"

"……."

"50억을 내지 않으면 우리가 죽을 때까지 당신들한테 매달릴 겁니다!"

그때 백영만이 머리를 끄덕이더니 자리에서 일어섰다. 윤수일도 잠자코 일어나 먼저 방을 나갔고 뒤따라 나간 백영만이 잠시 후에 돌아와 방문 앞에 섰다. 그러고는 이제는 얼떨떨한 표정을 짓고 앉아 있는 셋을 둘러보며 말했다.

"조금 전 당신이 말한 내용을 법정에 제출할 겁니다. 소환장이 올 테니까 그때 다시 뵙시다."

그러고는 백영만이 쓴웃음을 지었다.

"지금은 녹음기가 돌아가지 않으니까 한 마디 하지."

백영만이 손을 권총처럼 만들어 외삼촌을 가리켰다.

"고필수! 너 강도, 사기, 폭행으로 전과 3범이지? 이번에 잘 걸렸어. 한 5년은 살게 해주마."

다가선 강희나가 윤성일을 내려다보았다. 오전 11시 반, 조금 전에 둘째 형수가 다녀갔고 방안에는 간병인 한 명뿐이다. 윤성일의 시선을 받은 강희나가 물었다.

"나 오는 게 싫어?"

강희나는 지금까지 다섯 번 병원에 왔다. 첫 번째는 혼자 와서 먼 곳에 서서 보기만 하다가 돌아갔고, 두 번째는 오명화와 함께, 세 번째는 전세희하고, 네 번째는 혼자 그리고 지금도 혼자 왔는데 방안에 간병인 하나뿐이다. 그 전에는 방안에 가족이 있었던 것이다. 그래서 한 마디도 못했는데 오늘 처음으로 한 말이 '나 오는 게 싫어?' 가 되었다. 그때 윤성일이 물었다.

"너 이번까지 병원에 다섯 번 왔지?"

"어떻게 알아?"

놀란 강희나가 묻자 윤성일이 입술 끝을 비틀고 웃었다.

"내가 번데기가 되어 있지만 눈은 멀쩡하거든."

"미쳐. 입도 멀쩡하네."

긴장이 풀린 강희나가 침대에 바짝 붙어 섰다.

"안 아파?"

"죽은 애한테 미안해. 가슴이 아파."

어느덧 정색한 윤성일이 말을 잇는다.

"걘 아무 죄도 없는데…… 불쌍해."

"누군 죄 있나?"

그러자 힐끗 시선을 주었던 윤성일이 외면했다. 방안에 잠깐 정적이 덮여지고 있다가 강희나가 깨뜨렸다.

"좋아했던 여자야?"

"아니."

강희나에게 시선은 주었지만 윤성일의 눈동자는 초점이 멀다. 그 시선으로 윤성일이 말을 이었다.

"그날 밤 처음 만난 여자였어."

"……"

"데리고 강릉을 가다가 사고가 난 거야. 가는 게 아니었는데······. 그래서 미안해."

"······."

"도중에 돌아오려고 했어. 그랬다가······."

"그만."

손바닥을 펴 보인 강희나가 똑바로 윤성일을 보았다.

"내가 기다려줄게."

이번에는 윤성일이 입을 다물었고 강희나가 말을 잇는다.

"그게 언제까지가 될지 알 수 없지만 내가 기다리고 있다는 것은 기억해둬."

"······."

"그걸 부담으로 느끼지 않을 인간 같아서 말해주는 거야."

그러고는 손을 뻗어 붕대 밖으로 삐져나온 윤성일의 볼과 콧등 그리고 입술까지를 부드럽게 쓸었다.

"나 갈게, 번데기."

그러자 윤성일이 초점을 잡은 눈으로 강희나를 보았다.

"야, 나한테는 네가 과분해."

"내 맘이야. 이 번데기 자식아!"

목소리가 또랑또랑해서 간병부 아줌마가 놀라 이쪽으로 몸을 돌렸다.

"여기 가져왔습니다."

오명화의 수족이며 대명학원 이사장실 과장인 장영기가 작은 상자를 탁자 위에 놓으면서 말했다.

"자료도 모두 복원시켜 놓았습니다, 이사장님."

"전(前) 휴대폰은 아주 못쓰게 되는 거죠?"

오명화가 묻자 장영기는 부동자세로 선 채 대답했다.

"예, 사모님. 그건 폐기시켰습니다."

머리를 끄덕인 오명화를 보더니 장영기는 소리 없이 물러갔고 응접실에는 다시 둘이 남았다. 오전 10시 반, 오명화는 이제야 학원에 출근할 채비를 마쳤고 전세희는 오늘 강의가 없었다. 전세희가 턱으로 탁자 위에 놓인 상자를 가리켰다. 이번에 새로 산 윤성일의 핸드폰이다.

"오늘 이거 갖다 줄 거야?"

"그래야지."

했다가 오명화는 몸을 돌려 전세희를 보았다.

"내가 오늘 바쁘니까 네가 성일이한테 핸드폰 갖다 줘."

"내가 왜?"

전세희가 눈썹을 세웠을 때 안쪽 복도에서 윤정수가 나왔다. 윤정수도 외출 차림이다. 어제 부산 출장을 갔다가 늦게 돌아왔기 때문이다.

"뭘 가지고 그래?"

윤정수가 둘을 번갈아 보며 물었는데 얼굴에 웃음기가 떠올라 있었다. 친딸이 아니지만 윤정수는 전세희를 예뻐했다. 그래서 전세희도 따르는 편이다.

"아니에요. 아무것도."

오명화가 그러더니 탁자 위의 핸드폰 상자를 집어 전세희에게 내밀면서 말을 잇는다.

"세희한테 심부름을 시켰어요. 성일이한테 핸드폰 갖다 주라고요."

그러자 윤정수는 머리만 끄덕였고 전세희는 잠자코 상자를 받았다. 꼼짝 못하고 걸려든 것이다.

"아버지 안녕히 다녀오세요."

화가 난 전세희가 윤정수에게만 인사를 했다.

"오냐."

윤정수가 부드러운 목소리로 대답했고 오명화의 얼굴에 희미하게 웃음기가 떠올라 있었다. 그 웃음을 말로 표현하면 '여우 같은 년' 쯤 되었을 것이다.

바짝 다가앉은 박기춘이 윤성일에게 물었다.

"누군데?"

"넌 알 것 없고."

윤성일이 손을 내밀었다.

"핸드폰 이리 내."

그러자 박기춘이 제 핸드폰을 꺼내 윤성일의 손에 쥐어주었다.

"너 한 손으로 괜찮아?"

"그럼 두 손으로 버튼 누르냐?"

투덜거린 윤성일이 전원을 켜더니 박기춘에게 말했다.

"너 저기 소파에서 마실 것이나 꺼내 마시고 있어."

"이 자식은 도대체……."

입맛을 다신 박기춘이 일어서더니 소파로 다가갔고 윤성일은 핸드폰의 버튼을 누른다. 오후 1시 반, 사고가 일어난 지 엿새째가 되는 날이다. 오른손은 깁스를 했고 왼손은 어깨뼈가 부서진 바람에 손가락을 움직이기도 힘이 들었지만 오늘 아침부터 작동이 되었다. 그래서 박기춘이 오기를 기다렸다가 핸드폰을 빌린 것이다. 의식이 돌아온 순간부터 김가영이 머릿속에 떠올랐고 끊임없이 생각이 이어졌다. 먼저 통신 문제, 이쪽 핸드폰이 없어진 때문에 누구를 시켜야 했지만 여러 가지 걸림돌이 드러났다. 첫째, 덜렁 연락했다가 김가영이 자신의 배경을 알게 되는 것. 그것을 수습하려면 엄청난 고생을 해야 될 것이었다. 겪어봐서 아는 것이다. 그럼 누구한테 부탁하는 경우가 있는데 형제나 식구는 불가능했고 친구뿐이다. 그렇다면 박기춘이 적격이지만 믿을 수가 없다. 그리고 김가영을 보여주기도 싫다. 그래서 핸드폰을 다시 사오도록 윤은지한테 부탁하고 나서 박기춘의 핸드폰을 빌린 것이다. 손가락을 겨우 움직여 버튼을 누른 윤성일이 핸드폰을 귀에 붙였다. 신호음이 울리고 있다. 한 번, 두 번, 세 번. 김가영은 이 시간에도 알바를 뛰고 있을 것이다. 하루 16시간씩 알바를 한다고 했으니까 8시간씩 두 탕. 신호음이 다섯 번, 여섯 번째 울렸다. 자나? 알바 중이라 진동으로 해놓았나? 아니면 모르는 전화는 받지 않는 건가? 그럼 먼저 문자로 보내볼까? 어느새 전화벨이 여덟 번째 울리고 있다. 열 번 울릴 때까지 기다렸다가 끊고 문자부터 보내자. 손가락이 제대로 움직이지 않아서 골치 아픈데. 벨이 열 번째 울렸으므로 윤성일이 어깨를 늘어뜨렸다. 그때였다.

"여보세요."

숨가쁜 목소리로 김가영이 응답했다. 달려온 것 같다.

"여보세요?"

이쪽에서 잠깐 망설였더니 재촉하듯 다시 묻는다. 윤성일이 심호흡을 하고 나서 입을 열었다.

"나야. 윤성일."

"어떻게 된 거야? 형 무슨 일 있어?"

다그치듯 묻는 김가영의 분위기가 오히려 더 편안해진 윤성일이 얼굴을 펴고 웃는다. 대신 성을 내주는 것 같아서 가슴이 두근거렸다.

"무슨 일은?"

겨우 그렇게 대답했더니 김가영의 말이 쏟아졌다.

"그럼 왜 엿새 동안 연락도 안 했어? 전화는 꺼놓고? 내가 얼마나 걱정했는지 알아? 무슨 일 때문인지 자세히 말해주지 않으면 확 죽여버릴 거야."

"아이고 무서워라."

윤성일의 눈이 번들거렸다.

"김가영이 이렇게 사나운 줄 몰랐는데?"

"장난 아냐!"

"너 지금 어디야?"

"응?"

했다가 김가영은 자신이 리듬을 놓쳤다는 것을 깨달았는지 다시 소리쳤다.

"도대체, 형은……?"

"내가 지금은 길게 이야기 할 형편이 안 되니까 오늘 저녁에 다시 통화할게."

"형, 이 전화는……."

"이건 내 친구 전화니까 여기다 하지는 말아. 알았지?"

"형, 저녁때 전화할 거지? 아니면 내가 해?"

"아니, 내가 할게."

그러고는 전화기를 귀에서 뗀 윤성일이 정지 버튼을 눌렀다. 그때 이
쪽을 힐끗거리던 박기춘이 어슬렁거리며 다가왔다.

"여자구나?"

다가선 박기춘이 대뜸 그렇게 물었는데 눈썹이 좁혀져 있다.

"심각한 분위기던데. 누구냐?"

"넌 몰라도 돼."

핸드폰을 쥔 윤성일이 버튼을 하나씩 차분하게 눌러 김가영의 전화번
호를 지우고는 내밀었다.

"어라?"

핸드폰을 살핀 박기춘이 이번에는 눈을 치켜떴다.

"번호를 지웠어? 도대체 누구야?"

"나중에."

통화에 집중한 때문에 긴장이 풀린 윤성일이 눈을 감았으므로 박기춘
이 입을 벌렸다가 다물었다. 이런 일은 처음이다. 윤성일이 여자는 다
오픈했던 것이다.

전세희가 병실에 들어섰을 때는 오후 3시경이었으니 족히 3시간은 농
땡이를 친 셈이다. 병실에는 윤성일의 큰형수 김미정이 와 있었는데 전
세희를 보더니 반색을 했다.

"아이구, 어서 와."

반색한 이유가 뻔했기 때문에 전세희도 얼굴에 쓴웃음을 지어보였다.
이미 오래 전부터 만만하게 본 상대다.

"수고하시네요."

"아니, 내가 뭘?"

하더니 김미정이 가방부터 쥐었다.

"별일 없었고. 오후 6시쯤 둘째동서가 오기로 했으니까 그때까지 여기 좀 봐주겠어? 아무래도 가족 하나는 항상 지키고 있어야지."

김미정이 수선을 떠는 동안 전세희가 힐끗 안쪽 병상을 보았다. 붕대로 감아 매달아놓은 다리 한쪽만 보였고 윤성일의 상반신은 보이지 않았다.

"네, 그럴 게요."

전세희가 사근사근 말하자 김미정이 향수 냄새를 풍기면서 옆을 지났다.

"그럼 잘 부탁해."

그러더니 목소리를 낮췄다.

"지금 잠이 들었어."

윤성일을 말하는 것이다. 김미정이 방을 나가자 간병인하고 주방 쪽에 있던 안성댁이 다가왔다. 윤정수 저택의 가정부가 며칠 전부터 이곳에서 근무하고 있는 것이다. 소파에 앉은 전세희를 내려다보면서 안성댁이 낮게 물었다.

"아가씨, 마실 것 좀 드릴까요?"

"됐어요."

주위를 둘러본 전세희가 낮게 묻는다.

"큰형수님 언제 왔어요?"

"점심 먹고 두 시쯤 왔으니까 한 시간쯤 있다 간 셈이네요."

쓴웃음을 지은 안성댁이 말을 잇는다.

"한 시간 있는 동안에도 앉아서 온통 전화질만 하셨구요."

안성댁은 오명화가 채용한 가정부여서 가족 분위기를 잘 안다. 그래야 잔소리 듣지 않고 편한 생활을 하게 되는 것이다. 전세희의 시선을 받은 안성댁이 말을 이었다.

"저한테 회장님이 언제 오시느냐고만 묻더라구요. 그때 맞춰서 나오려고 하는 것 같구만요."

머리를 끄덕인 전세희가 자리에서 일어섰다. 윤성일의 다리가 움직인 것 같았기 때문이다.

안성댁이 여우인 줄은 진즉부터 알고 있었지만 현장을 목격하자 가슴이 텅 비어진 느낌이 든다. 하긴 집을 나온 지 오래 되었으니 그동안 많이 변했을 것이었다. 안성댁 이전의 가정부 임실댁은 20년이 넘도록 있다가 60세가 넘어서 고향으로 내려갔다. 어머니가 돌아가시고 나서 1년쯤 되었을 땐가? 새 어머니 오명화가 들어오기 전이다. 매달린 다리가 무겁게 느껴졌기 때문에 버튼을 눌러 다리를 내리던 윤성일이 다가오는 전세희를 보았다. 시선이 마주치자 윤성일이 정색하고 말했다.

"네가 고생이 많다."

"아니까, 다행."

툭 던지듯이 말을 받았지만 전세희의 심장이 세게 뛰었다. 이렇게 정면 대면은 처음인 것 같다. 아니, 이렇게 둘이만 있게 된 것도 12년 만에 처음인 것 같다. 병상으로 다가간 전세희가 가방에서 핸드폰을 꺼내내밀었다. 전세희답게 박스는 다 버리고 핸드폰만 건넨 것이다. 배터리도 가득 충전시켜서.

"자, 핸드폰."

"그래, 고맙다."

반색하면서 핸드폰을 받는 윤성일이 눈을 둥그렇게 떴다.

"와, 색깔 죽인다."

은색에 광택을 입힌 것인데 전세희가 보기에는 유치했다. 장명기가 고른 색깔이니 오죽할까? 전세희가 저절로 말했다.

"그거, 내가 고른 거 아냐. 난 그냥 심부름만 했을 뿐야."

"아, 그래?"

"그 후진 색깔은 나하고 상관없다구."

"그렇구나."

"내가 여기 오고 싶어서 온 것도 아냐."

"지나다가 오줌 마려워서 겸사겸사 들린 거겠지. 상관없어."

"누웠다고 잘난 척하지 마. 안 봐줘."

그때 핸드폰을 든 윤성일이 버튼을 누르면서 말했다.

"여기 남자 화장실이다. 쌀려면 옆방으로 가."

"형이야?"

벨이 두 번 울리고 나서 바로 전화를 받은 김가영이 소리쳤다. 목소리에 반가운 기색이 가득 깔려졌다.

"응, 거기 어디냐?"

"편의점이야."

"바쁘겠구나?"

"지금은 괜찮아."

"언제 끝나는데?"

"밤 12시."

"아이구."

"형, 지금 어디야?"

"아, 여기 일 끝나고 나왔어."

머리를 돌린 윤성일은 옆쪽 응접실을 보았지만 전세희는 보이지 않았다. 사각지대로 은폐한 것 같다. 그때 다시 김가영이 말했다.

"형, 나 내일 쉬니까 내일 만나자."

"응?"

놀라 숨까지 들이켠 윤성일에게 김가영이 말을 잇는다.

"내일 아침에 만나서 교외나 가자. 파주 쪽도 좋고 춘천, 그렇지 평일이니까 강릉도 갔다 올 수 있겠다."

강릉이란 말에 심장이 덜컥 내려앉은 윤성일이 다시 심호흡을 했다. 손님이 없는지 김가영이 말을 잇는다.

"근데 형. 그동안 왜 연락이 그렇게 안 되었어? 무슨 일 있었어?"

"내가 말 안했나? 핸드폰 잊어버렸다고 말야. 그래서 새 핸드폰으로 바꿨어."

"그래? 하지만 다른 전화로 사정 이야긴 할 수 있었잖아?"

"……."

"엿새 동안 내가 얼마나 걱정했는지 알아? 별 생각을 다 했단 말야."

"무슨 생각?"

"어쨌든 그건 내일 만나서 이야기해."

"……."

"내일 아침 8시에 괜찮아?"

"으응?"

"참, 형. 차 있어? 없으면 버스 타고 가도 돼. 어때?"

윤성일은 어깨를 부풀렸다가 내렸다. 자, 이제 각본대로 연출해야 한다.

핸드폰을 고쳐 쥔 윤성일의 이마에서 어느덧 진땀이 배어나왔고 등이 근질거렸다. 그러나 손으로 긁을 수가 없다. 어금니를 물었다 푼 윤성일이 말했다.

"나 한 달쯤 제주도에 있어야 될 것 같아. 일을 맡았거든."

"응? 제주도?"

되묻는 김가영의 목소리에는 이미 기운이 빠져 있었다. 어깨를 늘어뜨린 윤성일이 말을 이었다.

"그래, 제주도. 공사 현장인데 마침 일거리가 걸려서 말야."

"……."

"지금 제주도에 있어."

내친 김에 그래버렸다. 당장 내일 아침에 만나자는데 도리가 없다.

"그렇구나."

실망의 기색이 역력한 목소리여서 윤성일의 가슴에는 납덩어리가 넣어져 있는것 같다. 김가영이 기운없는 목소리로 물었다.

"형, 언제 제주도 갔는데?"

"너, 공항에서 만난 다음날 아침."

숨을 고른 윤성일이 여러 번 수정해놓은 줄거리를 늘어놓았다.

"갑자기 아는 형한테 연락이 와서 그날 아침 첫 비행기로 제주도에 왔는데 정신이 없었어. 큰 공사이고 나한테도 일거리가 큰 것이 맡겨져서 말야."

"……."

"그러다가 핸드폰도 잃어버리고 말야. 내일, 내일 하다가 너한테 연락을 못 하고 이렇게 된 거야."

"……."

"한 달 후에 일 끝나고 갈게. 그동안 전화 연락은 수시로 하지, 뭐."

"……."

"너 화났어?"

"아니?"

불쑥 윤성일이 묻자 김가영이 대답은 했지만 목소리가 약했다. 핸드폰을 고쳐 쥐려던 윤성일이 팔의 힘이 빠지는 바람에 손에서 핸드폰이 미끄러져 떨어졌다. 침대 끝에 부딪쳤던 핸드폰이 병실 바닥으로 떨어졌다.

"아줌마!"

당황한 윤성일이 부르자 안동댁이 서둘러 다가왔다. 안동댁의 시선이 바닥에 떨어진 핸드폰에 닿았다.

"아이구, 저런."

핸드폰을 집어든 안동댁이 윤성일에게 건네줄 때 송화구에서 김가영의 목소리가 울렸다.

"형, 그럼 다시 연락해."

그러더니 핸드폰을 귀에 붙였을 때는 통화가 끊겨 있었다.

밤 10시가 되면 특실 안에는 윤성일과 안성댁, 그리고 간병인과 윤은지까지 넷이 남는다. 윤은지는 오늘도 퇴근하고 나서 9시 반쯤 병원으로 왔다. 윤은지는 오늘 술기운으로 얼굴이 붉다. 퇴근시간이 정해져 있지 않아서 어제는 11시가 다 되어서 이곳에 왔다.

"누나, 피곤할 텐데, 여기 오지 마."

윤성일이 말하자 윤은지는 픽 웃었다.

"야, 여기가 편해. 특실 서비스인데다 밥도 안성댁이 챙겨주고."

"아, 시발! 쓸데없는 소리는 하지 말고."

"이 자식, 입버릇 좀 봐?"

"내가 불편하단 말야."

그러자 윤은지가 힐끗 안쪽을 보았다. 응접실에서 안성댁과 간병인이 TV 연속극을 보느라고 정신이 없다. 다가선 윤은지가 윤성일을 내려다보았다.

"내가 안 오면 첫째나 둘째 올케가 여기서 교대로 밤샘을 해야 될 거다. 아버지 눈치가 보이거든. 오빠들도 가보라고 할 것이고. 아마 한남동 마나님도 며칠에 한 번은 이곳에 왕림하셔야 될걸?"

한남동 마나님이란 오명화를 말한다. 이렇게 둘이 있을 때 오명화는 한남동 마나님이다. 저택이 한남동에 있기 때문이다.

윤은지가 말을 이었다.

"에휴, 돈이란 게 뭔지? 다 자기가 평생 쓸 만큼 있는데도 욕심들을 부리는 걸 보면 만정이 떨어진다. 그래서 난 네가 대단하다는 생각이 들어."

윤은지가 허공에 매달린 윤성일의 깁스한 다리통을 손바닥으로 쓸면서 웃었다.

"아버지는 돈의 위력에 꿈쩍도 하지 않는 네가 볼수록 미운 모양이더라."

"제주도?"

손끝으로 탁자를 두드리며 김가영이 다시 마음속으로 물었다. 이곳은 홍대 앞 골목이다. 수백 개 식당, 카페, 가라오케, 커피숍이 밀집된 지역이어서 오후 5시만 되면 젊은이들로 넘쳐나는 거리가 된다. 오늘 김가영은 친구 서보경과 함께 재즈카페에 들어와 있다. 음악과 소음으로 적당히 시끄러운 분위기가 마음을 가라앉혀 주는 것이다. 오히려 집중에 도움이 된다.

"좀 이상해."

김가영이 흐린 시선으로 앞쪽의 서보경을 보았다. 고등학교 때부터 단짝으로 대학 2학년까지 같은 대학 같은 과에 다녔으니 분신이라고 해도 과언이 아닐 것이다. 그러나 성격은 다르다. 서보경은 외향적이며 계산이 빠르고 치밀하다. 다혈질이어서 자주 화를 내는데 김가영 앞에서는 삼가는 편이다.

그때 맥주를 병째 마시던 서보경이 머리를 돌려 김가영을 보았다.

"너 남자 생겼어?"

"아니?"

대번에 부정한 김가영이 눈동자의 초점을 잡고 되물었다.

"갑자기 남자는, 웬?"

"내 육감이……."

"미쳤냐?"

서보경은 아담한 체격에 동그란 얼굴의 귀여운 인상이다. 그러나 남자 관계는 많아서 지금까지 김가영이 알고 있기론 상대가 다섯 명이 넘는다. 하지만 반드시 끊고 나서 다른 상대를 만났기 때문에 복잡하지는 않다.

한 모금 맥주를 삼킨 서보경이 지그시 김가영을 보았다.

"네가 날 만나자는 주제가 모호해. 내 취직 문제를 듣고 싶다는 이유는 설득력이 없어?"

"논설 쓰네."

"알바 끝내고 부랴부랴 나를 만나러 온 이유가 뭘까? 혹시나 내가 너보다 월등한 부분인 남자관계, 그것에 대한 조언을 얻으려는 것이 아닐까?"

"미친년!"

"굳이 조언까지는 아니더라도 내 경험담이 도움이 될지도 모르니까. 너 같은 성처녀한테는 말야."

그러다가 서보경이 코를 내밀고 냄새를 맡는 시늉을 했다.

"혹시 너 뚫렸냐?"

"시끄러, 이 미친년아!"

서보경이 지그시 김가영을 보았다. 두 눈이 반짝이고 있다. 서보경은 이제 4학년 졸업반이다. 취직시험에 매달려 있고 지금까지 27곳에 응시했으며 19곳에서 탈락했다. 남은 8곳 중 1차에 붙은 곳이 3곳, 5곳은 아직 1차 발표도 나지 않았다. 상황은 비관적. 그래도 서보경은 끊임없이 입사원서를 작성하는 중이다. 붙고 봐야 된다는 것이다.

다시 서보경이 입을 열었다.

"사랑은 섹스 후에 피어나는 것이 진정한 사랑이다."

"에휴, 골치야."

한숨을 뱉은 김가영이 맥주병을 쥐었지만 시선은 떼지 않는다. 서보경이 말을 이었다.

"섹스를 하기 전의 감정은 믿을 것이 못돼. 그때그때의 감정 상태가 소주 두 잔 먹었을 때하고 두 병 먹었을 때가 틀리니깐."

"……."

"두 잔 먹었을 때는 적당한 기분으로 보겠지만 두 병 마신 놈은 돼지라도 치마만 입었다면 이뻐 보였을 거야."

"안 마신 놈은?"

"그런 감동이 없는 놈은 예외고."

했다가 서보경이 눈을 치켜떴다.

"이년아, 장난 말고 경험자 이야기를 들어. 여자는 본능이건 아니건 남자한테 몸을 주고나면 놈을 집안에 들여 놓았다는 선입견을 갖게 되고, 남자는 그 반대로 집안에 들어갔다는 의식이 박혀진단 말이다. 이 대목부터 중요하다."

탁자 위로 몸을 굽힌 서보경이 번들거리는 눈으로 김가영을 보았다.

"잘 들어. 사랑은 다리 쫙 벌리고만 있으면 안 돼. 다리 사이에 파리만 꼬여. 그러니까 다리 딱 붙이고. 그래, 문 다시 딱 닫고 놈을 보는 거야. 그럼 놈의 진면목이 다 보이는 법이야."

"무슨 말씀인지……?"

"그러니까 대문 열쇠는 네가 갖고 네 년이 열었다 닫았다 하란 말야. 이……."

서보경의 목소리가 점점 높아졌으므로 김가영은 손바닥으로 막아야만 했다.

일요일 오전, 둘째형 윤수일이 예고도 없이 들렀다. 윤은지는 병원에 갔고 병실 안에는 간병인과 안성댁 둘이 남아 있을 때였다. 곧장 다가와 침대 옆에 앉은 윤수일이 윤성일을 보았다.

"너 그 여자하고 그날 처음 만났다면서?"

죽은 최희명이다. 윤성일의 시선을 받은 윤수일이 빙긋 웃었다.

"양아치 집안이더만. 외삼촌 되는 놈이 전과 3범인데 나한테 50억 내라고 했다가 공갈 협박으로 사흘 유치장에 박아놓았다가 내보냈다."

"……."

"이것들이 나를 뭘로 보고."

그러더니 윤수일이 웃음 띤 얼굴로 윤성일을 보았다.

"너 새 어머니 조카 되는 애하고 만난다면서?"

"예?"

놀란 윤성일이 윤수일을 보았다. 나이차가 8살이어서 윤성일은 중학 때부터 윤수일에게 존댓말을 썼다. 매일 놀아주는 상대도 아닌 터라 존 댓말이 더 편했기 때문이다. 윤성일이 중학교 2학년생일 때 윤수일은 대학 4학년이었다. 그리고 큰형 윤태일은 그보다 3년 위였으니 말할 것 도 없다.

"누가 그래요?"

급한 김에 그렇게 되물었더니 윤수일이 의자에 등을 붙이고는 느긋한 표정을 짓는다.

"진수 엄마한테서 들었다."

진수 엄마는 윤수일의 처다. 윤수일이 말을 이었다.

"새 엄마가 며칠 전에 진수 엄마한테 이야기 해줬다고 하더라."

"……."

"그 집안, 새 엄마 조카 집안 말이다. 너도 알지?"

"……."

"인마, 삼도해운은 대단한 회사다. 아버지도 은근히 좋아하실 거다.

하긴 새 엄마가 아버지한테는 미리 이야기를 해놓았겠지만 말야."

윤성일은 금시초문이다. 강희나의 집안은 골프장 3개를 가진 졸부급으로 알고 있었다. 물론 그것은 강희나의 진술(?)을 들은 것이다.

"그 양반, 아버지한테 착실하게 점수 따고 있어."

그러더니 지그시 윤성일을 보았다.

"어떠냐?"

"뭐가요?"

"걔 말이다. 여기도 몇 번 왔다면서?"

"생각 없어요."

"생각 없다니?"

풀썩 웃은 윤수일이 입맛을 다시고 나서 말을 잇는다.

"이 자식이 누가 음식 권하는 줄 아나? 얀마, 누가 너 좋다고 그러는 줄 알아? 다 집안 배경 보고 그러는 거다. 자식이 지 분수를 알아야지?"

이제 윤수일의 얼굴은 굳어져 있다. 상체를 세운 윤수일이 똑바로 윤성일을 보았다.

"정신 똑바로 차리고 시키는 대로 해. 인마, 너 정말 이렇게 나가다간 인연 다 끊긴다. 조심해야 될 거다."

경고다. 윤성일이 이제는 윤수일의 시선을 똑바로 받았다. 그러자 3초쯤 지났을 때 윤수일의 눈동자가 흔들렸고 5초가 되었을 때 시선이 비껴졌다. 그때 윤성일이 말했다.

"놔둬. 내가 맘대로 할 테니까."

그 순간 윤수일이 숨을 들이켜는 소리가 들렸다. 윤성일은 다시 10여 년 만에 반말을 썼다. 저놈이 반말을 썼던 것은 어머니가 살아계실 때였다. 그때는 큰형한테까지 반말을 했다.

"여기 있습니다."

서류봉투를 탁자 위에 놓은 사내가 웃음 띤 얼굴로 전세희를 보았다. 압구정동의 커피숍 안이다. 이곳은 칸막이가 된 방으로 구분되어 있었는데 분위기가 고급스럽고 커피 값이 2만 5천 원이다. 그런데도 젊은 남녀 손님이 많다. 사내가 말을 잇는다.

"먼저 통화를 해서 상대를 안심시킨 후에 직접 만날 수가 있었습니다. 그 후부터는 일사천리지요."

공치사를 늘어놓는 사내는 장영기가 소개시켜준 용역회사 과장이다. 전세희는 잠자코 봉투를 열고 내용물을 꺼내었다. 먼저 10여장의 사진이 나온다. 젊은 여자. 날씬한 체격에 눈에 띄는 미모. 그때 사내가 말했다.

"김가영 씨는 두 군데 알바를 뛰고 있더군요. 하루 생활이 아주 빠듯해 보였습니다."

그렇다. 전세희는 김가영의 뒷조사를 시킨 것이다. 윤성일의 핸드폰을 전해주기 전에 먼저 저장되어 있는 자료를 훑어보고 나서 최근의 행적을 체크한 것이다. 그러자 윤성일과 김가영의 관계가 다 드러났다. 둘이 베트남에서 같이 여행을 다닌 것도 확인되었다. 김가영의 전화번호로 뒷조사를 하는 것은 용역회사가 아니더라도 할 수 있는 일이었다. 서류에는 김가영의 주소와 가족사항, 그리고 현재 대학 휴학 상태라는 것까지 모두 기록되어 있었다.

"수고했어요."

머리를 끄덕인 전세희가 가방에서 봉투를 꺼내 사내에게 내밀었다.

300만 원이다. 조금도 아까운 표정이 아니다.

"감사합니다."

봉투 안을 본 사내가 머리를 숙여 보이더니 자리에서 일어났으므로 전세희는 의자에 등을 붙였다. 그러고는 방을 나가는 사내는 거들떠보지도 않고 서류를 읽기 시작한다.

"뭐 하니?"

하고 윤성일이 묻자 김가영의 목소리가 울렸다.

"알바."

"편의점?"

"응."

오전 10시 반, 검진이 끝난 후에 윤성일이 전화를 한 것이다. 입원 12일째, 엿새째가 되는 날 처음 통화를 하고 나서 그 다음날부터 매일 검진이 끝난 이 시간에 윤성일이 전화를 한다. 물론 윤성일은 지금 제주도에서 공사작업 중에 잠깐 통화를 하는 것이다. 그렇게 일주일이 지났다.

김가영이 같은 말을 또 물었다.

"형은 뭐 해?"

"응, 일하다 전화……."

"참, 서귀포라고 했지?"

"그래."

"내 과 선배가 거기 살았는데……."

"그래?"

"형, 손님 왔어. 있다 내가 다시 할게."

"그러자."

그렇게 통화를 끝낸 윤성일이 핸드폰을 베개 밑에 넣고 길게 숨을 뱉는다. 특실 안에는 간병인과 윤성일 둘뿐이다. 이 시간에는 항상 둘이다. 안성댁이 집에 다니러 가서 점심 전에야 돌아오는 것이다. 이제는 문병 오는 사람도 줄어들었다. 형수 둘은 이틀에 한 번씩 오후에 잠깐 얼굴만 비쳤다가 가고 오명화는 점심시간 후에 딱 30분 앉았다가 간다. 누나 윤은지가 계속해서 숙직을 해줄 뿐이다. 어울리는 친구야 많지만 알리지 않았기 때문에 박기춘이 가끔 들렀는데 요즘은 이틀에 한 번 꼴이 되었다. 다만, 윤성일의 시선이 옆쪽 꽃병에서 머물렀다. 장미와 백합, 안개꽃으로 풍성하게 꾸며진 꽃병이다. 어제 강희나가 가져온 것이다. 강희나는 하루에 한 번씩 꼭 찾아왔는데 대중이 없다. 어떤 날은 오전 검진을 받는 시간에 왔고 또 어떤 날은 오후 늦게 와서 안성댁한테서 저녁까지 얻어먹고 갔다. 그렇게 대중없이 오는 것이 성의로 보이는 건 맞다. 강희나는 윤성일이 여자 태우고 있다가 사고를 낸 것도 안다. 윤성일의 진면목을 다 아는 여자인 것이다. 문득 그런 생각이 든 윤성일의 얼굴에 쓴웃음이 떠올랐다. 김가영에게 숨기고, 숨어서 전화질을 하는 자신이 문득 역겹게 느껴졌기 때문이다. 난 오염된 인간이다. 그리고 내 자신을 아직 믿지 못하겠다. 김가영에 대한 감정도 그렇다. 전혀 다른, 그리고 처음 접촉한 유형의 상대였기 때문이 아닐까? 이 감정이 과연 순수하기는 한 것인가?

깜빡 잠이 들었던 윤성일이 두런거리는 말소리에 깨었다. 그러나 눈을 뜨지는 않았다.

"잠이 든 것 같아요."

간병인이 낮은 목소리로 말을 잇는다.

"나 그럼 아래층 로비에서 내 아들 좀 만나고 올 테니까 30분만 부탁해요."

"아유, 걱정 말고 다녀오세요."

강희나다. 다시 사근사근한 목소리로 강희나가 말했다.

"잠자는 사람 지켜보는 일처럼 쉬운 일이 어디 있어요?"

작은 웃음소리가 들리더니 방안이 곧 조용해졌다. 이제 둘이 남았다. 그때 발자국 소리가 다가왔다. 그러고는 옆쪽 의자에 앉는 기척이 들렸다. 향기가 맡아진다. 강희나의 향내다. 이것이 무슨 향수라고 했던가? 윤성일이 눈을 뜨고 강희나를 보았다. 이쪽에 시선을 주고 있던 강희나와 금방 마주친다.

"깼어?"

강희나가 웃음 띤 얼굴로 물었다.

"야, 너네 집, 해운회사냐?"

불쑥 윤성일이 묻자 강희나는 다시 웃었다.

"어떻게 알았어?"

"근데 넌 왜 골프장 세 개 가진 졸부라고 했어?"

"골프장도 있어."

시치미를 뚝 뗀 얼굴로 강희나가 말을 잇는다.

"엄마 명의로."

"의문인데 이건?"

눈을 크게 뜬 윤성일이 똑바로 강희나를 보았다.

"너같이 물 좋고 인물 좋은 애가 왜 나 같은 건달을 따라 다니는 것이 말이다? 아무래도 네가 제정신이 아닌 것 같다."

"그런가 봐."

하면서 강희나가 빙글빙글 웃었으므로 윤성일은 입맛을 다셨다.

"꿈 깨라. 난 50억 받고 끝냈다. 아버진 나한테 재산분배 안 해준다. 50억은 돌아가신 울 어머니가 나한테 남겨준 몫이야."

"50억이면 둘이 평생 쓰고도 남아."

이제는 정색한 강희나가 말을 잇는다.

"자식들 다 가르치고 떠나 보낼 수도 있어. 도대체 얼마를 끌어안고 있겠다는 거야? 난 이해를 못하겠어, 그 사람들?"

"그 사람들? 그 속에 너네 부모도 끼어 있는 게 아냐?"

"맞아."

"너하고 처음 의견의 일치를 본 것 같군."

"그러니까 선입견을 버려."

"나 소변 마려운데."

그러자 당황한 강희나가 벌떡 일어섰다.

"어, 어떻게?"

온몸을 꼼짝 못한 채 누운 윤성일은 대소변을 간병인이 받아내는 상황이다.

"간, 간병인 불러?"

"아니, 급하니까 네가 도와주면 돼."

"어떻게?"

"내 바지를 내리고 거시기 꺼내."

166

"간병인을 부를까?"

"급하다니까?"

윤성일의 목소리가 높아졌다.

"꺼내고 나서 거기 구석에 놓인 깔대기하고 호스 통을 가져와. 내 거시기 위에 깔대기를 씌우면 돼."

강희나의 시선이 구석으로 옮겨졌다. 깔대기와 호스, 그리고 작은 통이 놓여졌다. 그때 윤성일이 말을 이었다.

"내 거시기, 네가 안 본 것도 아니잖아? 널 보면 걔도 반가워할 거야."

머리를 돌린 강희나가 윤성일을 보았다. 그러자 윤성일이 얼굴을 펴고 웃었다.

"장난이야."

"미친놈!"

마침내 강희나가 눈을 흘기며 말했다. 얼굴이 붉게 상기되었고 눈에는 물기까지 배어져 있다.

"저질이야, 넌."

"그렇다니까? 그러니까 문제는 너야."

"어머, 외삼촌!"

놀란 김가영이 눈을 크게 떴다. 외삼촌 정재호가 아파트 현관 앞에 서 있었기 때문이다. 오후 6시 반, 6월 하순이어서 아직 햇살은 서쪽에서 비스듬히 비치고 있다. 정재호는 누가 오기를 기다린 것이다.

"응, 가영이구나."

정재호가 어설프게 웃는 순간 김가영의 가슴이 쩌르르 울렸다. 언제나 시름에 덮인 표정의 정재호다. 그 표정만큼 팔자도 기구해서 두 번 이혼을 하고 사업은 하는 족족 망했으며 요즘은 고시텔에 들어가 있으면서 치킨집을 시작한지 석 달째가 되어간다. 본인은 이것이 마지막 사업이라고 했지만 아직 나이가 46세이니 10번은 더 새 사업을 할 것이라고 김윤영이 말한 적이 있다.

"오늘 가게 안 해요?"

아파트 안으로 들어서면서 김가영이 묻자 정재호가 머리를 끄덕였는데 건성이다. 눈동자의 초점이 없어서 먼 곳을 보는 것 같다.

"엄마한테 연락 하셨어요?"

소파에 앉는 정재호에게 물었더니 또 머리만 끄덕였다. 반쯤 정신이 나간 것 같다. 가슴이 답답해진 김가영이 옷을 갈아입고 나왔을 때 정재호는 소파에 앉아 방바닥을 내려다보고 있다. 상반신을 세울 힘도 떨어졌는지 비스듬히 몸이 기울어져 있다.

"삼촌, 마실 거 드려요?"

김가영이 묻자 정재호가 놀란 듯 머리를 들었다. 소리만 들었지 내용은 듣지 못한 것 같다. 그만큼 정신이 없는 모양이다. 다시 묻기도 어색했으므로 김가영이 머리를 돌리고 말했다.

"엄만 곧 오실 거예요."

다시 방으로 돌아온 김가영이 벽시계를 보았다. 6시 50분이 되어가고 있다. 7시에 전화하기로 했지만 시간 따질 것 없다. 핸드폰의 버튼을 누르면서 김가영이 심호흡을 두 번이나 했다. 핸드폰을 귀에 붙인 김가영은 벨소리를 센다. 한 번, 두 번, 그때 윤성일의 목소리가 울렸다.

"응, 나야."

기다리고 있던 표시가 난다. 밝고 서두르는 분위기, 김가영의 심장박동이 빨라졌다.

"형, 일 끝났어?"

"응, 방금."

"형, 막일 하는 거야? 짐 같은 거 나르는 일 말야."

"아니, 나는 선배가 인테리어 팀장이어서 체크하고 심부름해. 바쁘긴 하지만 막일은 아니야."

"그렇구나."

김가영의 눈앞에 인테리어 체크를 하는 윤성일의 모습이 떠올랐다. 안전모를 쓴 모습이 어울렸다. 윤성일이 물었다.

"넌 지금 어디야?"

"집이야. 일 끝내고 왔어."

"피곤하지?"

"괜찮아. 버릇이 돼서. 밥 먹고, 책 좀 보고 3시간쯤 자고 일 나가야지."

12시부터 편의점 알바인 것이다. 여행 다녀와서 편의점 두 군데 알바를 뛴다. 한 곳은 오전 10시에서 오후 6시. 또 한 곳은 밤 12시에서 오전 8시까지인 것이다. 그때 윤성일이 말했다.

"야, 살살해라. 잠을 3시간밖에 못 잔단 말야? 그러다 아프면 큰일 나."

"새벽에 편의점에서 한두 시간쯤 자."

웃음 띤 얼굴로 김가영이 말을 잇는다.

"손님 없을 때 교대로 말야. 이젠 요령이 생겨서 나눠 자도 멀쩡해."

"보고 싶다."

불쑥 윤성일이 말했으므로 김가영은 숨을 들이켰다. 심장이 세차게 뛰면서 얼굴부터 열이 나더니 금방 온몸으로 번졌다. 김가영이 저도 모르게 말한다.

"나두."

"널 안고 싶어."

"나두."

그러자 수화구에서 혀 차는 소리가 났다.

"계속 따라할 거야?"

김가영이 짧게 웃고 나서 묻는다.

"그럼 어떻게 해?"

"네 신음소리나 한 번 내봐."

"신음소리?"

"나한테 안겼을 때 내던 신음소리."

"미쳤어, 이 남자!"

"오늘 미친놈 소리 여러 번 듣는군."

"또 누가 그랬는데?"

"선배가."

"그러니까 조심해. 나한테는 괜찮지만 형 먹여 살리는 선배한테 미친놈 소리 들으면 되겠어?"

"조심할게. 한 번만 내줘 봐."

"미쳤어!"

"부탁."

"일루 와서 진짜로 내게 해."

저도 모르게 그렇게 말을 뱉은 김가영이 손바닥으로 입을 막았고 얼굴이 붉어졌다. 그때 윤성일이 소리 내어 웃었다.

"전화하고 있어?"

문득 여자의 목소리가 들렸으므로 김가영이 긴장했다. 윤성일 주위의 누가 그렇게 물은 것이다. 그때 10초쯤 지난 후에 윤성일이 낮게 말했다.

"있다 다시 전화할게."

윤성일이 핸드폰을 베개 밑에 넣었을 때 오명화와 전세희가 다가왔다.

"전화 끝났어?"

웃음 띤 얼굴로 물은 오명화가 가져온 책을 탁자 위에 놓았다. 서너 권이나 된다.

"세희하고 네가 읽을 만한 책 골라서 사왔다."

"고맙습니다."

오명화의 시선을 받은 윤성일이 쓴웃음을 지어보였다.

"제가 사고만 쳐서요. 정말 면목이 없습니다."

"다, 그런 거야."

앞쪽 의자에 앉은 오명화가 옆에 선 전세희에게 말했다.

"너도 앉아라."

이번에는 전세희가 잠자코 자리에 앉는다. 지금까지 여러 번 병실에 왔지만 안쪽 소파에서 얼쩡거리다가 가곤 했던 것이다. 말 나눈 적도 없다. 집안사람들은 다 둘 사이가 소하고 닭 사이인 줄 아는 터라 전세희가 온 것만 해도 다행이다 싶었는지 모른 척했고, 그때 오명화가 정색하고 윤성일을 보았다.

"아버지한테 말씀 드렸더니 퇴원하고 집에서 정양하는 것이 낫다는데

동의하셨어. 그러니까 내 말대로 해."

윤성일은 시선만 주었고 오명화의 말이 이어졌다.

"이번에 어머님 유산 탄 거, 아버지가 잊겠다고 하셨어. 어차피 성일
이 앞으로 된 유산이니까 말야."

"……."

"형이나 누나한테 시켜도 되겠지만 내가 명색이 새 엄마 아냐? 몫을
해야 한다고 생각했고 아버지를 설득시킨 거야. 그러니까 나뿐만 아니
라 아버지, 형제들의 호의를 저버리면 안 돼."

"……."

"그리고……."

오명화의 시선이 전세희에게로 옮겨졌다. 병실 안은 조용하다. 그러
고 보니 간병인도, 안성댁도 보이지 않는다. 오명화가 다 내보낸 것 같
다. 시선을 받은 전세희의 얼굴이 굳어졌다. 그때 오명화가 말했다.

"세희 얘가 밥맛 없게 행동한 것 다 알아. 앞으로 얘도 주의할 거야.
아니, 달라지리라고 믿어. 이젠 얘도 다 컸거든."

잠깐 말을 그쳤던 오명화가 전세희를, 윤성일을 차례로 보았다. 분명
한 시선이다. 마치 도장을 찍는 것 같다.

"너희 둘은 의남매이면서도 남남이야. 아주 미묘한 관계지. 그래서 세
희가 방황했던 것 같고 성일이 너도 반발했어. 그동안 내가 소홀했으니
까 더 신경 쓸 거야."

윤성일은 눈을 감았다. 피로감이 밀려왔기 때문이다. 그러자 참으로
자연스럽게 김가영의 얼굴이 눈앞에 떠올랐다. 가영아, 나다. 너한테 가
고 싶다.

잠에서 깬 김가영이 벽시계를 보았다. 오후 10시 30분, 딱 3시간을 잤다. 정확하다. 이제 씻고, 늦은 저녁 먹고 집에서 11시쯤에 출발하면 11시 45분에는 편의점에 도착한다. 방에서 나온 김가영이 주춤 멈춰 섰다. 소파에 앉은 어머니가 울고 있었기 때문이다. 집안은 비었다. 외삼촌은 돌아간 모양이다. 동생 김윤영은 오늘 학교 끝나고 12시까지 알바를 뛰기 때문에 새벽 1시가 넘어서 돌아온다. 놀란 김가영이 와락 물었다.

"엄마 왜?"

깜짝 놀란 어머니가 몸을 돌렸으나 김가영이 소파를 돌아 앞에 섰다.

"무슨 일야?"

소리치듯 묻자 어머니 정민옥이 눈물로 범벅이 된 얼굴을 들었다. 눈의 흰 창이 붉게 충혈되었다.

"가영아, 어쩌면 좋니?"

"뭐가?"

물었지만 김가영이 말끝이 떨렸다. 외삼촌 정재호의 넋 나간 모습이 떠올랐다. 또 외삼촌인가? 치킨집이 석 달 만에 망했구나. 어머니는 말 안 했지만 400만 원 정도 빌려준 것 같다. 가계부를 같이 쓰는 터라 어머니가 요즘 내보이지 않았던 통장 잔고가 며칠 전에 보았더니 100만 원이었다. 제대로 된 상태라면 500만 원이 있어야 된다. 세 식구 수입이 다 노출되고 3개 통장 내역이 뻔하기 때문이다. 그때 어머니가 두 주먹을 쥐고 벌벌 떨었다. 심하다. 처음에는 손을 떨더니 곧 팔이, 나중에는 온몸을 떤다. 간질병 같다.

"엄마, 왜 그래?"

눈을 치켜뜬 김가영이 두 손을 허리에 짚고 꾸짖듯 물었다. 세 식구

중 김가영이 가장 강하다. 그다음이 김윤영, 어머니 정민옥은 윤영이 말마따나 '허당'이다. 헛발질이나 하고, 대개 하나밖에 없는 외삼촌 정재호한테 떼이지만 돈이나 떼이고, 아파트 관리사무소에 가서 더 낸 관리비도 찾아오지 못하고 쩔쩔맨다. 어떻게 돈을 내놓으라고 따지느냐는 것이다. 그쯤은 김윤영이 맡지만 김가영은 큰 일 담당이다. 위층에서 밤에도 쿵쾅쿵쾅 뛰었던 초등 6학년, 중딩 2학년짜리 두 웬수(?)를 잡는 일 따위다. 어느 날 김가영이 데려와 집에서 밥을 먹인 두 소년이 누구였겠는가? 놀라지 마시라. 바로 그렇게도 말을 안 듣고, 하지 말라면 더 하던 두 놈 중 중딩 2학년짜리가 다니는 중학교의 '일진' 대장들이었던 것이다. 즉시로 '일진'의 부름을 받고 아래층 김가영의 집으로 내려온 그 웬수는 거의 한 시간 동안 눈물을 한 바가지나 쏟으면서 잘못을 빌었고, 각서를 20장이나 썼으며 김가영이 말리지 않았다면 엄청 맞았을 것이었다. 그 후로 위층 집은 유령이 사는 집처럼 변했다. 도무지 인기척도 나지 않았던 것이다.

"말해!"

김가영이 다시 소리쳤을 때 정민옥의 눈동자에 초점이 잡혀졌다. 떨림도 천천히 멈춰지더니 어깨를 부풀리면서 길게 숨을 뱉는다. 그러고는 입을 열었다.

"사기를 당했어."

"으응?"

놀란 김가영이 눈을 부릅떴다. 이제 김가영의 시선을 받은 채 정민옥이 말을 잇는다.

"재호에게 1천만 원을 대출받으라고 했더니, 자기 친구를 시켜서 사채업자한테……."

"사채업자?"

"으응."

어깨를 늘어뜨린 정민옥의 눈에서 주르르 눈물이 쏟아졌다.

"그놈이 사채업자한테서 6천만 원을 빌려서 5천만 원을 자기가 떼어 먹고 재호한테는 1천만 원만 준 거야."

"……."

"오늘 아침에 알았대. 사채업자가 찾아와서……."

"잠깐만!"

손바닥을 펴 보인 김가영이 정민옥의 말을 막았다. 심호흡을 하고 난 김가영이 묻는다.

"뭘 담보로 대출을 받았는데?"

"아파트."

"뭐라고?"

"이 아파트."

그러더니 정민옥이 두 손을 움켜쥐었는데 마치 기도하는 자세가 되었다.

"미안해, 정말 미안해. 내가 죽어서라도 죗값 받을게."

밤 12시, 김가영은 치킨집 안에서 정재호와 마주 앉아 있다. 치킨집은 밖에 '금일휴업' 푯말을 내걸었고 홀 안의 불도 가운데 등만 켜놓아서 을씨년스럽다. 오늘 김가영은 알바도 나가지 않고 곧장 이곳으로 온 것이다. 정재호의 표정은 정민옥과 비슷했지만 더 가라앉았다. 진이 다 빠진 모습이라고 표현하는 게 맞을 것이다. 바람 빠진 풍선처럼 금방 쪼그라들 것 같다. 정재호가 앓는 것처럼 말했다.

"그놈한테 부탁한 게 잘못이야. 쉽게 빌릴 수 있다고, 이자도 은행 이자만큼 받는다고 해서……."

김가영은 눈만 치켜뜬 채 숨소리도 내지 않는다. 정재호의 말이 이어졌다.

"그래서 누님이 준 서류를 맡겼는데 1천만 원만 빌린 줄 알았지. 아파트를 담보로 6천만 원을 빌렸을 줄은……."

"……."

"나한테 보여준 건 위조서류였어. 오늘 오전에 사채업자가 들고 온 서류를 보았더니……."

"그만요."

말을 자른 김가영이 똑바로 정재호를 보았다.

"그 사람 어디 있어요?"

"응?"

했다가 정재호의 어깨가 더 늘어졌다.

"도망갔어."

"……."

"살고 있던 월세집에 갔더니 짐도 다 없어졌어."

"……."

"경찰에 신고를 했지만 그놈을 찾기 전까지는 어쩔 수가……."

그때 김가영이 자리에서 일어섰다.

"삼촌이 장기를 팔아서라도 돈 만들어내요. 이것저것 떼어서 팔면 6천만 원은 될 테니까."

한 마디씩 또박또박 말한 김가영이 정재호를 내려다보았다. 정재호는 시선을 내린 채 숨도 쉬는 것 같지가 않다.

"절대로 자살하면 안 돼요. 그럼 우리 엄마도 죽을 테니까. 비겁하게 그따위 수작하지 말란 말예요."

"……."

"내일 이 가게 내놔요. 그럼 2천만 원은 건질 수 있죠? 그거라도 우선 가져가야겠어요."

"그런데 가게가……."

목멘 목소리로 말했던 정재호가 힘들게 헛기침을 했다.

"장사가 안 되어서 금방 나가지 않을 것 같아. 몇 달은 기다려야……."

"그럼 장기를 파시든지?"

김가영이 목소리를 높였다. 이제는 두 눈이 번들거리고 있다.

"그럼 우리 세 식구가 거리로 쫓겨나란 말예요? 왜? 우리가 왜?"

김가영의 목소리가 빈 홀을 울렸다.

"에구머니."

놀란 외침이었지만 낮다. 안성댁의 목소리다. 안쪽 병상에 누워 있던 윤성일의 가슴에 묵직해진 느낌이 온다. 예감이다. 나타났다.

"어, 수고하는구만."

이어 들리는 굵은 목소리, 아버지다. 예감이 맞았다. 발자국 소리가 다가온다. 윤성일은 심호흡을 했다. 오전 9시 반, 방안에는 간병인과 안성댁뿐이다. 누나 윤은지는 7시 반에 여기서 출근을 했고 새어머니 오명화는 10시 반쯤 올 것이다. 의사들도 그때쯤 올 테니까 지금이 대개 윤성일이 혼자 있는 시간이다. 아버지는 이 시간을 노리고 온 것이 분명했다. 다가온 윤정수가 힐끗 윤성일을 보더니 머리를 돌려 그림자처럼 뒤에 붙어선 박상호에게 말했다.

"안성댁하고 밖에 나가 있어."

"예, 회장님."

그럴 줄 알았다는 듯 낮게 대답한 박상호가 몸을 돌렸고 곧 발자국 소리와 함께 문이 닫히는 기척이 들렸다. 자, 이제는 방에 간병인까지 셋이 남았다. 잔뜩 긴장한 간병인은 멀찍이 떨어진 주방 쪽에서 꾸물대고 있었으므로 안쪽에는 둘뿐이다. 윤정수가 병상 옆의 의자에 앉더니 길게 숨을 뱉었다. 윤성일이 잠자코 아버지의 얼굴을 본다. 직선거리로 1미터 정도, 눈과 눈 사이의 거리를 말한다. 이 정도의 간격으로 마주앉아 본 적이 없다는 생각이 들었으므로 윤성일은 눈을 가늘게 떴다. 둘의 시선이 부딪친 지 오래되었다. 윤정수가 앉은 후부터였으니 5초도 넘었다. 윤성일은 네 자식 중, 윤은지는 어떤지 몰라도 세 사내자식 중 이렇게 길게 아버지와 눈싸움을 한 자식도 없을 것이라는 생각을 한다. 그때 윤정수가 불쑥 말했다.

"뭘 봐, 이 자식아?"

"왜요?"

대번에 말대답을 한 윤성일이 윤정수의 시선을 맞받는다. 그러자 윤정수가 입맛을 다셨다. 이제 10초쯤 되었다.

"버르장머리 없는 놈 같으니……."

윤성일이 숨을 들이켜면서 말대답을 참는다. 아버지가 이 시간에 찾아온 것은 그야말로 파격이다. 금방 소문이 나겠지만 두 형과 새엄마는 잔뜩 긴장할 것이었다. 제각기 속셈이 있을 것이기 때문이다. 다만 누나 윤은지가 진심으로 반기겠지. 아마 눈물을 흘릴지도 모른다. 그때 윤정수가 말했다.

"너 어머니 산소에 갔었냐?"

그렇구나, 숨이 저절로 들이켜진 윤성일이 눈만 껌벅였고 윤정수의 말이 이어졌다.

"산지기한테 들었더니 네가 혼자 계속해서 다녀갔다고 하더구나. 작년에도, 재작년에도……."

"……."

"허긴 네 엄마가 너 두고 먼저 가는 것이 원통해서 눈도 못 감고 갔지."

"……."

"나도 그 사람 고생만 시켰다."

그 순간 윤성일은 머리를 돌렸다. 가슴이 울컥해졌기 때문이다. 뻔한 소리에 감동을 받은 자신이 싫었으므로 윤성일은 어금니를 물었다. 그 때 윤정수가 말을 잇는다.

"내가 무심해서 미안하다."

"……."

"내가 너한테만 말해주마. 네 형들은 다 제 밥벌이 하고 가는 길이 달라. 넌 내 상속자야. 네가 내 재산을 물려받을 것이다."

낮고 빠르게 말한 윤정수가 자리에서 일어섰다.

"너만 알고 있어라."

그러고는 발자국 소리가 서서히 멀어져 갔는데, 윤성일은 머리도 돌리지 않았다.

다가오는 두 사내는 웃음 띤 얼굴에 평범한 인상이다. 특징이 없어서 금방 잊어버릴 만한 얼굴, 옷차림도 수수했다. 영화에서 나오는 사채업자는 머리가 짧거나 올백으로 넘겼고 날렵한 양복 차림이었는데 아니다. 책방 아저씨 같다. 더구나 둘 다 수줍게 웃으며 다가와 엉거주춤 앞쪽 자리에 앉는다.

"놀라셨겠습니다."

둘 중 나이 든 사내가 걱정스런 표정을 짓고 말했을 때 김가영은 눈물이 핑 돌았다. 그래서 숨을 들이켰을 때 사내가 말을 잇는다.

"저희들도 황당했습니다. 세상에, 그런 나쁜 놈이 있단 말입니까?"

"예, 저……."

무슨 말을 해야 될지 머리가 뒤죽박죽이 되는 바람에 김가영이 말을 내놓다가 말았다. 그때 사내가 입맛을 다시고 나서 말을 잇는다.

"저희들도 어제 오후에 경찰 조사까지 받았어요. 하지만 우리가 무슨 잘못이 있습니까? 우리도 억울하죠. 돈 빌려주고 경찰 조사까지 받고 말입니다."

"그런데." 하면서 김가영의 옆에 앉아 숨도 쉬는 것 같지 않던 정재호가 입을 열었다.

"조금 기다려 주실 수 없습니까? 그놈이 잡힐 때까지라도 말입니다."

그러자 사내가 길게 숨을 뱉고 나서 말했다.

"안 되겠네요. 각서까지 받고 공증도 해놓아서요. 기간 안에 이자까지 갚지 않으시면 경매로 내놓게 되어 있습니다. 그건 이미 저희들 손에서 떠난 겁니다."

완벽하다. 김가영은 눈앞에 거대한 벽이 가로막고 서있는 느낌을 받는다. 원금 6천만 원과 이자까지 이 달 안에 갚지 않는다면 아파트는 경매로 넘어간다. 빠져 나갈 길이 없는 것이다.

"내가 장기 팔게."

두 사내가 나갔을 때 정재호가 혼잣소리처럼 말했다. 눈동자는 초점이 없고 어깨를 늘어뜨리고 있다.

"저기 터미널 화장실에서 장기 산다는 스티커를 보았어."

김가영은 문득 두 사내가 커피 값을 내지 않고 나갔다는 생각을 한다. 하긴 이쪽에서 만나자고 불러냈으니 그쪽이 낼 필요가 없다. 커피숍 벽에 걸린 시계가 오전 10시 45분을 가리키고 있다. 늦었구나. 문득 그 생각이 떠올랐고 다음 순간 가슴이 미어졌다. 내가 전화할 여유가 있나? 지금 이 상황에? 그때 가방 안에 든 핸드폰의 벨소리가 났으므로 김가영의 가슴이 철렁 내려앉았다. 윤성일이다. 벨소리를 들었는지 옆에 앉은 정재호가 머리를 돌려 김가영을 보았다. 눈이 죽은 생선의 눈 같다.

"가영아, 저기."

벨이 여섯 번 울렸을 때 정재호가 조심스럽게 말했다.

"전화가……"

그 순간 김가영이 눈을 치켜뜨고 말했다.

"삼촌은 터미널 가봐요. 장기 산다는 전화번호 찾아야죠."

제4장

새 세상

전화기를 귀에서 뗀 윤성일이 소리 죽여 숨을 뱉었다. 오전 10시 45분이 조금 넘었다. 아버지가 다녀가는 바람에 오늘은 전화가 한 시간쯤 늦었다. 지금은 김가영이 또 다른 편의점에서 알바를 시작했을 시간인 것이다. 그래서 전화를 안 받는 것 같다.

"아버지가 뭐라셔?"

다가온 오명화가 물었으므로 윤성일이 머리를 들었다.

"집으로 들어오라구요……."

이렇게 말하는 수밖에 없다. 다가온 오명화가 옆쪽 의자에 앉았다. 아버지가 앉았던 의자다.

"그래야지. 난 기뻐."

밝은 얼굴로 오명화가 말을 이었다.

"아버지가 나한테 말씀도 안 하고 여기 다녀가셨다는 말을 듣고 놀랐어."

"……."

"화를 푸신 거야. 잘됐어."

"여러 가지로……."

말을 멈춘 윤성일이 호흡을 한 번 하고 나서 다시 말했다.

"신경을 쓰게 해드려서 죄송합니다."

"아냐."

정색한 오명화가 윤성일을 보았다.

"내가 더 일찍 서둘렀어야 했는데 소홀했어."

"아녜요."

"자, 우리 그런 얘기 그만."

손을 들어 보인 오명화의 얼굴에 쓴웃음이 번졌다.

"이런 대화도 어색해. 정상적인 가족 사이라면 불필요한 얘기야."

"그러네요."

"집에 들어올 거지?"

"그래야겠습니다."

그때 전세희가 다가왔으므로 오명화가 말했다.

"애 세희야, 오빠가 퇴원하면 집에 들어오기로 약속했다."

전세희는 입술 끝을 구부려 웃는 시늉을 해 보였는데 그것만으로도 큰 발전이었다. 오명화 뒤쪽에 선 전세희가 팔짱을 끼더니 어색한지 딱 한 마디 했다.

"추카."

"어이구."

입맛을 다신 오명화가 자리에서 일어서면서 말했다.

"나 담당의사 좀 만나고 올 테니까 세희 넌 오빠 옆에 있어."

그러고는 서둘러 자리를 떠났으므로 윤성일과 전세희의 시선이 마주쳤다.

"저러시니까 더 어색하다. 그지?"

윤성일이 묻자 전세희는 오명화가 앉았던 의자에 앉으면서 대답했다.

"난 어색하지 않아."

"그럼 우리가 친밀한 사이냐?"

"관심 없단 말야."

"그런 것 같지 않던데?"

"자꾸 신경을 건드리니까 그렇지."

"그건 내가 할 말이다."

"도대체 나잇값을 해야지."

"네가 나이 든 사람 존중해본 적 있어?"

거기까지 둘의 대화가 일사분란하게 진행되었다가 간병인이 다가오는 바람에 끝났다.

"아가씨, 좀 비켜주세요. 소변 볼 시간이어서요."

하고 간병인이 말하자 전세희가 일어서면서 물었다.

"오빤데 어때요? 제가 도와드릴까요?"

간병인의 시선을 받은 전세희가 시치미를 딱 뗀 얼굴로 말을 이었다.

"어렸을 때부터 오줌 싸는 거 많이 보았거든요."

"한 달이 아냐."

계단에서 마주보고 선 김가영이 정민옥에게 말했다. 오후 2시 반, 이곳은 정민옥이 청소원으로 일하고 있는 강남의 빌딩 안이다. 김가영은 경찰서에 들렀다가 이곳으로 온 것이다. 정민옥은 겁먹은 표정으로 시선만 주었고 김가영이 말을 이었다.

"각서, 계약서에 적힌 기간은 지난주야. 기간이 지났단 말야. 이번주에 경매가 시작될 거야."

"어떡하지?"

겨우 그렇게 물은 정민옥의 눈에서 다시 주르르 눈물이 흘러내렸다. 어제부터 정민옥은 끊임없이 운다.

"부동산업자한테 알아보았더니 우리 아파트는 오래되었고 재건축 가능성도 없어서 8천만 원 정도에 낙찰될 거라고 해. 그럼 원금하고 이자 떼고 남는 돈은 우리가 가져."

"……."

"1천 몇 백만 원 정도."

멀쩡한 아파트가 날아가고 1천 몇 백만 원이 남는다는 말이다. 그 돈으로는 월세방밖에 못 얻는다. 눈물을 닦은 정민옥이 김가영을 보았다.

"그 사기꾼은 못 찾는대?"

"찾더라도 돈은 되찾기 힘들 거야."

"경찰이 봐주지 않아?"

"경찰은 법대로 하고 있어."

그러자 손등으로 눈물을 닦은 정민옥이 흐느껴 울었다. 비상계단이어서 둘뿐이었지만 김가영이 주위를 둘러보았다.

"이제 시간이 일주일쯤 남았어, 엄마."

"어, 어떡하니?"

"경찰이 원금만 가져오면 사채업자한테 말해서 경매 풀어보겠다고 했어."

"원금?"

해놓고 정민옥이 어깨를 늘어뜨렸다. 6천만 원이다. 셋의 통장을 다 털어도 600만 원이 안 되었다. 경찰로서는 특별하게 신경을 써준 셈이지만 그것도 불가능하다. 그때 김가영이 말했다.

"엄마, 아직 윤영이한테는 이 이야기 하지 마. 걔까지 절망시키기는 싫어."

그러고는 훌쩍이고만 있는 정민옥을 향해 말을 이었다.

"마지막 순간에 내가 말할 테니까."

"집에 들어가기로 했다면서?"

꽃다발을 들고 온 강희나가 물었는데 얼굴이 환했다. 얼굴 옆에 꽃다발이 떠 있기 때문인지도 모른다. 윤성일이 쓴웃음만 지었더니 다가온 강희나가 말을 이었다.

"세희하고도 대화를 시작했고……."

"누가 그래?"

"세희한테 들었어."

"빠르군, 그 동네?"

해놓고 아차 했지만 이미 뱉은 말이다. 강희나는 못 들은 척 화병에 꽃을 꽂는다. 그 동네란 오명화의 친인척을 말한다. 그러나 이쪽 가족, 즉 윤성일의 형제들은 아직 윤정수가 병실에 다녀간 것을 모른다. 안성댁이나 간병인도 말해주지 않았기 때문이다. 그러고 보면 집안 정보는 오명화 측이 꽉 쥐었다. 꽃을 꽂은 강희나가 다가와 섰다. 병상 끝에 바짝 붙어선 강희나가 윤성일을 내려다보면서 물었다.

"저기 누구 있어?"

"뭘?"

윤성일의 시선을 받은 강희나의 얼굴에 웃음이 떠올랐다.

"여자 말야?"

"……."

"하긴 한둘이 아니겠지만……."

"……."

"그중에서 딱 마음속에 담아둔 여자가 있느냐구 물었어?"

"묻는 이유나 들어보자."

윤성일은 자신의 목소리가 가라앉아 있는 것을 듣는다. 그때 강희나가 병상에 몸을 더 붙였다. 그러자 둘의 얼굴이 더욱 가까워졌다. 50센티쯤 될까? 강희나의 눈동자에 윤성일의 얼굴이 박혀져있다.

"내가 좋아하니까."

강희나가 차분한 표정으로 말을 잇는다.

"우리 둘의 관계가 좀 건실하게 발전되었으면 해서."

"……."

"단 오빠가 마음속에 넣은 여자가 있다면 강요할 수는 없지. 그래서 묻는 거야."

"있어."

윤성일이 불쑥 말한 순간 강희나는 숨을 들이켰다. 그러나 시선은 비끼지 않는다. 윤성일이 말을 이었다.

"이번에 베트남에서 만났어."

"······."

"사흘 동안 같이 다니다가 내가 먼저 귀국했는데 딴 여자하고 놀러가다가 이 꼴이 되었다."

"······."

"보고 싶어."

"왜 안 불렀어?"

"내가 여자하고 놀러가다 다친 것이 발각될까 봐. 걘 내가 지금 제주도에서 일하고 있는 줄 알아."

"그 여자가 나한테 거짓말도 못 할 만큼 소중해?"

"자존심 문제가 더 큰 것 같아."

"내가 오는 것이 거북해?"

"그건 아냐."

"양다리야?"

"좀 그렇다."

"알았어."

강희나가 갑자기 손을 뻗어 윤성일의 코를 쥐었다가 놓았다.

"곧 정신 차리겠지."

"그래도 날 받아들이겠다는 거야?"

"미쳤니?"

목소리를 낮춘 강희나가 눈을 흘겼다.

"내가 아무나 받아주는 사람으로 알았니? 꿈 깨."

이제는 입만 벌린 윤성일을 향해 강희나가 말을 잇는다.

"정리할 때까지 기다려주겠다는 말야."

오후 7시, 압구정동 '쥰 스테이크 하우스'는 오늘도 젊은 남녀로 가득 차 있다. 이 집 주인 '쥰'이 직접 구워주는 어린애 손바닥만 한 스테이크 한 접시가 7만원이었지만 손님은 언제나 넘쳐나는 것이다. 둘이 후식까지 다 먹으면 최소한 30만원이 든다지만 예약하지 않으면 자리가 없다.

"응, 어서 와."

안쪽 자리에 앉아있던 강희나가 다가오는 전세희를 웃으며 맞았다. 오늘은 강희나가 밥 먹자고 전세희를 부른 것이다. 둘의 단골집이어서 금방 다가온 종업원이 주문을 받고 돌아갔다.

"무슨 일 있지?"

의자에 등을 붙인 전세희가 묻자 강희나는 눈을 흘겼다.

"여우같긴?"

"울 엄마는 날 미친년, 구제불능, 액운덩어리라고 하는데 그보다는 훨씬 낫군."

"네가 어지간히 속을 썩였어야지?"

그때 눈을 가늘게 뜬 전세희가 다시 정색했다.

"자, 말해. 갑자기 밥 먹자는 이유가 뭐야?"

"오빠가 여자 있다고 했어."

불쑥 말한 강희나가 물잔을 들고 웃었다. 눈 꼬리가 둥글게 되었지만 입술 끝이 희미하게 떨렸다. 전세희의 시선을 받은 강희나가 말을 이었다.

"베트남 여행 때 만난 여자래?"

"……."

"그 여자를 마음속에 담아두었다나?"

"……."

"정말 좋아하는 것 같아."

"……."

"내가 당분간 두고 보겠다고 했지. 뭐 자존심까지 상하지는 않더라."

그러면서 강희나가 큭큭 웃었다.

"의외였어. 오빠의 그런 면이. 오히려 순수하게 보이더라니까?"

"……."

"도대체 어떤 애일까?"

그러더니 강희나가 초점이 멀어진 눈으로 전세희를 쳐다보았다.

"궁금해."

가속기를 밟자 포르쉐는 불끈 전진했다가 곧 속력을 떨어뜨렸다. 차가 막혀서 전세희가 브레이크를 밟았기 때문이다. 오후 9시 반, 전세희는 강희나와 헤어져 집에 돌아가는 길이다. 음악을 들으려고 버튼에 손가락을 갖다 댄 전세희가 바로 떼었다. 그러고는 혼자 쓴웃음을 짓는다.

"김가영."

전세희가 혼잣소리로 말했다.

"순진하기는, 둘 다."

차는 이제 천천히 굴러가고 있다. 보행자 속도와 똑같다.

"하루에 두 곳 알바 뛰는 애야."

그리고 사는 아파트, 청소원으로 일하는 어머니, 동생이 다니는 학교까지 다 알고 있는 것이다. 김가영을 어떻게 하려고 알아본 것이 아니다. 도대체 윤성일이 작업을 한 여자가 누군지 알고 싶었기 때문이다.

그런데 윤성일이 그 김가영을 좋아한다고 말했다는 것이다. 그것도 직접 강희나한테, 김가영이 그냥 따먹고 끝내는 여자가 아니라는 표시다.

"웃기네."

쓴웃음을 지었던 전세희는 옆쪽에 놓인 핸드폰을 집어 들었다.

"어디야?"

윤성일이 묻자 김가영이 저도 모르게 주위를 둘러보았다. 오후 9시 50분, 집 근처다. 버스에서 내려 이제 아파트 정문 근처로 가는 중이다.

"응, 집."

하고 김가영은 대답하다가 목이 메어 헛기침을 했다. 뒤쪽에서 경적 소리가 울렸고 그것을 윤성일이 들은 것 같다.

"밖이니?"

"응, 잠깐 나왔어."

거짓말이다. 김가영은 오늘 하루 종일 알바도 안 뛰고 동분서주했다. 지금은 다시 경찰서에 갔다가 집에 오는 길이다. 삼촌 친구인 사기꾼은 행방이 묘연했다. 경찰도 쉽게 찾지 못할 것 같다고 했다. 아예 친인척과 인연을 끊은 인간이었던 것이다. 다시 윤성일이 물었다.

"또 알바 뛰어야겠구나?"

"응."

하지만 알바 나갈 여유가 없다. 어머니하고 앞날을 상의해야만 한다. 심호흡을 한 김가영이 말했다.

"형, 집에서 엄마하고 일하다가 잠깐 나왔거든? 내가 내일 오전에 전화 할게, 응?"

한껏 목소리를 부드럽혔지만 나중에 다시 목이 메었으므로 김가영은 어금니를 물었다. 또 거짓말이다. 거짓말, 거짓말, 거짓말. 그때 윤성일이 말했다.

"그래, 알바 뛰다가 잠깐씩 자, 응?"

"그럴게."

"보고 싶다."

"나두."

그러고는 김가영이 심호흡을 했다. 그 순간 눈이 뜨거워지더니 주르르 눈물이 흘러내렸으므로 놀란 김가영이 핸드폰을 귀에서 떼었다.

항상 그랬다. 돈 갚겠다는 날부터 전화를 안 받으면 약속 못 지키는 것으로 알아야 했다. 온다는 날 못 왔을 때도 잔소리 듣기 싫어서 전화기 전원을 꺼놓는다. 제가 필요할 때만 전화질을 하고 다른 전화는 받지 않는다. 김가영의 외삼촌 정재호가 바로 그 주인공이다. 무책임, 불성실, 무능력의 표본 같은 인물이다. 굳이 장점을 말하라면 착하다는 것, 끝없이 속고, 속고, 속으면서도 악질이 되지 않는다는 것. 김가영의 관점에서 보면 그건 팔푼이, 낙오자의 전형이다. 그 정재호가 다시 어제 오후부터 전화기 전원을 꺼놓고 잠적한 바람에 김가영이 이번에는 직접 찾아 나섰다. 융통성도 없어서 갈 곳은 뻔하다. 월세집이건 합숙소건 숙소에 웅크리고 있기 때문이다. 오늘은 고시원이다. 관악구 남현동의 고시원으로 들어선 김가영이 심호흡부터 했다. 오전 9시 10분, 일용직 독신자 숙소가 되어버린 고시원 안은 한적하다. 다 부지런해서 일을 나갔거나 야근을 뛴 사람들은 잠이 들었을 것이다. 비실거리는 놈은 일 없는 실업자, 무능력자다. 곧 정재호 같은 위인이다. 외삼촌이었지만 나이가 들수록 미워지는 정재호다. 윤영이가 언젠가 계산을 하더니 외삼촌한테 퍼준 돈이 1억이 넘는다고 했다. 윤영이 중학교 때부터였으니 10년도 안 되는 기간에 빠져나간 돈이 그렇다. 정민옥은 가만있었지만 김가영 생각에는 그보다 더 되었다고 믿어졌다. 정민옥이 두 딸 모르게 빼준 돈도 있었기 때문이다. 그 돈까지 합하면 그 배쯤 된다. 그러니 5년 동안에 두 번 이혼을 당하고 나서 지금까지 혼자 산다. 직장은 대학 졸업하고 제약회사에 3년 다니다가 짤린 후에 아마 10번은 더 직장을 옮겼을성싶다. 1년도 안 되어서 짤리고는 10년쯤 전부터 사업을 시작했는데 이번까지 포함해서 망해먹은 사업체가 일곱여덟 개는 될 것이다. 정재호의 방은 616호실이다. 엘리베이터에서 내린 김가영이 텅 빈 복도를 걸어 616호실 앞에 섰다. 건물은 조용했지만 어디선가 TV 소음이 희미하게 울렸다. 퀴퀴한 냄새는 남자들의 체취다. 벨도 없었기 때문에 김가영은 노크를 했다.

"삼촌, 저요. 가영이."

정재호는 느긋하게 잠을 잘 위인도 아니다. 눕기는 했겠지만 눈을 뜨고 있을 것이다. 담배는 피우지만 술도 마시지 못해서 어머니 표현대로라면 '술로 풀지도 못하는 위인'이다.

"삼촌, 저요."

다시 노크를 한 김가영의 화가 무럭 솟았다. 또 도망가면 장땡이냐? 장기라도 팔아서 변상을 해줘야 할 것 아냐! 다시 노크를 했던 김가영이 문의 손잡이를 쥐고 와락 돌렸더니 덜컹 열렸다. 문이 잠겨져 있지 않았던 것이다. 이맛살부터 찌푸린 김가영이 안을 보았다. 과연 정재호는 누워 있었다. 이불도 덮지 않고 옷을 입은 채로 누웠다.

"삼촌!"

조금 목소리를 높여 불렀던 김가영이 숨을 들이켰다. 정재호의 입가에서 흰 거품이 맺혀져 있는 것이다. 그리고 머리맡에 접혀진 백지가 보였다. 다음 순간 김가영의 입에서 외침이 터졌다.

"삼촌!"

병원으로 실려 간 정재호는 응급조치를 받았지만 깨어나지 못했다. 정재호의 사인(死因)은 수면제의 과다복용이었던 것이다. 정신없이 병원으로 달려온 정민옥은 몸만 떨 뿐 눈물을 쏟지도, 통곡하지도 않았다. 말귀도 다 알아듣고 머리를 끄덕이거나 간단한 대답도 했지만 말을 내놓지는 않았다. 눈동자의 초점도 잡혀져 있어서 김가영은 조금 마음은 놓았어도 주의를 게을리 하지는 않았다. 정재호의 머리맡에 두었던 접힌 쪽지는 유서였는데 그것도 어머니한테 아직 보여주지 않았다. 김가영과 경찰만 읽은 상태다. 오후 2시 반, 근처의 병원으로 실려 간 정재호의 시신은 다행히 병원의 장례식장으로 옮겨졌다. 본래 사흘장이었으나 김가영은 바로 내일 장례식을 치르기로 했다. 친척 몇 명한테만 연락하고 지인들에게는 비밀로 한 것이다. 김윤영한테도 오후 3시경에야 연락했기 때문에 오후 4시경에야 장례식장에서 처음 울음이 터졌다. 김윤영의 울음이다. 그때 김윤영의 뒷모습을 우두커니 보던 정민옥이 머리를 돌려 김가영에게 말했다.

"너 삼촌 유서 갖고 있다면서? 한 번 보자."

정재호가 죽은 후에 처음으로 길게 내놓은 말이었으므로 김가영이 몸을 굽혔다. 그러나 어쩔 수 없다. 허리에 꽂아 놓았던 유서를 꺼내 주었더니 쪼그리고 앉은 정민옥이 김윤영의 울음을 배경 소리로 삼는 것처럼 읽는다. 김가영이 우두커니 정민옥의 옆모습을 보았는데 유서는 외우고 있다.

"누님, 그리고 가영아, 윤영아. 내 장기라도 팔아보려고 터미널 화장실에 갔더니 스티커가 다 떼어졌어. 화장실에 앉아서 생각을 했더니 누가 옆에서 챙겨주지 않으면 장기 판돈도 사기당할 것 같아. 어떻게든 살아보려고 했지만 안 되겠어. 누님이 옆에 있는 한 의지하려고 들어서 거머리같이 피만 빨아먹고 지낼 거야. 누님, 가영아, 윤영아. 나 갈게. 미안해, 정말 미안해. 내가 혼이 되어서 누님 세 식구한테 신세진 것 갚을게. 이만 안녕."

이윽고 유서에서 시선을 뗀 정민옥이 우두커니 정재호의 사진을 보았다. 집에 있던 사진을 확대한 것이어서 30대쯤의 낯선 사내가 웃고 있다. 김윤영의 울음도 그친 영안실 안은 조용하다. 영안실에는 세 식구뿐이기 때문이다. 아직 아무도 오지 않았다. 그때 정민옥이 말했다.

"내가 이럴 줄 알았어."

김가영의 시선을 받은 정민옥이 억양 없는 목소리로 말을 잇는다.

"나한테 말하려고 온 날 밤에 알았어."

"……."

"나한테 미안하다고 하는 것이 아니라 고맙다고 하잖니? 말이 돼?"

"엄마."

김가영이 정민옥의 손을 잡았다. 손이 뜨겁다.

"엄마, 내가……."

"난 네 외삼촌이 이렇게 길게 글 쓴 것 처음 봤다."

"엄마."

마침내 김가영이 두 손으로 얼굴을 가리고 울음을 터뜨렸다. 정민옥의 나중 말을 들은 김윤영도 다시 울었으므로 좁은 영안식장은 울음소리로 뒤덮였다. 그러나 정민옥은 눈물도 흘리지 않았다.

오후 9시 반, 윤성일이 다시 핸드폰의 음성녹음 버튼을 누르고는 귀에 붙였다. 그러자 김가영의 낮은 목소리가 울렸다.

"나 전원 꺼놓고 있을게. 전화 주고받을 형편이 아니어서 그래. 그러니까 이해해줘, 형."

그러더니 잠깐 뜸을 들이고 나서 말을 잇는다.

"내가 며칠 후에 연락할게. 걱정 말고 기다려줘, 응?"

그것이 끝이다. 오늘 오전에 전화를 했더니 이렇게 메시지가 녹음되어 있는 것을 저장해놓은 것이다. 병실 안은 조용하다. 오늘이 24일째, 윤은지는 아직 병원에서 돌아오지 않았고 안성댁은 한남동 저택에 다녀오겠다면서 나갔다. 병실에는 간병인과 둘뿐이다. 아버지가 다녀간 날 밤에 윤은지한테 이야기 했더니 곧 두 형한테 연락을 해서 분위기가 달라졌다. 형과 형수들의 방문이 조금 많아진 것이다. 그러나 윤성일은 윤은지에게도 다른 이야기는 하지 않았다. 오직 분란을 일으키기 싫었기 때문이다. 두 형이 그 말을 전해 듣는다면 가만있지는 않을 것이었다. 형수들도 마찬가지다. 형들은 벌써 저희들끼리 부동산 분배를 끝낸 눈치였다.

"그나저나."

심호흡을 한 윤성일이 제법 큰소리로 혼잣소리를 했다.

"이 자식이 내가 며칠 연락 안 했다고 너도 한 번 당해보라고 하는 건가?"

그러나 신빙성이 없는 일이어서 목소리가 약하다.

"도대체 무슨 일이야?"

투덜거린 윤성일이 눈을 감았다. 병원의 일상은 단조롭다. 그래서 리듬을 타지 않으면 견디기가 힘들어진다. 윤성일은 답답할 때 눈을 감고 지난 일을 떠올리는 버릇이 들었다. 베트남에서의 나흘이다. 눈을 감고 있던 윤성일이 왼손을 폈다가 주먹을 쥐었다. 그러자 손가락에 낀 은반지의 감촉이 전해져왔다. 커플링이다.

"잠깐 드릴 말씀이⋯⋯."

사내가 정중한 표정으로 말했다. 검정색 양복에 검정 넥타이, 유족 같다. 실제로 화장장의 직원이 사내한테 유족 대표인 줄 알고 말을 걸기도 했다. 김가영의 시선을 받은 사내가 눈으로 옆쪽을 가리켰다. 이곳은 성남 화장장에서 멀지 않은 한강 지류의 강변, 방금 정민옥이 정재호의 유골을 강가에 뿌린 후다. 오후 5시 반, 이제 다 끝났다. 강변에 모여선 유족은 여덟 명, 정민옥의 가족 셋과 먼 친척 셋, 그리고 김가영의 친구 서보경과 사내까지다. 강가의 바위 밑으로 다가간 둘은 마주보고 섰다. 사내의 이름은 조기선, 사채업자 사무실 직원이다. 40대 중반, 명함에는 '일신상사' 조기선 부장이라고 찍혀져 있었는데 인상도 좋고 성실했다. 어제 저녁부터 장례식장에서 밤샘을 했고 장례식 절차에 훤해서 화장예약에서부터 비용 처리 문제를 거의 도맡아 도와주었다. 사내가 입을 열었다.

"모레 아파트가 경매처분 됩니다. 그래서 말씀을 드리는 겁니다."

김가영은 숨을 죽였고 사내가 길게 숨을 뱉고 나서 말을 이었다.

"그럼 곧 집을 비워주셔야 될 겁니다. 요즘은 바로 행정집행이 되기 때문에……."

"……."

"제가 딱해서 이런 상황에서도 말씀을 드리는 겁니다. 대비를 하고 계셔야 할 것 같아서요."

"……."

"제딴에는 조금 늦춰보려고 했지만 한두 건도 아닌데다 담당 변호사가 처리하는 것이어서 손을 쓸 수가 없었습니다."

"……."

"다만 내일까지 원금만 마련해오시면 경매에서 제외되고 소유권을 찾게 되십니다. 각서, 계약서는 다 폐기되고 이자만 1년 안에 갚으시면 되는 거죠."

사내가 열심히 말했으므로 김가영의 얼굴이 점점 어두워지더니 마침내 시선을 돌렸다.

"어떻게 내일까지 6천만 원을 만들어요?"

배에 힘을 주었지만 김가영의 목소리가 떨렸다. 외면한 채 김가영이 말을 잇는다.

"그럴 수 있었다면 외삼촌이 저렇게 되었겠어요?"

집에 돌아오자마자 김윤영은 옷도 벗지 않고 쓰러져 잠이 들었다. 밤 9시 반, 친척들과 식당에서 저녁을 먹고 헤어진 것이다.

"엄마, 모레 아파트가 경매처분 된대……."

소파에서 마주보고 앉았을 때 김가영이 말하자 정민옥이 머리를 끄덕였다. 담담한 표정이다.

"으응, 내일 내가 월세방 알아보고 올게. 아마 변두리 쪽은 보증금 1천만 원에 월 20만 원짜리 정도가 있을 거야."

한 단어씩 힘들게 말한 정민옥의 시선이 힐끗 선반 위의 유리병을 스치고 지나갔다. 반 홉 정도 크기의 약병인데 안에 정재호의 유골이 담겼다. 정민옥이 다 버리지 않고 가져온 것이다. 정민옥이 말을 이었다.

"이제 네 외삼촌이 가져간 만큼 우리 식구를 도와줄 거야, 가영아."

"외삼촌이 불쌍해."

김가영이 외면한 채 말했더니 정민옥은 가만있었다. 벽시계의 초침소리가 울렸다. TV도 켜지 않고 앉아 있는 것이다. 하지만 이 집이 어떤 집인가? 아버지가 돌아가시기 전에 마련한 세 식구의 유일한 재산이다. 18평형 이 아파트에서 세 식구는 15년을 살았다. 아버지의 추억이 곳곳에 박혀 있는 집인 것이다.

다음날 아침, 김가영이 가장 먼저 일어났다. 하지만 오전 8시 반이다. 어머니와 김윤영은 아직도 잔다. 둘의 자는 모습을 보고 나서 주방으로 다가간 김가영의 가슴이 울컥했다. 그러더니 갑자기 눈에서 눈물이 흘러내렸다. 심호흡을 한 김가영이 눈물을 닦았을 때 집 전화벨이 울렸다. 벨소리가 컸으므로 김가영이 서둘러 전화기를 들었다. 둘의 잠이 깰 것 같았기 때문이다.

"여보세요."

"예, 저 조 부장입니다."

그러더니 사내의 목소리가 밝아졌다.

"혹 가영 씨 아니세요?"

"네, 전데요."

"아침부터 실례인 것 같습니다만 제가 도와드릴 수 있는 일이 있을 것 같아서요."

"……."

"지금 아파트 앞에 있습니다. 잠깐만 말씀이나 듣고 가시겠습니까? 10분이면 됩니다."

"저기, 무슨 일이신데요?"

"예, 해결 방법이 있을 것 같아서 그럽니다. 하지만 싫으시면 그만이구요."

"……."

"변호사 앞에서 결정하셔도 됩니다."

"저, 나갈게요."

김가영이 얼굴을 손바닥으로 훔치며 말했다.

"잠깐만 기다리세요."

잠시 후에 둘은 아파트 옆 놀이터 벤치에 나란히 앉았다. 조기선은 수염도 깎지 않은 꺼칠한 모습이다. 그러나 김가영은 똑바로 바라보는 시선은 강했다. 조기선이 한 마디씩 또박또박 말했다.

"오해하지 마십시오. 원하신다면 제 이야기를 녹음하셔도 됩니다."

조기선이 김가영이 쥐고 있는 핸드폰을 눈으로 가리켰다. 심호흡을 한 조기선이 말을 잇는다.

"직업상 룸살롱 마담들하고 잘 알고 지내는 편입니다. 김가영 씨가 룸살롱에서 일하신다면 당장 6천만 원쯤 선불금으로 지급될 수 있을 겁니다."

조기선이 똑바로 김가영을 보았다.

"룸살롱에서 몸 파는 것이 아닙니다. 그것에 대해서 계약서에 명기할 수도 있습니다. 김가영 씨 같은 미모는 그렇게 하지 않아도 얼마든지 그 값어치를 할 테니까요."

조기선의 목소리는 자신에 찼고 표정은 열의를 띠고 있다.

미용실 안으로 들어선 김가영은 위축되었다. 그러지 않겠다고 마음을 먹었지만 안 된다. 미용실 안은 넓고 밝았다. 그리고 품격이 있다. 앉아 있던 여자들이 일제히 시선을 주었다가 비켜났는데 그 짧은 순간의 눈빛이 칼날처럼 느껴졌다. 부드러운 표정, 웃는 얼굴인데도 그렇다. 압구정동의 미용실 '애나'는 김가영이 듣지도 보지도 못한 곳이다. 비싼 미용실이 있다는 말만 들었지 관심도 없었던 곳이다. 그때 주춤거리는 김가영 앞으로 여자 하나가 다가왔다. 세련된 차림의 30대. 얼굴에 웃음을 띠고 있다.

"김가영 씨?"

"네, 제가."

김가영은 자신의 목소리가 굳어져 있는 것을 듣는다. 거울 앞에 앉은 7, 8명의 여자. 그리고 그 뒤쪽에서 조용히 작업하는 10여 명의 여자들은 모두 외면하고 있었지만 이쪽에 신경을 집중하고 있다는 것이 느껴졌다.

"이리 오세요."

하고 여자가 말하면서 몸을 돌렸으므로 김가영은 발을 떼었다. 그렇다. 첫째로 내 머리는 미장원 출입을 안 해본 생머리다. 그것도 그냥 머리끈으로 묶어 올린 스타일이다. 이쪽 여자들이 보면 원시인으로 보이겠지. 그리고 내 차림. 2만 원짜리 바지에 3만 원짜리 재킷을 입었다. 발에는 만 원짜리 운동화를 신고. 김가영은 다리에 힘을 주고 여자의 뒤를 따른다.

미용실 안에 개인 휴게실이 있는 것은 처음 알았다. 방으로 들어선 김가영이 소파에 앉아 있는 여자를 보았다. 김가영이 들어서자 여자는 웃음 띤 얼굴로 일어서는 참이었다.

"어서 와."

부드러운 목소리. 김가영은 숨을 들이켰다. 미인이다. 그리고 기품이 느껴진다. 이런 여자는 처음 보았다. 아, 이곳이 과연 귀족들이 모이는 동네구나.

"앉아."

앞쪽 자리를 눈으로 가리킨 여자는 아직 이름도 모른다. 김가영이 자리에 앉았을 때 여자가 뒤쪽 선반으로 다가가며 물었다.

"커피 끓여놓았는데 한 잔 줄까?"

"네, 감사합니다."

"설탕 넣어?"

"아뇨, 그냥."

여자는 곧 김가영의 앞에 커피 잔을 내려놓고 앞에 앉았다. 옅은 향내가 맡아졌다. 향수다. 이런 향수 냄새도 처음 맡는다. 커피 잔을 든 여자가 부드러운 시선으로 김가영을 보았다.

"내가 말 놓아도 되지?"

"네."

그러자 한 모금 커피를 삼킨 여자가 말을 잇는다.

"내 이름은 이성희야. 텐프로 업소 마담이지. 내가 지금 여섯 명 데리고 있는데 가영이가 온다면 일곱 명이 되겠구나."

김가영은 시선을 내렸다. 하지만 거두절미하고 본론을 꺼내는 이성희에 대해서 오히려 부담감이 덜어졌다. 이성희의 목소리에 웃음기가 띄었다.

"내가 처음 본 순간에 널 데려가겠다고 결정한 경우도 이번이 처음이란다. 네가 믿거나 말거나 말야."

"……."

"네 이야긴 이미 들었어. 조 부장이란 사람, 그런 곳에 다니지만 나쁜 인간은 아냐. 남한테 사기 쳐서 제 잇속만 차리는 인간은 아니라는 뜻이야."

"……."

"다 서로 이용하고 사는 거야. 사회에서의 인간관계는 그렇게 해서 맺어지는 것이지. 단 어느 한쪽만 이득을 보면 그건 사기가 될 수도 있는 문제지."

"……."

"조 부장은 네 가치를 알아보았고 그것을 활용할 수 있는 방법을 찾아준 거야. 그 친구 역할은 거기서 끝났지. 이제 선택은 전적으로 네 몫이니까."

다시 한 모금 커피를 삼킨 이성희가 지그시 김가영을 보았다.

"텐프로 클럽 이야기는 안 할게. 넌 성인이고 짐작은 하고 있을 테니까. 다만 강제하지 않겠다는 약속은 해줄 수 있어."

"……"

"네가 알아서 행동하는 거야."

그러고는 이성희가 커피 잔을 내려놓고 소파에 등을 붙였다.

"어때? 결정했니?"

"뭐 기분 나쁜 일 있어?"

강희나가 물었으므로 윤성일이 시선을 들었다. 오후 3시 반, 병실 안에는 둘뿐이다. 강희나가 오면 안성댁은 물론이고 간병인까지 밖으로 나가는 것이다. 둘만의 시간을 주겠다는 배려를 핑계로 제 볼일들을 보러 가기 때문이다.

"왜?"

"분위기가 그래. 말도 않고."

다가앉은 강희나가 빤히 윤성일을 보았다. 검은 눈동자에 윤성일의 얼굴이 박혀져 있다. 윤성일이 소리죽여 숨을 뱉었다. 김가영과 통신이 두절된 지 오늘까지 닷새째가 된다. 도대체 무슨 일인가?

"맞아. 좀 예민하긴 해."

천장을 바라보면서 윤성일이 낮은 목소리로 말했다. 강희나는 팔짱을 끼었고 윤성일이 말을 이었다.

"내가 오랫동안 섹스를 안 해서 그래."

"……"

"그러면 병나는 거야?"

"……."

"너도 생각 좀 해봐라. 그게 말야. 안 해주면 24시간, 또는 48시간 동안이나 단단하게 선 채로……."

그때 강희나가 자리에서 일어섰으므로 윤성일이 말을 그쳤다. 강희나가 몸을 돌리면서 말했다.

"내가 나가 있을게. 손으로 해결해."

이번에는 윤성일이 입을 다물었고 발을 떼던 강희나가 말을 잇는다.

"그놈의 물건은 왜 다치지도 않는 거야? 붕대로 칭칭 감아놓아야 하는데?"

"뭐야? 너 뭐라고 했어?"

강희나의 등에 대고 버럭 소리쳤지만 윤성일의 표정은 이미 가라앉아 있다. 지금까지 빈말을 했다는 증거와 같다.

커피숍 안으로 들어선 전세희는 이미 자리에서 일어서 있는 오경식을 보았다. 오후 4시 10분, 약속시간보다 10분 늦었다. 소공동의 지하상가 안이어서 관광객이 많다. 커피숍 안에서도 중국어, 일본어가 들리고 있다. 오경식에게 눈인사를 해보인 전세희가 앞쪽 자리에 앉는다. 전세희가 갑(甲)이고 오경식은 을(乙)이다. 오경식은 대명학원 이사장실 과장인 장명기를 통해 소개받은 용역회사 직원이다. 지난번에도 한 번 일을 맡긴 터라 익숙한 사이인 것이다. 종업원에게 커피를 시킨 전세희가 시선을 주자 오경식이 가져온 서류봉투를 내밀면서 말했다.

"김가영 씨 외삼촌이 자살을 했습니다."

놀란 전세희가 눈만 크게 떴다. 오늘은 오경식이 김가영의 신변자료를 가져 오는 날이다. 지난번에는 김가영의 주변 상황과 전체적인 정보를 보고 받았기 때문이다. 그런데 갑자기 외삼촌이 자살하다니. 오경식이 말을 이었다.

"사업하다가 사기를 당했기 때문입니다. 경찰에서 동업자를 수배했는데 사기금액은 6천만 원이었습니다."

"······."

"그런데 그 6천만 원은 김가영 씨 아파트를 담보로 사채업자한테 빌린 것이더군요. 동업자가 사기로 말입니다."

"······."

"그 죄책감으로 외삼촌이 자살을 한 것입니다. 김가영 씨 아파트는 시가로 1억 2천쯤 나가는데 사채업자한테 이자까지 합해서 7천 5백을 주지 않으면 경매로 날아가게 되어 있습니다."

"······."

"김가영 씨 과거는 깨끗합니다. 남자관계는 없었고 주변의 평은 좋았습니다. 대학 동창 사이에는 김가영 씨가 버진이라는 소문이 나 있었습니다."

"버진?"

되물었던 전세희가 쓴웃음을 지었다. 그러고는 의자에 등을 붙이더니 탁자 위에 놓인 서류봉투를 보았다. 김가영의 자료다. 이번에는 신상에 대한 자료가 자세하게 수집되어 있을 것이었다. 전세희가 가방에서 봉투 하나를 꺼내 오경식에게 내밀었다.

"여기 있어요."

"예, 감사합니다."

냉큼 봉투를 받은 오경식이 안을 보지도 않고 가슴 주머니에 넣었다.

그때 전세희가 말했다.

"김가영 씨 조사를 계속해주세요. 어떻게 되는지 궁금하니까요."

"예, 알겠습니다."

오경식의 얼굴이 환해졌다. 이것으로 용역업무가 끝나기로 되어 있었기 때문이다. 이번에 집안에서 일어난 자살 사건이 오더를 추가하는데 도움이 된 것이다. 오경식이 앉은 자리에서 머리를 숙여 절을 했다.

"무슨 일이 생기는 대로 즉시 보고 하겠습니다."

보고는 곧 수입과 연결되는 것이다. 갑(甲)이 조사 대상의 죽음, 또는 집을 잃고 거지가 될지도 모르는 상황을 그저 '궁금'하다고 표현한 마당에 을(乙)인 조사자 입장에서는 사건이 자주 일어날수록 이득이다.

"웬일이야?"

주춤거리고 다가온 정민옥이 김가영과 조기선의 사이에다 시선을 두고 물었다. 오후 6시 반, 이 시간이면 아파트 놀이터는 텅 빈다. 아이들이 모두 집안으로 불려, 끌려 들어갔기 때문이다. 김가영은 벤치에 그냥 앉아 있었지만 옆쪽에 앉아 있던 조기선이 일어나 허리를 90도로 꺾어 절을 했다. 그러나 입을 열지는 않는다. 정민옥은 김가영이 불러내었다. 김가영 혼자만 있는 줄 알고 나온 정민옥은 집에서 입던 원피스 차림이다.

"여기 앉아."

김가영이 옆자리를 손으로 가리키자 정민옥이 주춤거리며 다가와 앉는다. 어두웠던 얼굴에 더 그늘이 졌고 한 걸음 딛는 것이 다리에 쇳덩이를 매단 것 같다. 털썩 벤치에 앉은 정민옥이 먼저 앞쪽에 서 있는 조기선부터 보았다.

"경매가 언제인가요?"

그렇게 물었는데 한 자, 한 자가 목구멍에서 억지로 끌어내는 것 같다.

"그것이……."

헛기침을 한 조기선이 힐끗 김가영의 눈치부터 보았다. 정민옥은 조기선을 본 순간 아파트 경매건 때문에 온 것으로 짐작한 것이다. 당연한 일이었다. 김가영이 머리를 끄덕이자 조기선이 말했다.

"사모님, 아파트 경매건은 없는 것으로 처리되었습니다."

정민옥이 가만있는 것은 이해가 되지 않았기 때문이다. 조기선의 말이 이어졌다.

"수배중인 박철수의 차명 통장을 압류했고 통장에 이번 아파트 대금이 들어 있었기 때문이죠."

이제 정민옥은 숨을 멈췄고 조기선은 제 말에 취해 머리까지 끄덕였다.

"검찰 동의하에 1차로 사모님 아파트를 담보로 사기 쳐 대출받은 6천만 원을 회수할 수 있었지요. 그래서 이제 사모님 아파트 압류는 풀렸습니다."

그러더니 조기선이 가슴 안에서 접혀진 서류를 꺼내 정민옥에게 내밀었다.

"여기 저희 회사에 있던 서류입니다. 사모님이 찢어버리시면 됩니다. 저희 회사하고는 인연이 끝나고 사모님 아파트는 담보가 없는 것이 되지요."

"은행에도 확인했어."

이제는 김가영이 나섰다.

"조 부장님의 일신상사에서 은행으로부터 대부받은 원금, 이자를 갚고 아파트 담보 풀린 것 확인했어. 엄마가 확인해도 돼."

"그, 그게 정말이냐?"

마침내 정민옥이 떨리는 목소리로 물었지만 아직은 실감이 느껴지지 않는 표정이다. 그러나 조기선과 김가영이 동시에 머리를 끄덕였다. 이 각본을 만든 것은 물론 조기선이다. 김가영의 머리가 이런 방면에서는 잘 돌아가지 않는다. 물론 조기선의 일신상사는 원금과 이자까지 합해서 7천 5백만 원을 받았고 그 돈으로 은행의 대출금을 갚은 것이다. 그리고 그 7천 5백만 원은 김가영이 마련했다.

"아이구, 봐라."

정민옥이 초점이 멀어진 눈으로 어두워지는 하늘을 보았다.

"네 외삼촌이 도와준다고 내가 말했지? 네 외삼촌이 도와준 거다. 그 놈 통장을 압류하게 해준 거야."

김가영은 정민옥의 시선을 따라 하늘을 보았지만 조기선은 외면했다.

"엄마, 나 대전에서 일자리가 생겼어."

집에 돌아온 김가영이 말하자 정민옥이 눈을 둥그렇게 떴다.

"일자리?"

정민옥의 얼굴에서는 아직 흥분이 가셔지지 않았다. 웃음이야 떠오르지 않았지만 볼이 붉어져 있고 눈동자가 번들거린다. 정민옥의 시선을 받은 김가영이 숨을 고르고 나서 대답했다.

"응, 내 선배 언니가 대전에 유치원을 경영하는데 나더러 도와달래. 유치원 숙사도 있고 한 달에 숙식 제공하고 200만 원씩 준다는 거야."

"숙식 제공하고 200만 원?"

정민옥의 관심이 당장 그쪽으로 옮겨졌다. 머리를 끄덕인 김가영이 덧붙인다.

"수당까지 포함하면 250만 원은 받을 수 있다고 했어. 세금 다 제하고."

"의료보험도 돼?"

"그럼. 유치원이 크대."

"언제부터?"

"내일부터 오라는데⋯⋯?"

"어떻게 그렇게 빨리?"

김가영을 떠나보낼 생각이 들자 정민옥의 어깨가 다시 늘어졌다. 눈빛이 약해지면서 얼굴에 그늘이 덮인다. 김가영은 어금니를 물었다가 풀었다. 여기서 약해지면 안 된다.

"일주일에 한 번 올라와 하루 종일 잘 테니까 알바 할 때보다 엄마 더 볼 거야."

오후 9시부터 하루 종일이 걸렸다. 그러나 이제부터 시작이다. 언제 끝날지 모른다. 오후 10시 반, 방배동의 2층 저택으로 돌아온 김가영에게 이성희가 말했다.

"그냥 푹 자."

이성희는 웃음 띤 얼굴로 말을 잇는다.

"전에는 한 달쯤 걸렸는데 요즘은 자연미를 찾는 분위기도 있으니까 일주일로 끝내자."

김가영은 잠자코 이성희를 따라 2층 계단을 오른다.

"내일은 오후에 워킹연습, 스피치연습이야. 두 시간씩 네 시간이다."

세상에, 모델 나가는 것도 아니고 미스코리아 선발도 아닌데. 기가 좀 막혔지만 김가영은 대꾸하지 않았다. 오늘 아침 일찍 정민옥에게 대전

유치원에 간다고 해놓고는 이곳으로 온 것이다. 이성희는 가영을 끌고 나가 하루 종일 돌아다녔다. 대충 들른 곳을 꼽으면 미용실 4시간, 의상실 3시간. 의상실에서 구두에다 속옷, 액세서리까지 10여 벌씩 구입했고 마사지를 두 시간이나 받았다. 2층 응접실에 들어선 이성희가 소파에 앉으면서 말했다.

"그럼 푹 자라. 많이 자야 돼."

"안녕히 주무세요."

이성희는 푹 웃었다.

"야, 나 포주 아니다. 빚쟁이는 더욱 아니고. 긴장 풀어."

"네, 언니."

"넌 곧 익숙해져. 내가 알아."

이성희의 시선을 받으면서 김가영은 방으로 들어섰다. 당분간은 이곳에서 생활하게 될 것이었다. 저택은 조용하다. 2층 건물로 연건평이 150평쯤 되어 보이는 저택 안에는 가정부 둘과 이성희, 그리고 이제 김가영까지 넷이 거주하게 되었다. 방에 들어온 김가영이 숨을 들이켰다. 정면 벽에 붙여진 거울을 보았기 때문이다. 거울에 김가영의 전신이 비쳐져 있다. 그런데 전혀 다른 여자 같다. 우아하게 파마한 머리가 얼굴을 감쌌으며 매끄러운 피부는 윤기가 흐른다. 그리고 크림색 정장 투피스, 목에는 진주 목걸이가 걸린 데다 손에 쥔 가방은 명품이다. 전혀 다른 분위기의 여자가 서 있는 것이다. 자신이 이렇게 아름다운 모습으로 비춰질지 생각도 하지 못했다. 메이크업을 하던 미용실의 김 실장이 정말 몇 년 만에 보는 진국이라고 했던가? 의상실의 최 사장은 이성희에게 대놓고 얘는 1%라고 말해주었다. 이윽고 길게 숨을 뱉은 김가영이 창가의 소파에 앉는다. 방은 넓다. 안쪽에는 욕실이 딸린 화장실에 냉장고까지 갖춰져 있다. 나는 이제 새 세상으로 나왔다. 내가 택한 일이었으니 후회하지는 않는다. 그러나 새 세상에 나온 대가는 있을 것이다. 이성희가 서로 이용하고 사는 것이라고 했던가? 내가 받은 만큼 내놓을 것은 무엇이겠는가? 그때 김가영의 머릿속에 윤성일의 모습이 떠올랐다. 얼굴 윤곽은 흐리지만 목소리는 또렷하게 기억난다. 그 순간 갑자기 목이 메인 김가영이 숨을 들이켰다. 가장 먼저 내려놓아야 할 것이 윤성일이다. 이성희를 만날 결심을 한 순간에 가장 먼저 떠오른 것이 윤성일이었던 것이다. 얻었으면 내놓아야 할 것이 있어야 한다. 자리에서 일어선 김가영이 천천히 옷을 벗는다. 움직임이 부자연스러워서 마치 껍질을 벗는 것 같다.

다가선 박기춘이 눈썹을 모으고 윤성일을 주시했다. 요즘 박기춘은 사흘에 한 번 꼴로 병문안을 왔지만 30분을 넘는 때가 없다. 의자에 앉지도 않고 서성대다가 가는 경우가 많은 것이다. 본래 정서가 조금 불안정한 성격이었는데 요즘은 더 심해진 것 같다. 윤성일이 눈에 힘을 주고 말했다.

"더 가까이 와, 이 새끼야."

"왜?"

"너 맞을래?"

아직 붕대도 풀지 않아서 번데기 신세는 여전했지만 목소리는 전과 같아졌다. 눈빛도 더 강해졌다. 금방 주눅이 든 박기춘이 주춤거리고 다가와 몸을 침대에 붙였다. 오후 2시, 병실 안에는 안성댁과 간병인이 남아 있다. 둘은 바깥쪽 응접실에 앉아 이야기를 하는 중이었는데 조금 전에 오명화가 다녀갔다. 윤성일이 입을 열었다.

"너 사람 좀 찾아봐."

"사람? 누구?"

박기춘의 눈이 둥그레졌다. 목소리가 커졌으므로 윤성일이 이맛살을 찌푸렸다.

"조용히 해, 짜샤."

"알았어. 그런데 누구 찾으라고?"

그러자 윤성일이 깁스 안에 접어든 쪽지를 꺼내 내밀었다. 쪽지를 펴본 박기춘이 윤성일을 보았다.

"이게 누군데?"

"넌 알 것 없고."

"전화번호는 맞아?"

"그럼 틀린 번호를 주겠냐? 이 병신아."

박기춘이 다시 쪽지를 보았다.

"김가영. 010-××××-×××× 한양여대 영문과 2년 휴학(2011년). 23세. 1991년생."

이렇게만 적혀 있다.

"왜, 전화가 안 돼?"

목소리를 낮춘 박기춘이 묻자 이번에는 윤성일이 화를 내지 않았다. 머리를 끄덕인 윤성일의 얼굴이 가라앉아 있다.

"안 돼, 전원을 꺼놓은 지 벌써 열흘이 되었다."

"이것밖에 아는 게 없나?"

"그래."

"그런데 누구야?"

다시 박기춘이 묻자 윤성일이 심호흡 하고 나서 대답했다.

"꼭 찾아야 할 사람이야. 그렇게만 알고 있으면 돼."

"나 참."

눈을 크게 뜬 박기춘이 윤성일을 보았다.

"지난번에 내 전화로 통화를 했던 여자, 맞지?"

"그래."

"으음, 어떻게 찾지?"

쪽지를 노려본 박기춘이 혼잣말을 했다.

"심부름센터를 시키는 것이 낫겠는데."

윤성일이 대답하지 않은 것은 어떻게든 찾으라는 표시일 것이었다.

오늘은 강만규가 집에 일찍 들어왔기 때문에 세 식구가 저녁을 같이 먹게 되었다.

"음, 이렇게 같이 밥 먹는 것도 오랜만이구나."

늦게 들어오는데다 외국 출장이 잦은 강만규로서는 감회가 일어나는 표정이었지만 강희나는 담담했다. 이렇게 세 식구만 성북동 저택에 남겨진 것은 2년째가 된다. 그것은 네 살 위인 언니가 동방건설 가문으로 출가를 했고 일곱 살 위인 오빠가 옆집으로 분가해갔기 때문이다.

"그런데……."

강희나의 반응이 시원치 않은 것이 서운한지 강만규가 오지희를 보았다.

"희나하고 윤 회장집 막내하고는 잘 되는 거야?"

"그걸 왜 엄마한테 물어요?"

대뜸 강희나가 되묻자 강만규는 입맛을 다셨다. 그러나 둥근 얼굴에 웃음기가 떠올라 있다.

"얀마, 네가 삐져 있으니까 그렇지?"

"내가 왜 삐져요?"

"내가 척 하면 삼척이다."

"삼천포로 빠지네 뭐?"

강씨 집안 삼남매 중 아버지한테 이러는 자식은 강희나뿐이다. 오빠 강동수는 삼호해운 기조실 부장으로 경영수업을 받고 있는 터라 회장인 아버지한테 기가 팍 꺾인 상태였고, 언니 강유나는 말대답도 못하는 성품이다. 그때 오지희가 말했다.

"성일이가 교통사고로 지금 병원에 입원해 있어요."

"뭐어?"

놀란 강만규가 수저를 내려놓았고 강희나는 오지희에게 눈을 흘겼다. 그러나 오지희가 말을 잇는다.

"고속도로 갓길에서 나오다가 트럭하고 충돌했다고 해요."

"아니, 언제? 많이 다쳤어?"

"한 달쯤 되는 것 같은데 괜찮대요."

"그걸 왜 이제야……?"

"당신도 참……."

쓴웃음을 지은 오지희가 힐끗 시선을 주었다.

"그동안 당신이 집에 들어온 날이 며칠이유? 이틀인가? 미국 갔다가 돌아와서 또 금방 중국에 다녀왔지. 그것도 집에는 새벽에 술에 취해 들어왔고."

"아이구, 그만."

손을 들어 보인 강만규가 다시 강희나를 보았다.

"병원에는 가봤냐?"

"맨날 가는데 뭐?"

다시 오지희가 대답하자 강희나는 젓가락을 내려놓았다. 입맛이 떨어졌다는 표정이다.

"아이, 시끄러."

"얼마나 다쳤는데?"

"전치 8주라는데 병신은 안 되는가 봅디다. 밤에 뭐 하러 고속도로에……."

"엄마, 그만해."

강희나가 목소리를 높였지만 강만규는 못 들은 척 대화를 잇는다.

"다행이구만. 그 자식 나한테 인사도 하기 전에 병신이 되면 안 되지."

대체적으로 집안에서는 부동산 재벌 윤정수의 막내아들 윤성일과의 교제를 호의적으로 보는 상황이다. 그렇게 된 것은 오지희의 동생 오명화의 역할이 컸다. 강만규가 웃음 띤 얼굴로 강희나를 보았다.

"희나야. 아빠 볼에 뽀뽀 한 번 해주라. 그럼 용돈 줄게."

강만규 또한 이런 말을 하는 자식은 강희나뿐이다. 강희나 앞에서는 어깨 힘을 탁 풀어버리는 습관이 든 것이다.

윤정수가 뜬금없이 병실로 들어섰을 때는 오후 5시경이었다. 그러나 미리 병실 체크를 한 것이 분명했다. 윤정수는 주도면밀한 성품이다. 한 번도 즉흥적으로 행동한 적이 없는 인간인 것이다. 병실 안에는 간병인

하나만 남아 있었는데 박상호가 데리고 나가는 바람에 둘만 남았다. 윤정수가 침대 옆 의자에 앉더니 표정 없는 얼굴로 윤성일을 보았다.

"너 내가 은행 하는 거 알지?"

불쑥 물은 윤정수의 눈을 보던 윤성일이 숨을 들이켰다. 아버지하고 눈썹이 닮았다. 오늘 처음 발견한 사실이다. 산처럼 솟은 눈썹, 짙고 짧아서 눈썹만 보면 좀 우습다. 형들의 눈썹은 이렇지 않다. 누나는 깎았는지 초승달 모양이고. 윤정수의 시선을 받은 윤성일이 대답했다.

"예."

대일종금은 자본금 1조에 연수익 2천여 억의 초우량 종합금융회사다. 은행은 아니다. 턱도 없다. 그러나 윤정수는 단 한번도 '종금' 소리를 한 적이 없다. 언제나 은행이라고 부른다. 서울에 두 개 지점, 부산, 광주, 전주에 각각 지점이 하나씩 있어서 전국에 5개 지점을 가진 '은행'이다. 윤성일에게 시선을 준 채로 윤정수가 말을 이었다.

"잘 들어."

"예."

"그 은행이 자본금 1조, 예탁금 3조, 부채는 하나도 없다. 알고 있지?"

"예."

신문에도 나서 전 국민이 다 안다. 헛기침을 한 윤정수가 말했다.

"한 해 수익금이 2천억이다, 알지?"

"예."

"그 은행만 자산 가치로 2조 5천억이다. 알았냐?"

"예."

슬슬 짜증이 난 윤성일이 지그시 윤정수를 올려다보았다. 그 눈빛을 글로 표현하면 대충 이렇다.

'아버지, 지금 무슨 말씀을 하시려는 거요? 빨리 본론이나 말해요.'

그때 윤정수가 어깨를 부풀렸다가 내렸다.

"그건 네 형들도 다 알아."

"……."

"하지만 이건 모르고 있어."

다시 어깨를 치켜올렸던 윤정수가 아무도 없는 병실 안을 둘러보는 시늉을 했다.

"그 은행 간판 뒤에서 내가 사금융을 하고 있다."

이제는 윤성일이 숨을 들이켰다. 아버지가 말한 사금융은 곧 고리대금, 사채업인 것이다. 윤정수의 말이 이어졌다.

"주로 대기업을 상대로 담보를 받거나 어음, 당좌수표를 받고 돈을 빌려준다. 한국의 대기업 중 내 돈을 안 빌려본 기업이 없을 거다."

"……."

"지금 유통되고 있는 내 사금융 자금은 얼마나 되는지 아느냐?"

당연히 알 리가 없는 윤성일이 눈만 껌벅이자 윤정수가 눈을 치켜뜨고 말했다.

"6조 5천억 가까이 된다."

"……."

"모두 현금이지."

"……."

"내 부동산이 10조라고 떠들어대지만 그건 속빈 강정이다. 담보, 채권이 들어가 있어서 5조 가치밖에 안 된다."

"……."

"이 사금융 내막을 알고 있는 것은 나하고 박 전무 둘뿐이다. 네 형들은 물론 새 엄마도 모른다."

그러더니 얼굴을 일그러뜨리며 웃었다.

"이젠 너까지 셋이 되겠구나."

윤성일은 시선만 주었다. 너무 엄청난 일이어서 아직 실감이 나지 않았기 때문이다. 돈이 엄청나다는 것이 아니다. 돈은 6조건 6천조건 감동이 일어나지 않는다. 오직 아버지가 자신에게만 털어놓는다는 것, 그것이 엄청난 사건인 것이다. 그때 호흡을 고른 윤정수가 똑바로 윤성일을 보았다.

"알았냐? 이젠 네가 그 사금융을 맡아줘야겠다. 그러려면 당분간은 나하고 같이 일해야겠지?"

그러더니 의자에 등을 붙였는데 갑자기 10년은 더 늙어보였다. 진이 빠진 것이다.

"축하해."

전세희가 말하자 윤성일은 쓴웃음을 지었다. 팔과 다리의 깁스를 뗀 축하다.

"야, 어색하다."

병실 안에는 간병인까지 셋뿐이어서 윤성일이 거침없이 말했다.

"딴사람이라면 그냥 넘기겠지만 네가 그러면 온몸이 근질근질 해."

"긁어줄까?"

웃지도 않고 전세희가 묻자 윤성일은 입맛을 다셨다.

"내가 진즉 너하고 텄어야 했는데……."

"뭘 터?"

"내가 오빠니까 말야, 이렇게."

"오빠 좋아하네?"

"너 까불래?"

윤성일이 눈을 치켜뜨자 전세희가 정색했다. 지금 전세희는 병상 옆의 의자에 앉았는데 다리를 꼬아서 허벅지가 다 드러났다. 팔짱을 끼고 의자에 등을 붙인 요염한 자세다. 윤성일의 시선을 받은 전세희가 물었다.

"술 생각나지?"

"말이라고 해?"

"내가 위스키 한 병 가져와?"

"아서라. 말아라."

쓴웃음을 지은 윤성일의 시선이 힐끗 응접실 쪽을 스치고 지나갔다. 간병인은 화장실에서 기구를 씻는 중이다. 전세희가 그 자세 그대로 말을 이었다.

"이번 사고를 계기로 이런 분위기가 된 것이 다행이야."

머리를 든 윤성일이 눈을 가늘게 뜨고 전세희를 보았다. '이것 봐라?' 하는 표정이 노골적으로 드러나 있다.

"사고가 다행이라는 말처럼 들리는군?"

"맞아."

"나 너한테 거부감 같은 거 없었다. 네가 제 방귀에 놀라서 혼자 까분 거지?"

"맞아."

"내 말 알아듣기는 한 거냐?"

"알아."

"이거 갑자기 말이 막히는데?"

"거봐."

하더니 전세희의 얼굴에 웃음이 떠올랐다.

"거기도 나에 대한 선입견이 있었어. 내 말 맞지?"

"거기가 뭐야, 이 자식아?"

이맛살을 찌푸린 윤성일이 전세희를 노려보았다.

"말 텄으니까 제대로 안 할래?"

"알았어, 오빠."

하더니 전세희가 어깨를 부풀렸다가 내렸다.

"하지만 한 가지 기억해둬. 우린 좋아하게 되면 연애할 수도 있는 관계라는 것 말야."

"어휴."

입맛을 다신 윤성일이 베개에 머리를 붙이면서 말했다.

"야, 너하고 이야기 하니까 갈증 난다. 물 좀 가져와."

그러자 전세희가 팔짱을 풀고 자리에서 일어섰다. 자연스런 태도다.

"네가 가르쳐줘."

이성희가 말하자 유나미가 머리를 끄덕였다.

"알았어요. 언니."

부드러운 목소리, 입이 열리면서 향내가 쏟아지는 것 같은 느낌이 든다. 세상에 이런 분위기의 여자도 있구나. 김가영의 시선을 받은 유나미가 싱긋 웃었다. 눈이 가늘어지면서 얼굴이 환해졌다. 동시에 김가영의 가슴에 뜨거운 느낌이 전해졌다. 아름답다.

"네 이야기 들었어. 너 스물셋이지?"

숨을 들이켠 김가영이 머리만 끄덕였더니 유나미가 바짝 다가와 섰다. 향내가 맡아졌다. 달콤하면서 신선하다. 장미향에 나뭇잎을 스친 바람이 섞인 것 같다.

"난 스물다섯이야. 앞으로 언니라고 해. 알았지?"

"네."

"너희들 둘이 잘 맞을 거야."

이성희가 거들었다. 오전 10시 반, 이곳은 청담동의 피부클리닉 안이다. 이곳에서 이성희 소속의 유나미를 만난 것이다. 이성희와 같이 다닌 지 열흘째, 소파에 앉은 셋은 과일주스를 마신다. 이곳에서는 과일과 채소즙만 내놓는 것이다. 이성희가 앞에 앉은 둘을 번갈아 보면서 웃었다.

"너희 둘은 내 팀의 다이아몬드야."

"언니, 혹시 다른 애들한테도 그 말 하는 거 아니에요?"

유나미가 묻자 이성희가 자리에서 일어서며 말했다.

"그럼 가영이는 나미한테 맡기고 간다."

이성희가 방을 나가자 유나미는 눈을 가늘게 뜨고 김가영을 보았다.

"당분간은 가영이 네가 바쁘겠다?"

김가영의 시선을 받은 유나미가 말을 이었다.

"언니가 며칠 전부터 네 소문을 내고 다녔거든……. 내가 알기로 서너 명이 돼?"

"무슨 소문이에요?"

"깨끗한 애가 온다는 소문."

해놓고 유나미가 손가락을 꼽았다.

"장 회장, 백 사장, 그리고 천 회장……."

손님들이다. 그때 방 안으로 클리닉 직원이 들어섰으므로 유나미가 일어섰다.

"자, 가자. 난 클리닉 받을 때가 제일 좋더라."

다른 세상이다. 이곳에서는 전혀 돈에 구애받지 않는다. 아예 얼마인지 묻지도 않는 것이다.

마사지가 끝난 후에 얼굴에 팩을 붙인 채 자는 것 같았던 유나미가 불쑥 말했다. 방안에는 둘뿐이다.

"걱정 마."

"뭘요?"

"존댓말 하지 말고."

김가영이 가만있었더니 유나미가 확인하듯 물었다.

"알았어?"

"응. 언니."

"내가 뭘 걱정하지 말라고 한 것 같니?"

"모르겠어……."

"너 몸 파는데 온 것 아니야."

"……."

"난 온 지 1년 조금 안 되었지만 딱 세 번 2차 나갔어. 그것도 내가 좋아서."

"……."

"그리고 1억 받았다. 5천, 2천, 3천, 이렇게."

"……."

"얼마라는 기준이 없어. 그냥 쓱 건네줘. 나도 그래. 돈 안 줘도 그냥 나왔을 거야. 그리고 기분 나쁘지도 않았을 거야."

"……."

"다음에 틀림없이 보상해줬을 사람들이거든."

"……."

"난 1년 동안 쓸 것 다 쓰고 3억 벌었어. 그리고 앞으로 1년만 더 할 거야. 그럼 최소한 5억은 모으겠지."

"……."

"아마 언니가 이런 이야기 하라고 날 너한테 붙여준 것 같아. 내가 좀 알뜰하거든."

그러더니 큭큭 웃었다.

"앙큼하기도 하고."

김가영은 소리죽여 숨을 뱉었다. 아직 실감이 나지 않은 것이다. 한번 따라 나가는데 5천이라니? 더구나 1년에 3억이나 모았다니? 알바 두 탕 뛰어서 1년에 5백 모으기도 어려운데 여기선 돈이 돈 같지가 않다. 그저 공기처럼 떠다니는 물체 같다. 돈이 구름처럼 하늘에 떠 있는 돈구름을 생각하던 김가영이 어느덧 잠이 들었다.

다가선 박기춘이 윤성일을 내려다보았다. 오후 1시 반, 방금 점심을 마친 병실 안은 조금 어수선하다. 안성댁과 간병인이 바깥쪽 응접실에서 식기를 치우는 중이다.

"집에 없어."

불쑥 말한 박기춘이 머리를 저었다.

"심부름센터 직원이 동사무소에서 왔다고 하면서 김가영 어머니한테 물어보았다는 거야. 취직해서 밖에 나갔다고만 했대."

"……."

"어디 다니느냐고 물어보았다가 하마터면 들통이 날 뻔했대. 요즘은 경찰도 그렇게 못 하거든."

"병신."

윤성일이 상반신을 일으키는 바람에 박기춘은 주춤 물러섰다. 그만큼 윤성일의 기세가 거칠었기 때문이다.

"어떤 업체를 썼는데 그것도 알아내지 못해? 이 새까?"

"야 그게 쉬운 일이……."

"아, 됐어."

눈을 치켜뜬 윤성일이 말을 끊었다.

"내가 직접 알아볼 테니까."

"걔들이 계속 알아본다고 했어. 좀만 기다리면……."

"됐어, 이 자식아."

외면한 윤성일이 말을 이었다.

"이 새끼, 네 일이라면 이따위로 무성의하게 안 했을 거다. 뭐? 나흘 동안에 알아낸 일이 고작 집을 나와 있다는 거? 이 새끼야, 그건 초등학생 시켜도 알아냈겠다."

"야, 그것이……."

"너, 가."

윤성일이 깁스를 푼 손을 흔들어 가라는 시늉을 했다.

"그리고 앞으로 내 앞에 나타나지 마."

"야, 인마."

이제는 화가 난 박기춘이 눈을 치켜떴지만 윤성일의 기세를 당할 수는 없다. 윤성일이 베개를 집어 던지려는 시늉을 하자 서둘러 몸을 돌렸다. 박기춘이 병실을 나가자 윤성일은 쓰러지듯이 몸을 눕혔다. 김가영하고 연락이 두절된 지 이제 13일째가 되었다. 핸드폰은 여전히 전원이 꺼진 상태였지만 박기춘 덕분에 알아낸 일도 있다. 그것은 김가영에게 무슨 사고가 일어난 것은 아니라는 사실이었다. 취직해서 집을 나가 있다는 것이다. 그런데 왜? 숨을 들이켠 윤성일이 어금니를 물었다. 수백 가지의 경우를 머릿속에 떠올렸다가 지웠다. 다행히 사고가 일어났을 경우는 제외하게 되었지만 그만큼 더 늘어날 것이었다. 일부러 자신을 피하고 있다는 것을 알게 되었기 때문이다.

오명화와 오지희는 친 자매간이었지만 성품은 물론이고 생김새도 달랐다. 오명화는 갸름한 얼굴형에 윤곽이 또렷한 서구적인 용모였고 성품이 밝고 적극적인데 반하여 오지희는 동그란 얼굴형과 선이 가는 동양적 미인이다. 성품은 내성적이어서 잘 나서지 않았지만 할 말은 한다. 그래서 고집이 센 오명화도 오지희의 말은 듣는 편이다. 오후 3시 반, 압구정동의 카페 '몽블랑' 은 조용하다. 그러나 칸막이가 되어있는 좌석은 거의 손님들로 채워져서 빈곳이 드물다. 철저하게 사생활이 보호된 구역이다. 푹신한 가죽 소파에 등을 붙이고 앉은 오지희가 오명화를 보았다. 오늘은 오지희가 차 한 잔 마시자고 오명화를 불러낸 것이다.

"걔 깁스 풀었다며?"

오지희가 묻자 오명화는 머리를 끄덕였다.

"응. 보름쯤 후면 퇴원할거야. 집에서 통원치료 해야지."

"빠르네."

"응. 원체 몸이 튼튼하니까. 열흘쯤 빨리 나오는 셈이지."

"아버지하고 화해했다니 다행이다."

"그러게."

해놓고 오명화가 지그시 오지희를 보았다.

"윤 회장이 걔를 많이 아끼는 것 같애?"

윤 회장이란 윤정수를 말한다. 걔는 당연히 윤성일이다. 오지희의 시
선을 받은 오명화가 말을 잇는다.

"내가 없는 사이에 두 번이나 찾아와 만나고 갔다니까 글쎄?"

"네가 없는 사이에?"

"응."

쓴웃음을 지은 오명화가 말을 이었다.

"정황을 보면 내가 없을 때를 노린 거야."

"왜 그랬을까?"

"밀담을 나눈 거지."

"밀담? 무슨 밀담?"

"뻔하지."

숨을 들이켠 오명화가 목소리를 낮췄다.

"재산 문제겠지? 시간이 지날수록 압력이 느껴지고 있었으니까."

"무슨 압력?"

"두 자식들의 압력."

이제 오지희는 가만있었고 오명화의 말이 이어졌다.

"나야 윤 회장하고 미리 합의한 상태여서 재산 문제에는 방관자적 입장이지. 하지만 두 자식은 아냐?"

두 자식이란 장남 윤태일과 차남 윤수일을 말한다. 커피 잔을 들어 한 모금 커피를 삼킨 오명화의 얼굴에 다시 쓴웃음이 떠올랐다.

"둘 다 사법고시를 패스한 데다 하나는 부장검사, 또 하나는 구의원에 변호사야. 절대로 재산분배에 불이익을 당하려고 들지 않을걸?"

"그런데 성일이는 왜?"

이제 오지희가 개를 성일이로 바꿔 불렀다. 이야기에 빨려든 때문일 것이다. 오명화가 목소리를 낮췄다.

"지금쯤 둘도 윤 회장이 성일이를 두 번이나 만나고 갔다는 걸 알 거야. 성일이가 퇴원하고 같이 살게 된 것도 알고."

"……."

"이제 둘이 급해진 것이지. 전혀 경쟁상대로 생각하지 않았고 얼마 전까지만 해도 버린 자식으로 취급했던 성일이가 아버지하고 밀착된 것 같으니까 말야."

"에휴."

한숨을 쉰 오지희가 이맛살을 찌푸리고 오명화를 보았다.

"그러다가 우리 희나가 시달리는 것 아니냐? 견뎌낼까?"

"시달리긴 왜?"

눈을 크게 뜬 오명화가 어깨를 부풀렸다가 내렸다.

"돈은 많을수록 좋은 거야, 언니. 가만있으면 돼. 희나한테는 손해가 될 것 하나도 없어."

샹그릴라호텔 후문 건너편 골목 안에 가로세로 20센티 정도밖에 안 되는 간판이 붙여진 가게가 있다. 2층 건물의 아래쪽에 붙여져 있고 검정색 유리문이 꾹 닫쳐져 있는 터라 밖에서 보면 무얼 하는 집인지 분간이 안 간다. 가게 밖에 나와 있는 사람도 들락거리는 사람도 드물었기 때문이다. 주차장도 없어서 마치 몇 평짜리 식당이나 카페처럼 보였는데 이곳이 바로 최고급 텐프로 룸살롱이다. 원프로(1%)라고 불리기도 하는 이 가게 이름은 '장원'이다. 방이 다섯 개밖에 안 되지만 마담이 셋, 아가씨가 20명 가까이 되고 마담 셋이 다 사장이다. 그도 그럴 것이 각각의 투자금이 20억 가깝게 되는 터라 그렇게 불릴 만했다. 오후 8시 반, 제일 안쪽의 1번방 문이 열리면서 마담 이성희가 들어선다. 그리고 그녀 뒤를 오늘의 히로인 김가영이 따라 들어섰다. 극적인 효과를 위하여 방안의 남자 셋 중 둘은 이미 파트너를 앉히고 있다. 오늘밤의 주인공(主人公) 동명건설 장기태 회장만 옆이 비었다.

"오오……."

탄성은 장기태와 함께 온 두 조역의 입에서 터졌다. 이성희는 그 순간 장기태의 눈빛이 강해지는 것을 보았다. 50대 중반의 장기태는 룸살롱 출입에 이골이 난 인간이다. 이성희는 남자의 눈빛만으로도 그 상태를 읽는다. 장기태보다 몇 수가 위인 것이다.

"인사해."

이성희가 옆에 선 김가영에게 말했다. 장기태의 반응이 시원치 않았다면 그냥 데리고 나갔을 것이다.

"김가영입니다. 잘 부탁드립니다."

두 손을 모은 김가영이 허리를 꺾어 절을 했을 때 장기태가 머리를 끄덕였다. 그 순간 이성희는 숨을 들이켰다. 감동한 것이다. 지금까지 백 번은 넘게 장기태를 모셨지만 파트너한테 머리를 끄덕이는 것은 처음 보았기 때문이다. 마음에 들면 가만있는 것이 장기태의 습관이었다. 싫으면 손을 젓거나 외면했고 어떤 때는 들고 있던 술잔을 던지기도 했던 놈이다.

목발을 짚은 윤성일이 방안으로 들어서자 누나 윤은지가 맞았다. 얼굴에 웃음이 떠올라 있다.

"어이구, 대단하셔?"

오후 9시 반, 윤성일은 목발을 짚고 병동을 두 바퀴나 돌고 온 것이다. 하루에 6시간씩 재활운동을 하지만 윤성일은 혼자서 별도 운동을 한다.

"어, 끝났니?"

안쪽 소파에 앉아 있던 큰형 윤태일이 맞았으므로 윤성일은 눈을 크게 떴다. 윤태일이 온 줄은 모르고 있었기 때문이다.

"언제 왔어요?"

"한 30분쯤 되었다."

리모컨으로 TV 음량을 줄인 윤태일이 눈으로 앞쪽을 가리켰다.

"앉아라. 이야기 좀 하자."

병실 안에는 세 남매뿐이다. 간병인은 이제 낮 근무만 했고 안성댁은 보이지 않았다. 윤성일이 소파에 앉았을 때 윤태일은 정색했다.

"너 집에 들어간다고?"

"예."

윤태일의 시선을 받은 윤성일이 쓴웃음을 지었다.

"좀 불편하지만 들어가기로 했어요."

"아버지가 들어오라고 하시던?"

"네."

"뭐라고 하시면서?"

"아이, 참, 오빠도."

듣기만 하던 윤은지가 끼어들었다.

"자식 들어와 살라는데 무슨 이유가 있어요? 그냥 들어오라고 하셨겠지?"

그러나 윤태일의 시선이 떼어지지 않았으므로 윤성일이 대답했다.

"속 썩이지 말라구요."

"……."

"지난번 가져간 어머니 유산 게워내라고 해서 그건 못 내놓겠다고 했어요."

그러자 윤은지가 쿡쿡 웃었지만 윤태일의 이맛살이 찌푸려졌다.

"너 장난해?"

"아니."

이제는 윤성일도 정색했다.

"정말야. 아버지한테 물어봐."

"이 자식이."

그때서야 시선을 돌린 윤태일이 입맛을 다셨다.

"이 자식이 언제 철이 들려나 모르겠네."

"그것 물어보려고 온 거야?"

이제 윤성일은 반말을 쓴다. 긴장한 윤은지가 시선을 주었지만 윤성일이 말을 이었다.

"형은 내가 들어가 사는 것이 싫어?"

"너, 이 자식 반말 할 거야?"

윤태일이 눈을 치켜뜨자 윤성일은 피식 웃었다.

"웃기고 있네, 형이니까 반말 하지. 그럼 내가 피의자야?"

"그만."

윤은지가 버럭 소리쳤으므로 둘의 시선이 모여졌다. 눈을 치켜뜬 윤은지가 둘을 번갈아 보았다.

"그만해. 오빠도, 그리고 너도, 이게 무슨 추태야? 도대체 성일이가 집에 들어가는 게 무슨 문제라고 오빠들이 그렇게 신경을 써?"

"에이."

하고 자리에서 일어선 윤태일이 뱉듯이 말을 잇는다.

"저놈이 또 집안에서 아버지 속 썩일까 봐 그런다. 이제 알겠냐?"

몸을 돌린 윤태일이 거친 걸음으로 방을 나갈 때까지 둘은 시선만 주었다.

"오빠가 전에는 안 그랬는데."

초점이 먼 눈으로 문 쪽을 바라보면서 윤은지가 말했다. 윤태일이 나간 지 5분쯤이나 지난 후였다.

"변했어, 다. 작은 오빠도."

"다 그런 거야."

소파에 등을 붙이고 앉은 윤성일이 두 다리를 길게 뻗었다가 한쪽 다리를 들어올렸다. 그러나 뻣뻣해서 이십 센티쯤 올라갔다가 도로 내려왔다. 윤성일이 말을 잇는다.

"누나도 시집가면 달라져, 틀림없이."

"시끄러, 자식아."

"10조가 넘는 재산이야. 눈이 뒤집힐 만하지, 안 그래?"

"성일아."

갑자기 정색한 윤은지가 불렀으므로 윤성일이 어깨를 늘어뜨렸다. 윤성일의 시선을 받은 윤은지가 가라앉은 표정으로 묻는다.

"너, 아버지한테 진짜 무슨 이야기 들은 거 없니?"

"무슨 이야기?"

"아무 거나. 갑자기 아버지가 널 들어오라고 한 것도 그렇고, 사람 없을 때 두 번이나 널 만나고 간 것도 그렇고……."

"……."

"그러니까 오빠들이 궁금해 하는 거야. 자꾸 나한테만 묻고."

"……."

"세희 어머니는 오히려 차분한데 우리 식구만 허둥거리는 것이 부끄럽기도 하고……."

둘은 오명화를 세희 어머니라고 부른다. 윤은지가 말을 이었다.

"오빠들뿐만 아니라 올케들까지 난리란 말이야. 정말, 죽겠어."

소문은 간병인과 안성댁으로부터 나간 것이다. 애초에 윤정수의 행차는 비밀이 될 수가 없다. 그때 윤성일이 말했다.

"아무 이야기 없었어. 그냥 정신 차리고 들어오라고만 했어."

"……."

"그걸 가지고 저 난리지? 진면목이 다 드러나는 거야. 내가 누워 있을 때 얼굴 한 번 비치지도 않다가 그 말을 듣고는 밤중에도 찾아오는 걸 보라구."

"……."

"마음 같아서는 날 체포해서 심문하고 싶을 거야. 아니면 교도소에 넣든지."

"시끄러, 자식아."

윤은지가 소리쳤지만 목소리가 약했다.

술잔을 내려놓은 장기태가 좌우에 앉은 두 사내를 보았다. 둘은 동명건설의 사장과 전무다. 장기태의 눈치만 살피고 있는 터라 금방 긴장하고 있다.

"술은 분위기로 마시는 거야. 맛으로 마시는 놈은 곧 뒈진다구."

"그렇습니다."

전무가 공자님의 설교를 들은 표정으로 정색하고 대답했다.

"무식한 인간들이죠. 그러다가 알코올중독이 되어서 패가망신으로 갑니다."

"분위기 조성에는 미인이 제일이지."

"그럼요."

이번에는 사장이 받았다.

"영웅호걸의 주연에 미인이 빠진 적이 없습니다. 미인은 곧 과다한 음주를 억제시키는 효과를 냅니다."

236

"옳지."

만족한 장기태가 머리를 끄덕였다. 그러고는 손을 뻗어 김가영의 허리를 감아 안았다. 놀란 김가영이 몸을 굳혔지만 거부하지는 않았다. 두시간 가깝게 되었지만 장기태는 손도 잡지 않았기 때문이다. 김가영을 바짝 당겨 안은 장기태가 말을 이었다.

"그래, 이 은근한 향기, 그리고 말랑한 촉감, 거기에다 파들파들 떨고 있는 이 여린 기집애를 보라구."

장기태가 얼굴을 펴고 웃었다.

"바로 이런 분위기로 술을 마시는 거야."

"과연……."

하고 둘이 동시에 머리를 끄덕였다. 둘의 옆에도 제각기 눈이 번쩍 뜨일 만한 파트너가 앉아 있었지만 오직 장식품일 뿐이다. 둘의 관심은 이쪽에 있다. 그때 장기태가 말했다.

"끝내겠다. 마담 불러와라."

"네."

하고 문 쪽 아가씨가 일어나더니 방을 나갔을 때 장기태가 눈으로 옷장을 가리켰다.

"내 저고리를 가져오너라."

"네."

자리에서 일어선 김가영이 옷장에서 장기태의 저고리를 꺼내 들고 왔다. 마침 방문이 열리면서 이성희가 들어섰고 김가영은 장기태에게 저고리를 건네주었다. 그러자 장기태가 저고리 안에서 봉투를 꺼내 김가영에게 내밀었다.

"옛다. 네 머리 올려준 값이다."

김가영이 주춤거렸더니 이성희가 말했다.

"어서 받아. 회장님이 신경 쓰신 거야."

"감사합니다."

두 손으로 봉투를 받은 김가영이 머리를 숙여 절을 했다. 얼굴이 화끈거렸지만 나쁜 기분이 아니다. 오히려 가슴이 뛰었고 몸에서 활기가 일어난다.

핸드폰의 버튼을 누른 윤성일이 병실 벽에 걸린 벽시계를 보았다. 오후 11시 10분이다. 핸드폰을 귀에 붙이자 곧 '통화정지'가 되었다는 멘트가 흘러나왔다. 김가영의 핸드폰이다. 통화정지가 된 지 20일이 되었지만 하루에도 한두 번씩은 이렇게 듣는다. 병실 안은 조용하다. 윤은지는 야근 때문에 병원에서 돌아갔고 바깥방 침대에서 안성댁은 잠이 들었다. 재활운동을 시작한 후부터 가족 면회는 뜸해졌는데 이틀에 한 번 꼴로 두 형의 형수가 번갈아 와서 30분쯤 머물다 갔고, 오명화는 하루에 한 번으로 한 시간, 전세희는 이틀에 한 번 한 시간이며, 가장 성실한 가족은 윤은지로 야근이 없는 날에는 이곳에서 자고 나간다. 그리고 가족 외의 문병인으로 강희나, 하루에 한 번, 오후에 두 시간쯤 머물다 간다. 핸드폰을 귀에서 뗀 윤성일이 눈을 감았다. 그러자 곧 미토의 갈대숲이 떠올랐다. 비바람이 불면서 갈대숲이 흔들렸다. 이제는 버릇이 되어서 눈만 감으면 갈대숲이 떠오른다.

장기태를 배웅하고 방을 돌아온 이성희가 먼저 테이블을 치우는 종업

238

원부터 내보냈다. 방안에 둘이 남았을 때 이성희가 자리에 앉으면서 말했다.

"앉아."

김가영이 앞쪽에 앉았을 때 이성희가 웃음 띤 얼굴로 물었다.

"어디, 얼마나 넣었는가 볼래?"

장기태가 준 봉투다. 김가영이 스커트 허리춤에 끼어놓았던 봉투를 꺼내 내용물을 빼보았다. 수표다. 1자(字)가 써졌고 동그라미가 여러 개다. 이렇게 많은 동그라미는 처음 보았다. 일, 십, 백, 천, 만……. 이윽고 머리를 든 김가영이 수표를 이성희에게 내밀었다. 수표를 받은 이성희가 힐끗 보더니 웃었다.

"천만 원이군."

그러고는 김가영에게 내밀었다.

"네 첫 머리 올린 값이다. 네 돈이야."

김가영이 받아 쥐었을 때 이성희가 말을 잇는다.

"앞으로 둘한테 더 신고를 해야 된다. 그러고 나서 네 파트너가 결정되겠지."

바람이 세어서 갈대는 거의 눕혀져 있다. 빗발을 받은 쪽배가 검게 번들거린 채 흔들린다. 주위는 어두워졌고 빗줄기는 더욱 굵어졌다. 그때 사내가 소리쳐 말했다.

"꼭 만납시다! 미토의 비바람, 갈대, 꼭 다시 만납시다."

그때 윤성일이 정자에 서서 소리쳤다.

"이봐, 왜 오지 않는 거야?"

그러자 목소리만 들리던 사내가 조각배 옆으로 나타났다. 비에 젖은 검은 옷이 몸에 딱 붙었다. 사내가 윤성일을 향해 이를 드러내고 웃었다.

　"기다려, 코리언."

　"언제까지?"

　"올 때까지."

　"그게 언제냐니까! 이 자식아!"

　눈을 치켜뜬 윤성일이 소리치자 사내는 다시 웃었다. 비에 젖은 머리칼이 딱 붙었고 얼굴은 번들거린다.

　"이번 생(生)이 아니면 다음 생(生)에서라도!"

　"말도 안 돼!"

　버럭 소리쳤던 윤성일은 눈을 떴다. 꿈이다. 얼굴이 땀에 젖었으므로 상반신을 일으킨 윤성일이 손바닥으로 얼굴을 훔쳤다. 벽시계가 오전 12시 40분을 가리키고 있다.

　"도대체 어디 있는 거야?"

　눈을 치켜뜬 윤성일이 잇사이로 말했다. 병실 안은 조용하다.

제5장

흐르는 시간

가을, 캠퍼스의 잔디밭 위로 낙엽이 쌓여져 있다. 벤치에서 보면 지저분했지만 언제부터인가 낙엽을 치우지 않는다. 윤성일의 앞쪽으로 햇살이 비스듬히 뻗쳐나가 그림자가 건너편 도서관의 1층까지 닿았다. 각도가 점점 낮아져서 이제 곧 건물 전체가 그늘에 먹힐 것이다.

"윤 선배."

뒤에서 들리는 목소리에 윤성일이 머리를 들었다. 정소영이다. 경제과 동급생, 그러나 윤성일이 군입대 관계로 3년 휴학했기 때문에 3학번이 늦다. 옆쪽 자리에 앉은 정소영이 볼우물을 만들며 웃었다. 눈이 가늘어지면서 흰 이가 드러났다. 칼을 대지 않은 자연미, 날씬한 체격, 경제과뿐만 아니라 상경대의 히로인이다. 복학한 지 한 달도 안 되었지만 정소영 주변의 이야기는 다 들었다. 원체 유명한 계집애였기 때문이다. 그런데 정소영이 슬슬 윤성일 주변을 맴돈다. 이쪽이 전혀 관심을 보이지 않은 것에 대한 반작용 같다.

"윤 선배, 내일 강의 없죠?"

정소영이 묻자 윤성일은 머리만 끄덕였다. 2시간짜리 강의가 미뤄졌다. 정소영이 다시 묻는다.

"내일 시간 있어요?"

"뭐 하게?"

"나하고 놀게."

"뭐 하고?"

"산이나 가요. 바다도 좋고."

"너……."

호흡을 고른 윤성일이 똑바로 정소영을 보았다. 정소영의 콧등에 조그만 점이 한 개 찍혀져 있다.

"남자 많잖아?"

"누가 그래요?"

"애들이 모이면 네 이야기만 해."

그러자 정소영이 풀썩 웃더니 눈은 흘겼다. 요염하다. 여자 냄새가 물씬 풍겼다. 아버지가 주유소를 세 개 갖고 있는 졸부 집안이라던가? 정소영은 소형 BMW를 타고 다니는데 차는 학교 앞 주차장에 놓는다. 학교 안까지는 휘젓고 다니지 않는 것이다. 정소영이 지그시 윤성일을 보았다.

"그래서요? 내가 남자 많다고 해서 윤선배하고 데이트도 못 해요?"

"그거야 네 맘이지."

"윤 선배 맘은?"

"싫어."

"왜?"

"뻔하지. 난 너 노는 것이 싫거든."

"그래서 난 선배가 좋은데?"

"말장난 말고 난 가봐야겠다."

윤성일이 벤치에서 일어서자 정소영이 따라 일어섰다.

"내가 저녁 살게요, 선배?"

"귀찮아."

"술도 살게?"

발을 떼던 윤성일이 주춤 멈추고는 정소영을 보았다. 정색하고 있다.

"내가 몇 년 더 살아서 아는데 이 세상에 마음먹은 대로 안 되는 일이 있어. 아무리 조건이 좋아도 말이다."

이제 정소영은 시선만 주었고 윤성일이 말을 이었다.

"넌 괜찮은 애야. 이쁘고 몸매도 좋고 머리도 좋고 성격도 출중해. 하지만 내 스타일은 아냐. 난 싫어."

머리를 저은 윤성일이 몸을 돌리더니 발을 떼었다. 정소영은 잠자코 윤성일의 뒷모습을 본다.

잠시 후에 정소영은 조금 전에 앉았던 벤치에 기대앉아 핸드폰을 귀에 붙이고 있다. 햇살은 더 낮아져서 그림자가 건물 지붕까지 닿았다. 주변은 이미 가을 그림자로 덮여져 있다. 정소영이 눈을 크게 뜨고 말했다.

"난 이런 경우 처음이야."

호흡을 가눈 정소영이 말을 이었다.

"정말 예상밖이라구."

"어떻게 되었는데?"

웃음 띤 목소리가 수화구를 울렸다. 전세희다. 정소영이 대답했다.

"내가 싫대. 자기 스타일이 아니래."

"……."

"아유 쪽팔려."

"대놓고 그래?"

"그래, 이년아."

핸드폰을 고쳐 쥔 정소영이 퍼부었다.

"너 땜에 이젠 얼굴 들고 학교 다니지 못하게 되었어. 소문 나면 어떡하니?"

"소문낼 사람이 아냐."

"이 계집애가 괜히 일을 만들어서……."

"너도 절반은 마음이 있었잖아?"

웃음 띤 목소리로 전세희가 말을 잇는다.

"물론 그러니까 냉큼 받아들인 거고……."

"시끄러, 이 계집애야!"

정소영은 전세희와 중학교 동창이다. 고등학교 때 갈라졌지만 자주 만나온 몇 안 되는 친구 중의 하나인 것이다. 이번 프러포즈는 전세희의 사주에 의한 작전이었다. 나름대로 꽤 뜸을 들여 분위기를 조성했다가 시도했는데 차여버렸다. 그때 전세희가 말했다.

"자, 처음부터 말해. 네가 어떻게 접근했고 무슨 말을 했는지 말야."

"시끄러! 얼굴 뜨거워서 말하기도 싫어!"

"내가 술 살게."

그랬다가 전세희가 말을 바꿨다.

"아니, 오늘 저녁에 만나자. 카프리에서."

그날 저녁, 영등포 시장 뒤쪽의 삼겹살 식당에서 윤성일과 박기춘이 삼겹살을 안주로 소주를 마시고 있다. 식당 안은 손님으로 가득 찼고 떠들썩했다. 환기가 되지 않아서 매운 연기가 자욱하게 덮여 있다. 소주잔을 든 박기춘이 윤성일을 보았다.

"두 달 되었냐?"

"뭐가?"

"연락 끊긴 지."

"두 달 반."

해놓고 윤성일이 제 잔에 술을 채웠다.

"정확하게 76일."

"시간까지 재지 그래?"

"76일 11시간 반."

"어휴."

머리를 저은 박기춘이 한 모금에 소주를 삼키고는 더운 숨을 뱉었다.

"이젠 나도 누군지 정말 보고 싶다."

윤성일이 머리를 돌려 식당 안을 둘러보았다. 누구를 찾는 것 같은 표정이다. 두 달 만에 퇴원하고 가을 학기에 복학한 것이다. 윤성일이 혼잣소리처럼 말했다.

"어디서 갑자기 불쑥 나타날 것 같아."

"집에 찾아가보지 그래?"

박기춘이 묻자 윤성일은 쓴웃음을 지었다. 가영의 어머니와 동생이 사는 18평형 아파트 앞까지 세 번이나 갔던 것이다. 그러나 쳐다보기만 하고 돌아왔다.

"시간이 지날수록 점점 자신이 없어지는 대신 기억은 또렷해지는 거야."

"시발, 시 쓰네."

"무슨 사정이 있어. 그래서 날 피하는 거다. 그 사정이……."

"결혼을 했나?"

이제는 박기춘도 마음 놓고 약을 올린다. 윤성일이 놔두었기 때문이다. 시간이 지나면서 예민해졌던 윤성일의 반응이 무디어진 이유도 있다. 윤성일이 말을 이었다.

"외삼촌 자살한 것하고 관계가 있는 것은 분명해."

"지기미!"

다시 박기춘이 투덜거렸다.

"올 여름 날씨가 더웠던 것하고도 관계가 있을지도 모르겠다."

"집하고는 연락을 하고 있을 거야."

그러자 박기춘이 길게 숨을 뱉었다. 그동안 용역회사를 시켜 김가영의 집안을 샅샅이 조사시킨 것이다. 김가영의 외삼촌 정재호가 고시원에서 자살한 것도, 그 이유가 치킨집이 망했기 때문이라는 것까지도 안다.

"돈 벌러 간 거야."

불쑥 박기춘이 말했을 때 윤성일이 머리를 들었다. 그러나 박기춘을 향한 눈동자의 초점이 멀다. 박기춘이 어깨를 부풀렸다가 내리면서 말을 이었다.

"정황상 그 이유밖에 없어. 용역회사 놈들도 그런 의견이야."

그것을 윤성일도 들었다. 수백 가지의 경우를 예상했는데 그것이 가장 유력한 이유 중의 하나였다. 김가영의 외삼촌 정재호가 아파트를 담보로 6천만 원을 빌렸다가 자살한 것도 알아내었다. 그 6천만 원을 누가 만들었는가? 그 상환 시점과 김가영의 실종이 겹치고 있다. 모두의 머릿속에는 거의 똑같은 생각이 맴돌고 있는 것이다. 김가영이 그 6천만 원과 관계가 있다. 이윽고 윤성일이 말했다.

"곧 밝혀지겠지. 영원히 숨을 수는 없어."

"그럼, 지금이 어떤 시대인데?"

다시 술잔을 쥔 박기춘이 말을 이었다.

"핸드폰에 위치 추적까지 되는 세상이야. 통화내역을 알아볼 수도 있고, 경찰에 신고만 하면 몇 시간도 안 걸린다구."

그렇다. 그러니까 더 화가 나고 더 기운이 떨어진다. 아주 가까운 곳에 있는 것처럼 느껴졌기 때문이다.

"너, 오늘 장 회장님 따라 나갈 수 있겠니?"

이성희가 부드럽게 물은 순간 김가영은 숨을 들이켰다. 그러나 시선을 준 채 놀란 표정은 짓지 않았다. 밤 10시 반, 방에서 장기태의 시중을 들다가 이성희가 대기실로 불러낸 것이다. 대기실에는 둘뿐이어서 조용하다. 그때 이성희가 말을 이었다.

"네가 싫으면 안 가도 돼. 장 회장도 마음 상하지 않을 테니까 걱정 말고."

그러나 그 말을 누가 믿겠는가? 오늘까지 장 회장은 세 번째 찾아왔다. 한 달 동안 세 번이다. 백 사장은 두 번, 천 회장도 두 번이지만 장 회장의 파트너로 굳어지는 중이었다. 그것은 팁의 다소(多少)와도 관계가 있는 것 같다. 백사장, 천 회장은 각각 머리 올린 값으로 5백, 3백을 내놓았고 그다음부터는 1백씩 주었지만 장기태는 1천에 5백씩 내놓았기 때문이다. 그때 이성희가 웃음 띤 얼굴로 말했다.

"오늘밤 나가면 3천 받을 거다. 그럼 내가 빌려준 돈 2천은 갚아주면 좋겠는데……."

그러더니 곧 머리를 저었다.

"아니, 싫으면 천천히 갚아도 돼. 여유 있을 때 말야. 앞으로 이런 이야기 안 할게."

"갚을게요."

저도 모르게 김가영의 입 밖으로 그렇게 말이 나왔고 그다음 순간부터는 술술 이어졌다.

"위선 떨지 않겠어요. 2차 예상하지 않고 여기 왔다면 거짓말이죠. 나가겠습니다."

"고맙다."

이성희가 얼굴을 활짝 펴고 웃었다.

"내가 장담할 수 있어. 네 인생은 앞으로 전혀 달라질 거다. 지금부터 말이다."

헬스장 안으로 들어온 윤정수가 러닝머신에 올라가 있는 윤성일을 보았다. 윤성일도 앞쪽 거울에 비친 윤정수의 시선을 받고는 인사했다.

"아버지, 오셨어요."

"어."

딱 한마디 대답에 얼굴도 무표정했지만 그것만으로도 괜찮은 분위기가 된다. 다른 때는 입도 벙긋 안 했기 때문이다. 물론 그것은 지난날 이야기다. 윤성일은 다시 시속 10킬로의 속력으로 뛰기 시작했고 윤정수는 자전거 위에 오른다. 저택 별채의 헬스장에는 어지간한 헬스기구가 다 있다. 50평 규모의 면적에 10여 가지의 헬스기구가 벌려져 있고 옆쪽에는 샤워장과 탈의실이 붙여진 것이다. 오전 6시 반이다. 헬스장 안에는 트랩을 달리는 윤성일의 발자국 소리가 울리고 있다. 윤정수가 밟는 자전거 페달에서는 소리가 나지 않는다. 그때 윤정수가 윤성일의 옆모습에 대고 말했다.

"네 형들이 신경을 많이 쓰는 것 같다."

윤성일은 뛰기만 했고 윤정수의 말이 이어졌다.

"나도 겪어 보았지만 돈 욕심은 끝이 없는 법이야. 어지간한 인격은 절제를 못 한다."

"……."

"지금 네 형들이 그 꼴이다. 내가 너한테 뭘 어떻게 해줄까 사람까지 고용해서 알아보는 모양이고 저희들끼리도 서로 견제하는 것 같구나."

머리를 돌린 윤성일은 윤정수의 얼굴에 쓴웃음이 번져 있는 것을 보았다.

"아버지, 형들한테 나눠주세요."

윤성일이 뛰면서 말했다.

"전 돈에 관심 없어요."

"그것이 내가 너한테 재산을 넘겨주려는 이유다, 이놈아!"

수건으로 이마의 땀을 닦으면서 윤정수가 말을 잇는다.

"돈 욕심이 있는 놈은 큰돈을 운용하지 못해. 넌 오늘부터 매일 오후 5시에서 7시까지 나하고 같이 일해야 된다. 박 전무가 알려줄게다."

그러고는 윤정수가 페달에서 발을 떼었다. 얼굴이 땀으로 덮여져 있다.

눈을 뜬 김가영은 소스라치면서 온몸을 웅크렸다. 자신이 알몸임을 깨달았기 때문이다. 그때 기척을 느꼈는지 어깨에 걸쳐졌던 팔에 힘이 실려지면서 몸이 끌려갔다. 장기태다. 그 순간 어젯밤 장기태와 엉켜졌던 장면이 머리를 스치면서 얼굴이 뜨거워졌다.

"깼냐?"

곧 귀에 장기태의 목소리가 울렸다. 장기태도 알몸이어서 이제 둘의 몸은 빈틈없이 붙여져 있다. 하복부에 어느새 장기태의 뜨거운 기둥이 닿았고 귀에 거칠어진 숨결이 부딪쳤다.

"아침 7시도 안되었다. 한 번 더 안아야겠다."

김가영의 귀에 대고 말한 장기태가 몸 위로 오른다. 창밖은 환하다. 그러나 조용하다. 이곳은 장기태의 청평 별장이다. 2층 침실에서 어젯밤 청평 호수가 내려다 보였었다.

"아아."

갑자기 장기태의 남성이 몸 안에 들어왔으므로 김가영은 신음했다. 그러나 저도 모르게 두 손을 뻗어 장기태의 어깨를 움켜쥐었고 두 다리로 장기태의 하반신을 감았다.

"아아아아."

다시 탄성을 뱉은 김가영이 허리를 흔들었다. 뜨거워진 몸이 저절로 반응하는 것이다. 이제 김가영은 몰두했다. 몸에 맡긴다는 표현이 맞을 것이다.

"오빠, 겨울방학에는 뭘 할 거야?"

전세희가 다가와 묻자 윤성일이 머리를 들었다. 저택 응접실 안이다. 오전 10시 반, 윤정수와 오명화는 일찍 출근했고 가정부들은 보이지 않았다.

"뭘 하다니? 일해야지?"

당연한 것을 왜 묻느냐는 얼굴로 되물었더니 전세희가 쓴웃음을 지었다. 12월 중순, 전세희는 이미 종강을 해서 방학 중이다. 윤성일은 내일부터 방학이지만 학교보다 회사일이 바쁘다. 오후에 두 시간씩 아버지 일을 거들다가 며칠 전부터는 오후 1시부터 저녁때까지 일을 했다. 사금융 업무를 익히고 있는 것이다. 전세희가 한 걸음 더 다가와 섰으므로 옅은 향내가 맡아졌다. 집안에서 입는 헐렁한 셔츠에 반바지 차림이었는데 슬리퍼도 신지 않아서 맨발이 드러났다. 발톱에 선홍빛 매니큐어를 칠했다.

"무슨 일인데?"

"회사일이지 뭐야?"

이맛살을 찌푸린 윤성일이 똑바로 전세희를 보았다.

"왜? 나한테 할 이야기 있어?"

"우리 놀러 가자."

"뭐?"

윤성일이 머리를 기울인 자세로 다시 전세희를 보았다.

"누구하고?"

"나하고."

엄지를 구부린 전세희가 제 코를 가리켰다. 정색한 표정이었고 눈동자는 흔들리지 않는다.

"나하고 오빠하고 둘이."

"둘이?"

"그래, 둘이."

"어디로?"

"따뜻한 곳으로."

"너하고 둘이 말이지?"

"그렇다니깐."

이제는 전세희가 이맛살을 찌푸렸다. 반걸음 더 다가선 전세희가 눈을 치켜뜨고 윤성일을 보았다.

"난 전 씨야, 알지?"

"……."

"오빠는 윤 씨, 맞지?"

"야, 나 바뻐."

"끝까지 들어."

전세희의 입김에서 옅은 사과향이 맡아졌다. 피부에서는 레몬향이 풍긴다. 전세희가 또박또박 말했다.

"그래, 비밀로 해야겠지. 우리 둘의 여행은 말야. 형식상으로 우린 남매니깐."

"아 피곤해."

"하지만 전혀 비난받을 행동이 아냐. 우리 둘의 연애가 말야."

"미치겠구만."

"오빠는 그동안 내 감정을 눈치 챘을 거야. 돼지가 아닌 이상."

"나 돼지다."

전세희의 어깨를 손바닥으로 툭 친 윤성일이 몸을 돌리면서 말했다.

"너 까불면 맞는 수가 있어. 장난 말고 자빠져 잠이나 자."

"동남아 어때?"

신발을 신던 윤성일이 주춤했을 때 전세희가 다시 묻는다.

"발리나 파타야, 베트남도 좋고?"

"……."

"생각해보고 이따 말해."

윤성일은 잠자코 밖으로 나왔다. 찬 공기가 맑아졌고 정신이 났으므로 윤성일이 어깨를 펴고는 심호흡을 했다. 그러고 보면 전세희의 눈치가 이상하긴 했다. 가끔 머리를 들었다가 전세희의 시선과 마주치는 경우가 많았기도 했다. 그것이 자신을 이성으로 보고 있었다는 말인가? 발을 뗀 윤성일이 쓴웃음을 지었다. 그렇다. 전세희의 말마따나 남인 것은 맞다. 하지만 여자가 전세희 하나뿐인가? 다 놔두고 집안에서 함께 사는 새어머니의 딸하고 연애를 해? 소름이 끼치는 일이다. 정원을 건너 대문으로 가는 동안 윤성일의 가슴은 딱딱하게 굳어졌다. 불쾌감 때문이다. 그따위 감정을 생산해낸 전세희는 불결한 존재였다.

휴게실로 들어선 이성희가 환하게 웃었는데 마치 꽃잎이 활짝 펴지는 것 같았다. 이성희가 옆쪽 안락의자에 앉으면서 물었다.

"언제 왔니?"

"30분쯤 되었어요."

이곳은 압구정동의 미용실 안이다. 이성희팀이 전용으로 이용하는 곳이어서 휴게실은 안방이나 같다. 종업원이 이성희 앞에 오렌지주스를 놓고 나갔다. 의자에 길게 앉은 이성희가 웃음 띤 얼굴로 김가영을 보았다.

"장 회장이 널 들어앉히려고 했다면서?"

이성희의 시선을 받은 김가영이 머리를 끄덕였다. 이성희가 부드럽게 또 묻는다.

"어떤 조건으로?"

"수원의 35평형 아파트 하나하고 한 달에 2천만 원으로요."

말을 그친 김가영이 물었다.

"언니는 누구한테 들으셨어요?"

"본인한테 직접."

"장 회장님이오?"

"그래 이것아!"

눈을 흘긴 이성희가 말을 이었다.

"이것도 이젠 여우가 다 되었어. 거절했다면서?"

"네."

"조건은 듣지 못했는데 장 회장이 좀 짜네. 강남 쪽 50평 아파트에 한 달 3천은 돼야지."

"전 그래도 싫어요."

정색한 김가영이 머리를 저었다.

"한 사람한테 매이기 싫어요."

"잘 생각했다."

이성희가 손을 뻗어 김가영의 팔을 쓸었다. 오후 2시 반이다. 이곳에서 4시 반까지 머리 만지고 얼굴 마사지까지 받고 나서 저녁을 먹고 출근하는 것이다. 이제 김가영은 룸살롱 '장원'에 간 지 넉 달째가 되었다. 그동안 동명건설 장기태의 애인 노릇을 했지만 단골손님도 꽤 잡아서 장원에서도 특급 아가씨로 되어 있는 김가영이다. 이성희가 말을 이었다.

"나도 장 회장이 널 빼내겠다고 해서 좀 그랬다. 장 회장이 누굴 살림 차려준 적이 없는 사람이라 말리기도 그렇더라. 그리고 내가 그 사람 신세를 좀 졌거든."

"……."

"잘한 거야. 장 회장은 좀 서운하겠지만 할 수 없지 뭐? 널 보고 싶으면 가게 와야지. 안 그러니?"

"……."

"수원 35평이면 한 5억 되나? 김가영이가 그만한 가치밖에 안 돼?"

"아유, 언니는?"

그때 종업원이 들어와 김가영에게 말했다.

"준비되었습니다."

자리에서 일어난 김가영에게 이성희가 지나가는 말처럼 물었다.

"오늘 할 수 있지?"

"네, 언니."

오늘밤에 나갈 수 있느냐고 묻는 것이다. 옆쪽 방으로 들어간 김가영은 푹신한 의자에 앉아 눈을 감았다. 이곳은 개인실로 김가영이 혼자 서비스를 받는다. 오늘밤 손님은 단골 중의 하나인 천 회장이었고 2차를 나갈 것이었다. 천 회장과도 이미 2차를 두 번이나 나간 사이인 것이다.

이제 김가영은 '프로'가 되었다. 그동안에 이미 이성희한테서 가져간 돈은 다 갚았고 1억 가까운 돈을 모았다. 내년까지 3억만 모으고 나면 그만둘 작정인 것이다. 한 달에 어머니한테 3백씩 송금해주고 생활비에 옷값, 미용실, 피부관리에 쓰는 돈은 5백, 나머지는 모두 저금하고 있다. 그러려면 2차는 필수다. 장 회장이 애인 노릇을 해주지만 한 달에 주는 돈이 1천만 원 정도였으니 돈을 모으려면 2차 상대가 서너 명은 있어야 한다. 그래서 앞으로 두 명만 더 만들 계획이었다.

얼굴 마사지 하는 동안에 깜박 잠이 들었던 김가영이 꿈을 꾸었다.

"시간당 6천 원씩 받고 있어."

윤성일이 웃는 얼굴로 말을 이었다.

"주인이 화교인데 괜찮은 사람이야. 다른 곳보다 1천 원 많이 줘."

그러고 보니 윤성일은 중국집 종업원 차림이다. 가슴에 '북경반점'이라는 상호가 찍혀진 흰 제복을 입었다. 중식당 안이다. 김가영은 손님으로 밀실에 혼자 앉아 있었는데 앞에 선 윤성일이 말을 이었다.

"하루 10시간 일하면 6만 원이야. 지난달에 195만 원을 가져갔어. 200만 원은 못 채웠지만 기록을 세웠지. 시간외 수당을 좀 더 받는 건데……."

"그러지 마."

윤성일이 불쌍해진 김가영이 윤성일의 손을 잡았다. 손에 물기가 많다. 그릇을 씻다가 온 것 같다.

"내가 돈 빌려줄게."

"너, 돈 많니?"

윤성일이 묻자 김가영은 머리를 끄덕였다.

"내가 2차 손님을 두 명만 더 잡으면 한 달에 2천 모을 수가 있어."

"이, 2천이나."

놀란 윤성일이 눈을 치켜떴다.

"내가 1년 죽어라고 벌어도 2천만 원이 될까 말까 한데 넌 한 달에 모은다구? 도대체 한 달에 얼마나 버는데?"

"2천쯤 벌어서 1천 정도는 저금해. 지금은."

"와아."

입을 쩍 벌린 윤성일이 물었다.

"2차 한 번에 얼마 받는데?"

"5백도 받고 적게 주는 놈은 2백."

"아이구."

"내가 형한테는 깎아줄게."

"얼마로?"

"500원."

그때 축축했던 윤성일의 손이 치워졌고 어깨가 들렸으므로 김가영이 잠에서 깨어났다. 손 마사지를 끝낸 마사지사가 이젠 다리를 주무르기 시작했다. 김가영은 길게 숨을 뱉었다. 잠에서 깨었지만 아직 머리는 멍한 상태다. 그러나 가슴이 아까부터 세차게 뛰었고 저절로 얼굴이 붉어졌다. 윤성일과 헤어진 지 어느덧 다섯 달이 된다. 언제부터인가 날짜를 세지 않고 이젠 대충 그렇게 잡는다. 핸드폰 전화번호도 바꾼 터라 윤성일은 연락할 수도 없을 것이었다. 다시 눈을 감은 김가영은 어금니를 물었다. 윤성일은 이렇게 잠깐씩 나타난다. 그렇지만 점점 기억이 흐려지고는 있다. 이젠 다른 남자하고 2차를 나갈 때도 부담감이 느껴지지 않는 것이다. 이미 윤성일과는 끝났다. 이성희의 제의를 받아들인 순간부터 윤성일과는 끝난 것이나 같다. 흘러간 남자를 생각하면 나만 아프다. 잊자. 눈을 뜬 김가영이 오늘밤 찾아올 천 회장을 생각했다. 50대 초반의 천 회장은 매너가 좋았다. 그리고 섹스 기교가 뛰어나 몰입시키게 만든다.

인사동의 한정식당 안이다. 이곳은 이제 관광객 손님이 많아서 음식이 퓨전식으로 변했지만 그래도 단골이 많다. 박기춘이 그중 하나다.

"나 이번 토요일에 푸켓에 가려는데."

술잔을 든 박기춘이 지그시 윤성일을 보았다. 술기운이 번져서 눈 주위가 붉다.

"기집애들 둘 데리고 말야. 하나는 물론 정인이고 또 하나는 걔 친구야."

"······."

"걔 친구가 괜찮아. 아니, 1년 선배라던가, 어쨌든 한국대 미대 박사 과정인데 분위기가 있더군."

윤성일이 잠자코 막걸리에 소주를 탄 술잔을 들고 벌컥이며 삼켰다. 식당 안은 떠들썩했다. 중국 관광객이 많아서 소란스럽지만 윤성일은 오히려 편안해졌다. 박기춘이 말을 이었다.

"2년 동안 사귄 애인하고 결혼까지 약속했는데 글쎄 그 애인놈이 덜렁 사고가 났지 뭐야?"

말을 그친 박기춘이 술잔을 비우더니 트림을 했다. 윤성일은 듣는 둥 마는 둥 주위를 둘러보았으므로 박기춘이 입맛을 다셨다.

"야, 듣냐?"

"그래, 듣는다."

잔에 막걸리를 따르면서 윤성일이 말했다.

"그 애인놈이 뒈졌다구 했잖아?"

"내가 그랬어?"

"사고 났다면서?"

"아니, 그게 아니고."

잔에 소주를 넣던 윤성일이 머리를 기울였다.

"내가 소주를 넣었나? 야, 넣었냐?"

"뭐가?"

둘은 지금 막걸리를 각각 열 잔쯤은 마시고 있다. 물론 소주를 섞어서다.

"에라 모르겠다."

소주를 더 섞은 윤성일에게 박기춘이 물었다.

"내가 어디까지 얘기 했지?"

"몰라, 새꺄!"

"아 참, 사고. 사고 나서 죽은 게 아냐 인마."

"병신 되었어? 성불구?"

"그게 아니라 그놈이 고시에 패스했단 말이다."

"……."

"그러고 나서 찬 거지. 그게 사고야."

윤성일이 술잔을 들어 벌컥이며 삼키고는 '카!' 소리와 함께 빈잔을 내려놓았다.

"병신 같은 년!"

"걔들 오라고 했어. 곧 올 거다."

다시 트림을 하면서 박기춘이 말했다.

여자 둘이 식당 안으로 들어섰을 때는 10분쯤 후였다. 떠들썩했던 식당 안이 갑자기 조용해졌으므로 머리를 들었던 둘이 여자들을 본 것이다. 식당 안이 조용해진 것은 모두 입을 다물고 두 여자에게 시선을 주었기 때문이다.

"왔다."

박기춘이 붉은 얼굴을 환하게 펴고 웃었다. 둘 다 미인이다. 앞장선 여자는 박기춘의 애인 서정인, 이번에는 제법 머리가 무거운 여자를 골랐는데 한국대 영문과 출신이다. 이모의 소개로 만났다니 함부로 할 수도 없는 상대였고 윤성일과는 두 번 만나서 술도 같이 마셨다. 뒤를 따르는 여자를 본 윤성일이 긴장했다. 긴 머리를 뒤로 묶었고 화장기가 없는 얼굴, 갸름한 얼굴형에 눈꼬리가 조금 솟은 데다 입술을 꾹 닫혀 있다. 윤성일과 시선이 마주친 순간 퍼뜩 외면했는데 의식적으로 보이지는 않았다. 큰 키, 진회색 카디건에 같은 색 바지, 단화를 신었는데 몸매가 잘 빠졌다. 한눈에 윤성일이 파악한 것이다.

"안녕하세요."

서정인이 박기춘의 옆쪽 자리에 앉으면서 윤성일에게 인사를 했다. 쌍꺼풀 진 눈, 육감적인 입술, 젖가슴도 풍만했고 몸매는 쭉 빠졌다. 모델로 나가도 손색없는 용모다. 지금 박기춘이 몰두한 상태, 그때 윤성일의 옆쪽에 앉으면서 여자가 인사를 했다.

"이은향입니다."

여자가 윤성일에게 머리를 돌리고 말했다. 거리가 이십 센티 정도밖에 안 되어서 여자 눈동자에 박힌 자신의 얼굴이 보였다. 눈동자가 볼록 렌즈 역할을 한다.

한식당에서 나왔을 때는 밤 11시 반이다. 서정인은 물론 이은향까지 술을 잘 마셨기 때문에 막걸리 대신 소맥으로 바꾸고 나서 다시 열 잔씩은 마셨다.

"자, 2차 가자."

이제는 얼굴이 하얗게 굳어진 박기춘이 말했다.

"코냑으로 입가심 하자."

"좋지."

바지 주머니에 두 손을 찌른 윤성일이 박기춘을 노려보았다.

"안주로 순대하고 파전을 사갖고 가자."

"그럼, 떡볶이도."

맞장구를 쳤던 박기춘이 갑자기 숨을 들이켜더니 골목 안으로 서둘러 들어갔다.

"오빠!"

박기춘을 부르면서 서정인이 쫓아갔다. 그때 머리를 든 윤성일이 이은향을 보며 말했다.

"저 새끼, 며칠 전에 그걸 먹고 진하게 토했거든."

"뭘 먹고요?"

"순대하고 파전, 떡볶이."

"아."

"그 생각 하니까 또 오바이트 하는 거지. 인간의 몸은 본능적으로 지난 행동을 반복하는 습성이 있어. 난 보드카에 김치 먹으면 꼭 오바이트 해."

"에이, 거짓말."

"난 긴 머리에 화장 안 한 여자를 보면 성욕이 일어나."

"좋아하는 여자가 있다면서요?"

"어휴, 저 개새끼!"

"아직 못 찾았다고 들은 것 같은데……?"

"술 깼다."

주머니에서 손을 뺀 윤성일이 이은향을 향해 손을 흔들어 보였다. 바로 앞에다 세워놓고 흔들었더니 옆을 지나던 중국인 무리가 유심히 보았다. 골목으로 들어간 둘은 나오지 않았다.

"나 먼저 갈게, 바이."

몸을 돌린 윤성일이 세 발짝을 떼었을 때 옆으로 다가온 이은향이 팔을 끼었다.

"내가 오늘밤 자줄게."

이은향한테서 향내가 맡아졌다. 땀과 비누향이 섞인 냄새다. 퀴퀴하고 단 냄새. 다시 숨을 들이켠 윤성일이 잠자코 발을 떼었고 이은향은 더 붙었다.

"돈 내라고 안 할 테니까 암말도 마."

눈을 뜬 김가영이 머리를 돌려 옆자리를 보았다. 비었다. 탁자에 부착된 디지털시계가 8시 10분을 가리키고 있다. 늦었다. 상반신을 일으켰던 김가영이 자신의 몸이 알몸인 것을 깨닫고는 손으로 젖가슴을 가렸다. 스위트룸이어서 침실은 넓다. 그러나 인기척은 느껴지지 않았다. 어젯밤 천기영 회장과 이곳 인천의 퍼시픽호텔에 투숙한 것은 12시가 조금 넘었을 때. 그러고는 오전 3시경이 될 때까지 엉켜 있었던 것이다. 천 회장은 끈질겼다. 끝없이 이어지는 쾌락으로 김가영은 모든 것을 잊었다. 그러다 깨어나 보니 8시가 넘은 것이다. 팬티와 브래지어를 찾아 껴입고 바닥에 떨어진 가운을 걸친 김가영이 바깥 응접실로 나가 보았다. 비었다. 안쪽 화장실도 인기척이 없다. 다시 침실로 돌아왔던 김가영은 창가의 탁자에 놓인 흰 봉투를 보았다. 다가간 김가영이 봉투를 열자 수표가 보였다. 100만 원짜리가 여러 장이다. 김가영은 차분한 표정으로 수표를 세었다. 다섯 장, 500만 원이다. 천 회장은 2차 값이 5백이다. 지금까지 천 회장하고 세 번 2차를 했고 1천 5백을 받았다. 장 회장하고는 열 번쯤 되었나? 1천만 원이 3번, 500만 원이 다섯 번, 그리고 두 번은 돈 가져오지 않았다면서 주지 않았다. 그리고 백사장이 한 번, 300만 원. 탁자 앞쪽 의자에 앉은 김가영의 머릿속에서 숫자가 난무하고 있다. 이제는 인간 얼굴이 안 보이고 돈뭉치만 더해졌다가 빼진다. 이윽고 자리에서 일어난 김가영이 수표를 가방에다 넣고는 다시 침대에 오른다. 체크아웃이 12시니까 그때까지 다시 잘 작정이다. 퍼시픽호텔 스위트룸은 1박에 150만 원이다. 서둘러 나갈 필요가 없는 것이다.

핸드폰이 울렸으므로 윤성일이 손을 뻗쳤다. 그러다가 탁자 위에 놓인 탁상시계를 떨어뜨렸다. 방바닥에 떨어진 시계가 오전 8시 20분을 가리키고 있다. 다시 핸드폰을 집어든 윤성일이 발신자를 보았다. 강희나다. 윤성일은 핸드폰을 귀에 붙였다.

"응, 아침부터 무슨 일이야?"

"오늘은 뭐 해?"

강희나는 요즘 석사논문 준비한다고 연락도 뜸했다.

"오후 1시부터 일이 있어."

갑자기 속이 쓰렸으므로 이맛살을 찌푸린 윤성일이 침대 끝에 웅크리고 앉았다. 그때 강희나가 물었다.

"저녁때는?"

"어제 술 많이 마셨어."

"누가 술 마시재?"

"무슨 일 있니?"

"오랜만이라 밥이나 같이 먹었으면 해서?"

"그러자."

허리를 편 윤성일의 눈앞에 어젯밤 만난 이은향의 얼굴이 떠올랐다. 이은향을 택시 정류장까지 데려간 후에 택시를 태워 보낸 것이다. 다른 때 같았으면 두말 않고 같이 호텔에 들어갔을 윤성일이다. 그러나 왜 달라졌는지는 본인이 아직 의식하지 않는 상태다. 핸드폰을 내려놓은 윤성일이 씻고 아래층으로 내려가자 외출 차림으로 서있던 오명화가 활짝 웃었다.

"오늘도 나가니?"

"예, 어머니."

"어제 늦게 들어왔지?"

"예, 친구 만나서……."

"너, 그런데 요즘."

눈썹을 좁힌 오명화가 윤성일을 보았다.

"아버지 얼굴 며칠간 뵙지도 못한 거 아냐? 늦게 나가고 늦게 들어오는 바람에 말야."

하긴 집에서는 그렇다. 윤성일이 우물쭈물했다. 매일 오후 2시경부터 7시까지 아버지하고 얼굴을 맞대고 있다는 것은 단 두 명 본인 외에 박상호만 안다. 셋이 사금융 관리자가 된 것이다. 오명화가 핸드백을 뒤지더니 수표 한 장을 꺼내 내밀었다.

"여기, 1천만 원이다."

"아이구, 괜찮습니다."

당황한 윤성일이 손까지 저었지만 다가온 오명화가 주머니에 넣어주었다.

"너, 돈 많은 거 알아. 하지만 나도 용돈 한 번 줘보자."

"많습니다."

주머니에서 수표를 꺼냈지만 윤성일은 내밀지는 못했다. 오명화가 다시 환하게 웃었다.

"방학도 됐으니까 몇 달 써 그럼."

"고맙습니다. 잘 쓰겠습니다."

"참."

오명화가 생각난 듯한 얼굴로 윤성일을 보았다.

"희나하고는 연락 자주 해?"

"그렇지 않아도 오늘 저녁 밥 먹기로 했는데요."

"아이구, 내가 용돈 잘 줬네."

다시 웃은 오명화가 발을 떼며 말했다.

"너희들 둘은 잘 어울려."

오명화의 뒷모습에 시선을 주던 윤성일이 문득 강희나가 전화하기 전에 제 이모한테 연락 했을지도 모른다는 생각을 했다.

탁자의 디지털시계가 10시 10분을 가리키고 있다. 한숨 더 자려고 침대에 누웠지만 잠이 오지 않았으므로 김가영이 베개에 등을 받치고 우두커니 앉아 있다. 앞쪽 TV에서는 음을 소거시킨 채 드라마가 방영되고 있다. 화려한 집안이다. 가구는 고가품으로 보였지만 어울리지는 않는다. 어색한 배우의 연기와 덧붙여서 그림만 보아도 짜증이 난다. 한동안 우두커니 화면을 보던 김가영이 손끝으로 뺨에 흘러내린 눈물을 닦았다. 그 순간 또다시 주르르 눈물이 흘렀으므로 김가영이 숨을 들이켰다. 눈물이 흘러내리고 있는 것을 지금 느낀 것이다.

"너, 무슨 희망으로 사니?"

불쑥 김가영의 입에서 말이 나왔다. 그 순간 김가영이 주먹을 쥐더니 제 가슴을 쿵쿵, 두 번 때렸다.

"이 더러운 년아, 말해봐?"

목이 메었으므로 김가영이 헛기침을 했다.

"말해 솔직하게. 위선 떨지 말고."

"보고 싶어."

김가영이 두 손으로 얼굴을 가렸다가 눈물범벅이 된 얼굴을 손바닥으로 세수하듯 씻었다.

"보고 싶어. 보고 싶어. 보고 싶어. 보고 싶어."

"오빠."

"형."

"나 어쩔 수 없었다면서 나설 만큼 뻔뻔한 년이 아니거든?"

"우린 운명이야. 이렇게 헤어진 것이. 그것도 받아들여야 돼."

그 순간 다시 두 손으로 얼굴을 덮은 김가영이 시트를 끌어당겨 얼굴을 닦고는 코까지 풀었다. 그러고는 시치미를 뚝 뗀 얼굴로 침대에서 일어섰다. 눈이 빨갛게 충혈되어 있다.

차에서 내린 윤성일이 앞에 선 김현기를 보았다.

"회장님 제가 윤성일입니다."

"기다리고 있었네. 반갑구만."

김현기가 얼굴에 깊은 주름살을 만들며 웃더니 손을 내밀었다.

"윤회장님의 대를 이으실 분이로군."

"잘 부탁드립니다."

윤성일이 김현기의 손을 잡고 흔들고는 차에서 알루미늄 가방을 꺼내 쥐었다. 그것을 본 김현기가 말했다.

"자아, 들어가세."

김현기는 60대 중반쯤으로 보였는데 동양그룹의 회장이다. 동양그룹은 재계서열 18위로 30여 개의 계열사를 거느리고 있었는데 주력기업인 동양건설이 자금난에 빠지면서 그룹 전체의 주가가 곤두박질을 치고 있다. 김현기가 윤정수와 거래를 시작한 것은 10년쯤 전이지만 서로 신용이 철저해서 한 번도 약속을 어긴 적이 없다. 오늘은 윤정수가 윤성일을 대리인으로 보냈고 김현기가 저택 현관까지 나와 맞은 것이다. 자금 거래는 철저하게 비밀로 했기 때문에 응접실에는 둘뿐이다. 저택 안에도 대문을 열어준 경비원만 보였을 뿐이다. 응접실 소파에 마주보고 앉 았을 때 김현기가 쓴웃음을 지었다.

"집안 식구나 고용인들은 모두 방에 들어가 있으라고 했네."

"아아, 예."

"자네 아버님이 이곳에 세 번 오셨지. 내가 아버님 만나려고 다섯 번 자네 집에 갔었고, 그때도 둘만 있었네."

"전 기억이 안 납니다."

"그런가?"

다시 웃은 김현기가 탁자 밑에 놓인 서류봉투를 꺼내 윤성일 앞에 놓 았다.

"내가 어제 담보서류하고 각서, 어음은 모두 아버님께 드렸네. 알고 있지?"

"예, 회장님."

윤성일이 알루미늄 가방을 김현기에게 내밀었다.

"10억짜리 국채 300장입니다."

머리를 끄덕인 김현기가 가방을 열더니 국채를 확인했다. 3천억인 것 이다. 이윽고 한 장 한 장 꼼꼼하게 확인한 김현기가 시선을 들고 윤성 일을 보았다.

"확인했네. 그럼 인수증을 써주지."

서류봉투에서 꺼낸 인수증에 금액과 날짜, 자신의 이름, 주민번호까 지 적은 김현기가 손가락을 인주에 묻혀 지장을 찍고 나서 윤성일에게 건네주었다.

"우리는 이런 식으로 주고받았다네."

"예, 회장님."

인수증을 받은 윤성일이 가슴 주머니에 집어넣더니 자리에서 일어섰
다. 이제 아버지 대신으로 나선 첫 거래가 끝난 것이다. 간단한 거래였
지만 윤성일의 등은 땀으로 젖어 있었다.

"언니는 왜 이렇게 점점 예뻐지는 거야? 피부 손질을 해?"

김윤영이 묻자 김가영은 쓴웃음을 지었다. 오후 5시 반, 청담동의 커
피숍 '그린' 에는 손님이 두 테이블뿐이다. 어중간한 시간이었기 때문이
다. 6시 반이 넘으면 이곳은 젊은 연인들로 꽉 찬다. 손목시계를 본 김
가영이 가방에서 봉투를 꺼내더니 김윤영에게 내밀었다.

"이거 5백이야. 엄마 4백 드리고 너 100만 원 써."

숨을 들이켜는 소리를 냈지만 김윤영이 봉투부터 받고 묻는다.

"이번 달에는 100만 원이 많네? 그리고 나한테 왜 100만 원이나 줘?"

"얘는 자기가 한 말도 잊어먹어."

눈을 흘긴 김가영이 말했다.

"너 지난번에 전화할 때 방학 때 배낭여행 간다고 했지 않아?"

"아, 참."

"100만 원이면 되니? 더 줄까?"

"충분해. 글고 언니가 무슨 돈이 그렇게 많아? 부산 광고회사는 월급
을 얼마나 주는 거야?"

"내가 광고 모델도 하거든. 지방 방송에만 몇 초씩 나가. 그래서 모델
료 받는 거야. 몇 백만 원씩."

다시 숨을 들이켠 김윤영에게 김가영이 열심히 말을 잇는다.

"그래서 회사에서 화장비, 의류 협찬도 해주는 거야."

"야, 언니 신나겠다."

"가끔 그런 모델료가 나오니까 좀 괜찮은 거지. 근데 너 어디로 여행 가려고 그러니?"

자연스럽게 화제를 돌렸더니 김윤영이 끌려왔다.

"동남아로 갈 생각이야. 주로 태국하고 베트남……."

"……."

"특히 베트남을 한 번 일주해보려고 해. 호치민에서 하노이까지, 열차를 타고 바닷가를……."

"……."

"언니 고마워."

"아냐."

눈동자의 초점을 잡은 김가영이 자리에서 일어섰다.

"나, 부산으로 내려가야 돼. 엄마한테는 아까 전화했지만 다음에 꼭 엄마 본다고 해. 미안하다고."

"응 걱정 마."

여행비 받아서 기분이 좋은 김윤영이 활짝 웃으며 따라 일어섰다.

"자주 연락해, 언니."

"그거 알아?"

포도주 잔을 든 강희나가 윤성일을 보았다. 시청 앞 프린세스호텔의 양식당 안에서 둘은 저녁을 먹는 중이다. 윤성일은 시선만 주었고 강희나가 말을 이었다.

"오빠가 배낭여행 다녀온 후에 말야……."

한 모금 포도주를 삼킨 강희나가 얼굴에 웃음이 떠올랐다.

"물론 사고도 겪었지. 다쳐서 병원에 꽤 오래 입원해 있기도 했고……."

"……."

"퇴원한 지도 벌써 다섯 달 되었어."

"근데, 너……."

씹던 스테이크를 삼킨 윤성일이 강희나를 노려보았다.

"내게 무슨 말을 하고 싶은데?"

"그동안 나하고 한 번도 안 잤단 말야."

이제는 강희나도 정색했다. 긴장하고 있는 것 같다. 강희나의 시선을
받은 윤성일이 이맛살을 찌푸렸다.

"이거 맨날 왜 그래?"

"응? 뭐라구?"

"아냐."

숨을 들이켰다가 길게 뱉은 윤성일이 손목시계를 보는 시늉을 했다.

"밥 먹고 나이트 가자."

"싫어. 8시밖에 안 되었어."

"그럼 영등포 가서 삼겹살 먹고 근처 모텔 가자."

"싫어."

"자고 싶다며?"

"누가?"

윤성일의 목소리가 컸기 때문인지 강희나는 목까지 움츠렸다. 주위에
는 서양인들뿐이다. 잔에 포도주를 채우면서 윤성일은 요즘 자신의 생

활이 너무 삭막해졌다는 것을 느끼고 있다. 그러고 보면 강희나는 물론이고 어젯밤 같은 좋은 기회도 매정하게 차버렸다. 어이가 없다. 내가 왜 이렇게 되었는가? 그 순간 윤성일은 숨을 죽였다. 김가영 때문이다. 김가영이 실종되고 나서 성품은 물론 생활 패턴도 바뀌어졌다. 그것을 의식하지 못하고 잊었을 뿐이다. 여자에 대한 충동이 무의식중에 억제되고 매일 바쁘게 일 하는 것도 다 그 영향이다. 잊으려는 것이다. 찾을 수가 없으니 차라리 잊으려고 다른 일에 몰두했다. 이런 경우는 인생에서 처음이다. 왜 이렇게 머릿속에서 지워지지 않는가? 날 피해서 떠난 대상한테 왜? 그 이유가 궁금해서? 알면 뭐 어쩔 건데? 어쨌든 나를 기피한 것 아닌가? 억지로 잡아서 뭐 할 건데? 한 모금 포도주를 삼킨 윤성일이 이제는 제대로 시간을 보았다. 오후 7시 45분이다.

"자, 나가서 한 잔 하자. 여기 분위기가 비아그라 먹는 놈들만 오는 곳 같다."

자리에서 일어선 윤성일이 결심했다. 이제 그럴 것 없다.

눈을 가늘게 뜬 전세희가 오경석을 보았다. 불빛을 받은 눈동자가 반짝이고 있다. 긴장된 표정이다.

"확실해요?"

전세희는 자신의 목소리가 건조해져 있는 것을 듣고는 가볍게 헛기침을 했다. 그때 오경석이 허리를 펴고 전세희를 응시했다.

"예, 확실합니다."

이곳은 장충동의 뉴코리아호텔 라운지다. 구석자리에 마주앉은 둘 앞에는 손도 대지 않은 커피 잔이 놓여 있다. 오경석이 말을 이었다.

"김가영은 '정원'에 나갑니다. 제가 '정원' 앞에서 두 시간이나 기다렸다가 온 겁니다. 김가영은 들어가서 나오지 않았습니다."

"……."

"강남의 텐프로 업소 중에서도 '정원'은 최고급입니다. 거긴 회원제로 예약하지 않으면 못 간다는 곳입니다."

전세희가 듣기만 했더니 오경석의 목소리에는 활기가 떠올랐다.

"한 달이 넘도록 김가영의 동생 김윤영을 미행했다가 오늘 대박을 터뜨린 것이지요."

오경석은 용역회사 과장이다. 전세희의 용역을 받아 지난번에도 일을 해본 터라 손이 큰 것도 안다. 호흡을 고른 오경석이 말을 이었다.

"그곳의 위치는 샹그릴라호텔 후문 건너편 골목 안입니다. 강남에서는 소문난 곳이지만 조그만 해요. 요즘 텐프로 룸살롱은 크지 않습니다."

"여기 사례금."

오경석이 서둘러 받았을 때 전세희가 의자에 등을 붙이면서 말했다.

"5백이에요. 보너스로 2백 더 드린 것이라구요."

"감사합니다. 감사합니다."

오경석이 앉은 채로 머리를 두 번이나 숙였을 때 전세희가 말을 이었다.

"이젠 더 화끈한 증거를 찾아줘요."

긴장한 오경석을 향해 전세희가 이를 드러내고 소리 없이 웃었다.

"작품 말예요. 손님하고 호텔에 간다던가, 또는 섹스하는 장면, 진할수록 좋아요. 상금도 더 많아질 테니까."

"예 알겠습니다."

다시 머리를 숙여 보인 오경석이 결연한 표정으로 전세희를 보았다.

"이제 아지트를 알았으니까 장비를 더 구입해서라도 아가씨의 주문을 맞춰 드리도록 하겠습니다."

더 돈이 들어간다는 예고였지만 전세희는 인정한다는 듯이 머리만 끄덕였다. 그것을 본 오경석의 어깨가 솟아올랐다.

윤성일의 팔을 베고 누운 강희나가 천장을 바라보며 물었다.

"오빠, 알아?"

"뭘 알아?"

오전 7시 반, 방안은 아직 열기가 가시지 않았다. 둘의 숨결도 아직 뜨거웠고 방안에는 둘이 발산한 땀과 정액의 냄새로 가득 차 있다. 마포의 유니언호텔 방 안이다. 방금 격렬한 정사를 나눈 후여서 둘은 알몸이다. 몸을 돌린 강희나가 얼굴을 윤성일의 가슴에 붙였다.

"세희가 오빠 좋아한다는 거?"

"흐응."

코웃음을 친 윤성일의 가슴을 손톱으로 긁으면서 강희나가 말을 잇는다.

"여자의 육감이야. 걔가 오빠 좋아하고 있다는 거 오래 전부터 알았어."

"얼마 전까지만 해도 원수였는데?"

"글쎄, 그것이 좋아한다는 표현이라니까?"

"조금만 더 좋아했다면 살인나겠다."

윤성일이 강희나의 어깨를 당겨 안았다.

"하긴 며칠 전에 나한테 같이 여행 가자고 하더라? 둘이서?"

"……."

"난 윤 씨고 저는 전 씨라면서?"

"정말 미쳤어!"

강희나가 눈을 동그랗게 떴다.

"이모는 어떻게 하라고?"

오명화가 강희나의 이모인 것이다. 윤성일이 길게 숨을 뱉었다.

"걔는 밝아. 감정 표현이 직선적이고, 그래서 뒷맛은 개운해."

"오빠는 몰라서 그래."

머리를 든 강희나가 윤성일을 보았다.

"걔가 얼마나 끈질긴데? 앙큼하고? 그래서 이모가 걔 때문에 얼마나 속을 썩였다구? 오빠는 겉만 봐서 몰라."

"너, 남 험담하는 거 처음 듣는다?"

"나두 이런 말 하기 싫어."

머리를 저은 강희나가 상반신을 일으켰다가 젖가슴이 다 드러났으므로 손으로 가렸다. 그러더니 쏟아내듯 말했다.

"세상에, 둘이 여행을 가자니? 그게 말이나 돼? 어떻게 그런 말을……?"

"이리 와."

강희나의 허리를 감아 당긴 윤성일이 다시 침대 위로 눕혔다. 윤성일이 다시 강희나의 몸 위로 오르면서 말했다.

"이제 그만."

윤성일이 강희나의 입을 맞췄고 당연히 말이 끊겼다.

대일종금 강남지점은 테헤란로에 위치한 대일빌딩 1층과 2층을 사용한다. 대일빌딩은 28층짜리 대리석 빌딩으로 테헤란로에서 가장 뛰어난 건물로 선정되었다. 3, 4, 5층이 대일종금 본사이고 6, 7층에 대일산업이 입주해 있어서 이곳이 핵심인 것이다. 윤정수는 27층에 30평 규모의 사무실 겸 개인 주거공간을 마련해놓았는데 직원은 수행비서 겸 전무 직책의 박상호, 그리고 20년째 여비서 역할을 하는 40대 중반의 노처녀 양선희, 둘뿐이다. 거기에다 요즘 윤성일이 가담하는 바람에 27층 사무실 직원은 셋이 되었다. 오후 3시 반, 양선희가 인삼차와 커피 두 잔을 내려놓고 나갔을 때 윤정수가 먼저 입을 열었다.

"그래, 박 전무, 말해봐라."

회의는 늘 이렇게 시작된다. 헛기침을 해서 목청을 가다듬은 박상호가 말했다.

"김봉주는 일을 의뢰받은 지 두 달이 되었고 보고는 지금까지 네 번 했습니다. 그 보고 내용이 여기 있습니다."

박상호가 탁자 위에 서류를 놓았다. 클립으로 박은 서류가 네 묶음이다. 박상호가 말을 이었다.

"별거 없습니다. 성일이가 대일빌딩에 오는 시간, 나가는 시간, 나가서 누구 만나는지, 무얼 하는지 조사했습니다."

박상호가 말하는 동안 윤성일의 얼굴이 점점 굳어졌다. 윤성일에게 시선도 주지 않고 박상호가 말을 이었다.

"건물 안에서 뭘 했는지는 적혀 있지 않았습니다."

"나하고 같이 있는 것을 아는 거야."

윤정수가 앞쪽 벽을 바라보며 말했다. 그는 앞에 놓인 서류는 거들떠도 보지 않는다.

"계속해."

서류에서 시선을 뗀 박상호가 말했다.

"김봉주의 오양용역에 의뢰한 사람은 윤태일과 윤수일 둘입니다. 김봉주는 둘 앞에서 보고를 했다고 합니다."

"……."

"앞으로도 계속하라는 의뢰를 받았다고 합니다. 회장님."

회장님을 부른 것은 군대에서 무전할 때 오버의 신호나 같다. 끝났다는 의미다. 그때 윤정수가 윤성일을 보았다. 차분한 표정이다.

"너, 지금 무슨 내용인지 알겠느냐?"

"예, 아버지."

"네 형들이 네 뒤를 캐고 있어. 나하고 밀착되어 있는지 알고 있단 말이다."

"……."

"지금쯤 두 놈은 내가 종금을 너한테 관리시키려는 의도쯤은 짐작하고 있을 거다."

윤정수의 시선이 박상호에게로 옮겨졌다.

"다른 건 눈치 못 챘겠지?"

"챌 이유가 없지요."

정색한 박상호가 말을 이었다.

"철저하게 보호하고 있습니다. 회장님."

박상호의 보고가 끝났을 때 윤성일은 심호흡을 했다. 형들이 이렇게까지 경계를 할 줄은 전혀 상상하지도 못했던 것이다. 거기에다 아버지는 형들이 의뢰한 용역회사를 다시 매수해서 정보를 빼내었다. 갑자기 온몸에 찬 기운이 느껴지는 느낌이 들었으므로 윤성일은 어깨를 폈다.

그때 윤정수가 물었다.

"어떠냐, 기분이?"

"화가 나요. 아버지!"

"당연한 것으로 알아야 한다."

정색한 윤정수가 말을 이었다.

"여기서 혈연이나 의리에 약해진다면 다 무너진다. 그러면 모두에게 불행이야."

"……."

"헤치고 나아가서 네 기반이 굳어졌을 때 도와라. 지금은 오로지 앞만 보고 나아갈 때다."

윤정수의 목소리가 점점 단호해졌다.

"내가 수년간 심사숙고 한 끝에 결정한 일이야. 네 명 자식 중 네가 적임자다. 나는 내 뒤를 네가 잇도록 할 것이고 언젠가 네 기반이 굳어진 후에는 손을 떼겠다. 외국 여행이나 다니겠다."

"……."

"내 기대를 배신하지 말아다오."

윤정수의 시선을 받은 윤성일이 소리죽여 숨을 뱉었다. 다른 도리가 없다.

박상호가 일 때문에 방을 나갔으므로 안에는 둘이 남았다. 인삼차 잔을 든 윤정수가 창가로 다가가 섰다.

"이리 오너라."

창밖을 내다보면서 윤정수가 부르자 윤성일이 다가가 나란히 섰다.

27층 창에 서면 한강이 내려다보인다. 남산과 강북도 눈앞에 펼쳐진다. 윤정수가 가라앉은 목소리로 말했다.

"네 큰형은 사업 능력이 전혀 없는데도 욕심이 많다. 그런 성품으로 이 사업을 감당할 수가 없어. 그애는 공직에 있다가 퇴직하는 것이 가장 낫다."

"……."

"둘째가 가장 문제다. 구의원을 하면서도 사업에 손을 대고 있는데 벌써 주식과 부동산 투자에서 2천억 가까운 채무가 있어. 그것을 지금 숨기느라고 급급한데 사채업자에게 시달려 한시라도 빨리 재산분배를 받아내려고 한다."

윤정수가 머리를 저었다.

"둘째한테 재산분배가 가면 몇 년 못 간다. 그래서 그대로 둬야 우리 가족이 산다. 그놈은 망하게 내버려두어야 해."

"……."

"그리고 너."

머리를 돌린 윤정수가 똑바로 윤성일을 보았다.

"너 뒤를 캐고 있는 것이 네 형들뿐만이 아니다. 알고 있느냐?"

윤성일의 시선을 받은 윤정수는 쓴웃음을 지었다.

"모르고 있는 모양이군. 세희가 고용한 용역회사 직원놈이 너를 미행하고 있다."

"……."

"의아해서 생각해 보았더니 그놈이 널 좋아해서 그런 것 같더군? 하긴 이상한 일도 아니지?"

"……."

"네가 넘어갈 녀석은 아니라고 믿는다. 하지만 세상일은 잘 모르는 법. 뭔가 방도를 찾을 때까지 주의하도록 해라."

"아버지 무슨……?"

"그건 나한테 맡겨라."

가볍게 윤성일의 말을 자른 윤정수가 지그시 시선을 주었다.

"네 새 어머니의 조카, 강 아무개 말이다. 좋아하는 사이냐?"

"아버지도 제 뒷조사 하셨어요?"

대뜸 윤성일이 되물었더니 윤정수가 쓴웃음을 지었다.

"이놈아, 보호하려고 그랬다."

"그냥 만나는 사이입니다. 아버지."

"삼호해운 강 회장이 요즘 자금이 많이 딸리지. 그런데 딸내미 때문에 체면상 나한테 손을 내밀지 못하고 있어."

윤성일의 시선을 받은 윤정수가 말을 이었다.

"아마 너하고 맺어지기를 바라고 있을 게다. 그 집안에서는……."

윤성일의 옆모습에서 시선을 뗀 정소영이 소리 죽여 숨을 뱉었다. 오전 11시 10분, 점심시간이 되면 윤성일은 도서관에서 나와 학교를 나갈 것이다. 방학 때여서 언제 다시 오리라는 보장도 없고 4학년 신학기가 되면 대개 강의 두어 개만 신청하고 제각기 흩어지게 된다. 윤성일은 복학파였으니 이미 학점을 다 따놓았는지도 모른다. 손가락 위에 놓인 볼펜이 위에서 빠르게 회전하고 있다. 버릇이다. 마음이 급하면 저도 모르는 사이에 더 빨라진다. 전세희의 부탁을 받고 윤성일에게 접근한 것이 아니다. 울고 싶었는데 뺨 때려준 것처럼, 아니, 배고팠는데 불쑥 식식용 소시지를 입에 넣어준 것 같았다. 윤성일이 전세희의 의붓오빠였다니……. 무슨 운명 같게도 느껴졌다. 금상첨화였다고나 할까? 그날 전세희를 만나 술을 마시면서 윤성일의 가계(家係)가 어마어마한 재력가인 것도 들었다. 전세희는 제 엄마가 재혼한 윤 씨 집안의 재력을 과장했다고 쳐도 그렇다. 그때 윤성일이 노트북을 닫고 상반신을 폈으므로 정소영은 숨을 죽였다. 간다.

"선배."

뒤에서 부르는 소리에 윤성일은 머리만 돌렸다. 정소영이 다가오고 있다. 캠퍼스 잔디밭 위로 바람이 휩쓸고 지나갔다. 한낮인데도 회색빛 하늘은 저녁 무렵 같다. 바람에 습기가 섞여져서 눈이 내릴 것 같다. 다가선 정소영이 똑바로 윤성일을 보았지만 눈동자가 흔들렸다.

"선배, 점심 사줘요?"

"얘가 또."

이맛살을 찌푸린 윤성일이 입맛을 다셨다.

"너 그러지 말라니까? 나 너한테 과대평가 된 것 같다. 진짜야."

"웃기지 좀 마요?"

"어쨌든 난 바빠."

윤성일이 몸을 돌렸을 때 등에 대고 정소영이 말했다.

"세희하고 나 친구 사이야……. 세희가 중학 동창이라구요, 선배?"

눈을 치켜떴지만 윤성일은 그냥 발을 떼었다. 뒤에서 정소영이 말을 이었다.

"지난번 일도 세희가 시켜서 했어. 하지만 지금은 내가 한 거야."

짜장면 가락을 젓가락으로 가득 집어든 윤성일이 후루룩 들이켰다. 입안에 가득 넣고 남은 가닥이 윤성일의 코를 치고 빨려 들어갔다. 윤성일의 콧등에 검은 짜장 자욱이 묻혀졌다. 학교 근처의 중식당 안이다.

"선배, 여기."

휴지를 뽑아 건넨 정소영이 눈을 흘겼다.

"선배, 일부러 짜장 묻히는 거죠?"

윤성일이 얼굴에 번진 짜장을 닦았다. 그리고 다시 윤성일은 남은 짜장을 바닥까지 쓸어 입안에 넣고 씹었다. 우동을 시킨 정소영은 반에 반도 안 먹었는데 짜장면 곱빼기를 깨끗이 비운 것이다. 젓가락을 내려놓은 윤성일이 물로 입안을 헹구고는 정소영을 보았다. 정소영도 젓가락을 내려놓더니 의자에 등을 붙였다. 쇼트커트를 한 머리에 흰 얼굴, 맑고 큰 눈. 그러나 입술은 고집스럽게 닫혀졌고 콧날은 날카롭다. 드물게 보는 천연미인이다. 그래서 외부에서도 정소영을 보려고 남자들이 찾아온다. 염문을 뿌린 상대가 다섯 명도 넘었지만 그것이 인기를 떨어뜨리지 않고 오히려 상승 작용을 하는 것 같다. 윤성일의 시선을 받은 정소영이 마침내 입을 열었다.

"선배, 말해요?"

중식당에 들어와서 주문을 하고 짜장면을 다 먹고 난 지금까지 윤성일은 뭘 물어보지 않은 것이다. 윤성일이 쓴웃음을 지었다.

"그래, 네가 세희 중학 동창이라구?"

"네, 창신여중."

정소영의 얼굴에 웃음이 떠올랐다.

"선배가 세희 의붓오빠라는 거 듣고 깜짝 놀랐죠."

"……."

"그렇게 갑자기 세희한테서 전화가 와서 사건이 시작된 거랍니다."

"……."

"한 5년 만이었죠. 고 2땐가 연락 한 번 한 후로 처음이었으니까?"

"……."

"만나자고 해서 만났더니 선배 이야기를 해요. 되게 잘난 체하니까 네가 한 번 유혹해보라면서……. 무슨 목적이냐고 물었더니 선배가 게이 기질이 있나 집에서 걱정한다는 거예요?"

윤성일은 그냥 눈만 껌벅였고 정소영의 말이 이어졌다.

"난 그 말 안 믿었죠. 중학교 때도 세희는 그런 기질이 있었으니까."

"……."

"무슨 기질인가는 말 안 할래요. 하여튼 갠 지기 싫어했고 자기가 주인공이 되어야 만족하는 애였으니까."

그러더니 정소영이 눈을 좁혀 뜨고 윤성일을 응시했다. 이젠 당당한 모습이다.

"알아요? 난 세희 주문을 받고 금방 승낙했어요. 그 전부터 선배한테 관심이 있었기 때문이죠."

"우리 지금 강릉이나 갈까? 밟으면 오후 서너 시쯤이면 도착할 텐데."
불쑥 말한 윤성일이 손목시계를 보는 시늉을 했다.

"네 차로 가자."

"잠깐 실례합니다."

뒤에서 사내가 말했으므로 고정곤은 몸을 돌렸다. 그 순간 숨을 들이 켠 고정곤이 손에 쥔 핸드폰을 주머니에 넣었다. 경찰이다. 제복 차림의 경찰 둘이 서 있다. 언제 다가왔단 말인가? 그때 경찰 하나가 고정곤의 뒤쪽으로 돌아갔고 앞에 선 경찰이 손을 내밀었다.

"불심검문입니다. 주민증. 그리고 죄송하지만 금방 주머니에 넣으신 휴대폰을 보여주시지요."

"아니, 왜?"

고정곤의 목소리에 힘이 풀렸다. 옆쪽으로 조금 비켜섰지만 중식당을 들락거리던 손님들이 시선을 주었다.

"사진 찍으신 것 같은데 좀 봐야겠습니다. 자, 어서 내시죠."

"이것 보십시오, 나는……."

"통행에 방해가 되니까 이쪽으로 좀 비켜주시죠."

경찰 하나가 말했으므로 고정곤은 옆쪽 골목 앞으로 비켜섰다. 주머 니에서 휴대폰을 꺼낸 고정곤이 어깨를 부풀리며 말했다.

"내가 여자 치마 속이나 찍을 사람으로 보입니까?"

"그건 알 수 없죠."

경찰이 핸드폰을 받으면서 느글거렸다.

"선생보다 멀쩡한 분도 별 이상한 짓을 다하니까요?"

그때 뒤에 선 경찰이 거들었다.

"선생은 분명히 중식당 안을 찍었습니다. 우린 현장을 목격한 겁니다."

핸드폰을 귀에 붙인 윤성일이 응답했을 때 사내의 목소리가 울렸다.

"밖에서 사진 찍는 놈을 지금 경찰이 검문하고 있습니다. 나오시죠."

잠자코 핸드폰을 귀에서 뗀 윤성일이 자리에서 일어섰다.

"가자."

이미 갈 채비를 하고 있었던 터라 정소영도 두말 않고 따라 일어선다. 카운터에서 계산을 하고 밖으로 나온 윤성일은 왼쪽 골목 앞에서 경찰 두 명한테 잡혀 있는 한 사내를 보았다. 윤성일은 오른쪽으로 몸을 돌렸다.

"선배, 내 차는 저쪽인데."

옆에 선 정소영이 턱으로 앞쪽을 가리키며 말했다. 정소영의 얼굴이 상기되었고 목소리 끝이 떨렸다.

"오늘 돌아오지 못하는 거죠?"

확인하듯 물은 정소영의 시선과 마주치자 윤성일이 풀썩 웃었다.

"너 이렇게 쫄면서 지난번에는 어떻게 대시했어?"

"나도 몰라."

눈을 흘긴 정소영의 얼굴에 교태가 섞여져 있다. 윤성일은 크게 발을 떼었다. 조금 전의 전화는 아버지 윤정수가 고용해준 보안회사 직원이 한 것이다. 그 직원은 경찰을 시켜 자신을 미행하던 사내를 잡은 것이다. 잡힌 사내의 고용주가 형들인지 또는 전세희일 수도 있다. 아버지의 말에 의하면 전세희도 용역회사 직원을 고용했다고 하지 않은가?

"형, 저기야."

길가 주차장으로 다가간 정소영이 이제는 앞장서며 말했다. 활기찬 동작이다.

"관계를 깨뜨리려는 목적이다."

정소영이 운전하는 BMW가 경부고속도로에 진입했을 때 윤성일이 앞쪽을 응시한 채 쓴웃음을 지었다. 정소영을 등장시켜 강희나와의 사이를 깨뜨리려는 작전이다. 정소영과 관계가 깊어졌을 때 강희나에게 사실을 밝혀주면 충격을 받을 테니까. 강희나의 성품을 잘 아는 전세희다. 견딜 수 없도록 만들 수가 있을 것이다. 머리를 돌린 윤성일이 정소영을 보았다. 긴장한 표정으로 운전하던 정소영이 힐끗 시선을 주었다.

"선배, 왜?"

"너, 괜찮아?"

"뭐가요?"

"나하고 이렇게 나가는 것?"

"내가 전에도 그랬잖아? 나가자구?"

그러더니 덧붙였다.

"나 이런 감정 처음이야, 선배."

"어떤 감정?"

"남자한테 휩쓸리는 감정."

"꿈 깨라."

"일단 꿈이나 꿔봐야 깰 건지 말 건지 알지."

정소영이 가속기를 힘껏 밟았는지 차는 맹렬한 속도로 튀어나갔다. 정소영의 운전 솜씨는 뛰어났다. 평일이어서 차도 막히지 않는다. 의자에 등을 붙인 윤성일이 심호흡을 하고 나서 말했다.

"야, 조심해. 이 구간은 나하고 악연이 있단 말이다."

커피숍으로 들어선 김가영이 안쪽을 향해 활짝 웃었다. 출입구 쪽을 향해 앉아 있던 이성희가 따라 웃는다. 압구정동의 커피숍 '아라'는 커피 한 잔 값이 3만원이다. 콜롬비아에서 직접 공수해 온다고 메뉴판에도 쓰여 있지만 믿는 사람은 거의 없다. 확인하는 사람도 없다. 모두 자리와 분위기 값으로 치부하고 들어오는 것이다. 마주앉아 커피를 시킨 둘은 이제 점심을 먹으러 갈 참이다. 아파트에서 함께 살고 있지만 오늘은 이성희가 일찍 나갔다가 이곳에서 만나 점심을 먹기로 한 것이다. 오후 1시 반이다.

"미현이는 아직도 자니?"

같이 사는 서미현을 이성희가 물어보았는데 건성이다.

"네, 있다 미용실로 온대요."

머리를 끄덕인 이성희가 똑바로 김가영을 보았다.

"가영아, 나 아까 장 회장 만났다."

이것이구나. 이성희가 일찍 아파트를 나간 이유가 장기태를 만나려는 것이었다. 이성희의 시선을 받은 김가영이 눈웃음을 쳤다.

"그 얘긴가요?"

"응, 너 데리고 나가겠대."

"싫다고 했는데."

그때 종업원이 커피 잔을 가져왔으므로 둘은 말을 그쳤다. 종업원이 몸을 돌렸을 때 이성희가 말했다.

"조건을 올렸어. 이번엔 일산에 분양 시작한 70평형 아파트다. 네 명의로 해주고 월 2천씩. 거기에다……."

길게 숨을 뱉은 것은 효과를 극대화 시키려는 수작이었지만 김가영은 긴장했다. 이성희가 말을 이었다.

"선금으로 1억 내놓겠단다. 그리고 나한테도 1억."

외면한 이성희의 얼굴에 쓴웃음이 번졌다.

"나까지 끌어들이는 거지. 로비하는 데는 도사라 수단이 좋아."

"너 어디야?"

윤은지의 목소리는 맑고 또렷하다. 그래서 옆에 있는 사람도 다 들린다. 핸드폰을 귀에 붙인 윤성일이 무의식중에 밖을 두리번거렸다가 곧 정신을 차렸다.

"그건 알아서 뭐 할 건데?"

차는 여주를 지나 시속 150킬로로 달리고 있다. 정소영은 속도 측정기가 있다는 경고음이 울리면 더 속력을 낸다. 그래서 처음에는 나무랐던 윤성일도 놔두었다. 그때 윤은지가 물었다.

"너 오늘도 도서관 갔어?"

집에서 나올 때는 도서관 간다고 한다.

"응, 그래."

"지금도 도서관 있어?"

"아니?"

"어딘데?"

"점심 먹고 좀 쉰다. 왜?"

"너 요즘 아버지 자주 만난다며?"

윤은지가 본론을 꺼내자 옆에서 들은 정소영이 속력을 뚝 떨어뜨렸다. 그것이 고마운 윤성일이 손을 뻗쳐 정소영의 무릎을 쓸었다. 놀란 정소영이 무릎을 오므린다는 것이 가속기를 밟는 바람에 차가 울컥 앞으로 나갔다. 머리를 든 윤성일이 정소영의 얼굴이 빨개진 것을 보았다. 손을 떼자 차의 속력이 다시 떨어졌다. 숨을 들이켠 윤성일이 되물었다.

"누가 그래?"

"나, 오전에 오빠가 병원에 찾아와서 만났다."

"글쎄, 어떤 오빠?"

"둘째오빠 말야. 이 멍청아!"

"형이 뭐라 그래?"

"네가 매일 아버지 만나서 재산상속 준비 작업을 한다는 거야."

"병신!"

"정말이니?"

"정말이라면 재산분배 소송이라도 걸겠구만 그래."

"그럴 기세야, 성일아."

윤은지의 목소리가 낮아졌다. 그때 정소영이 갓길 휴게소를 발견하고는 깜박이를 켜고 우측으로 붙는다. 이제는 윤성일이 머리만 끄덕여주었다. 심호흡을 한 윤성일이 물었다.

"형이 뭐래? 자세하게 말해봐."

정소영이 텅 빈 휴게소에 차를 세웠고 시동까지 껐다. 흰 햇살이 앞쪽 빈 공간에 쏟아지고 있다. 핸들에 두 손을 얹은 정소영이 앞만 보았고 송화구에서 흘러나온 윤은지의 목소리가 차 안을 울렸다.

"아버지가 너만 불러 무슨 상의를 하는지 모르지만 이제는 재산분배에 대한 내역이 네 명 형제한테 밝혀져야 할 때가 되었다고 하더라. 큰오빠하고도 상의가 되었대."

"이제 재산분배 전쟁이 시작되는 건가? 난 빠지겠다고 전해."

의자에 등을 붙인 윤성일이 한 마디씩 차분하게 말을 이었다.

"난 형제간 회의에도 참석 안 해. 난 아버지한테 뭘 달라고 한 적도 없고 앞으로도 그럴 테니까. 난 엄마 유산만 갖고도 충분히 살아."

그때 정소영이 이쪽으로 머리를 돌렸으므로 윤성일이 웃어보였다.

강릉 경포대의 블루호텔은 신축된 지 얼마 안 되는 특급호텔이다. 오후 9시 반, 바닷가 식당에서 저녁을 먹은 윤성일과 정소영은 호텔방으로 돌아와 있다. 바다가 보이는 베란다 쪽에 탁자를 옮겨놓고 횟집에서 사온 생선회를 안주로 술을 마시는 것이다. 스위트룸은 넓고 실내 장식도 고급스럽다. 고급스러운 것은 요즈음 세련되고 품위 있다는 뜻으로 통한다. 잘 꾸며진 비행기 일등석이 천박하다고 욕하는 사람은 없다. 그만큼 일류 디자이너의 손길을 거쳤기 때문이다. 돈이 가치와 품위까지 만드는 세상이다.

"선배, 너무 마시는 거 아니에요?"

윤성일의 잔에 소주를 따르면서 정소영이 물었다. 소주 여섯 병을 사왔는데 한 시간 반 만에 네 병을 마셨다. 그중 윤성일이 세 병은 마셨을 것이다.

"아냐, 이건 보통이야."

정색한 윤성일이 정소영을 보았는데 멀쩡한 얼굴이다. 밖은 바람이 꽤 불고 있었지만 방안은 따스하고 밝다. 음소거를 시킨 TV 화면이 벽에서 번쩍이고 있는 것이 장식물 같다. 술잔을 든 윤성일이 말을 이었다.

"걱정마라. 오늘밤 섹스는 문제없다."

"누가 섹스한대?"

정소영이 붉어진 얼굴로 눈을 흘겼다.

"같은 방 쓴다고 그냥 주는 줄 알아?"

"안 주면 말고."

한 모금에 술을 삼킨 윤성일이 이제는 컵에 따라놓은 물을 한 모금 마셨다. 물을 안주로 마시는 것이다.

"섹스란 것이 사랑의 확인, 또는 애정의 표시만이 아냐. 그저 성욕의 분출일 경우가 많단 말씀이야."

잔에 술을 채우면서 윤성일이 말을 이었다.

"하지만 상대가 거부할 때 난 얼마든지 억제할 수 있어. 난 한 번도 억지로 한 적이 없단 말씀이다."

"얼굴은 말짱하지만 말이 긴 걸 보면 취한 것 같아."

"내가 같은 말 또 하디?"

"아니?"

"논리에 맞지 않는 말 했어?"

"논리까지는 몰라도, 하지만 말의 앞뒤는 맞는 것 같아."

"그래서 너, 오늘밤 나한테 안 주겠단 말이지?"

"봐서."

윤성일의 시선을 받은 정소영이 다시 눈을 흘겼다.

"별걸 다 묻고 있어, 정말."

"인연은 억지로 만들어지는 것이 아니다. 내가 겪어봐서 안다."

"그건 또 무슨 말야?"

"인연이란 건……."

한 모금 술을 삼킨 윤성일이 정소영을 물끄러미 보았다.

"운명."

"……."

"바람."

"……."

"그리고 갈대숲."

한 마디씩 또박또박 말했던 윤성일이 갑자기 어금니를 물더니 자리에서 일어섰다. 베란다의 유리문을 열고 밖으로 나간 윤성일이 난간에 기대섰다. 차가운 바닷바람이 휘몰려와 머리칼과 가운 자락을 날렸다. 수평선에 붉은 점들이 박혀 흔들리고 있다. 파도소리가 점점 크게 울려왔다. 바다 껍질이 벗겨지는 것처럼 흰 파도 끝이 밀려왔다가 사라졌다. 그렇다. 그곳, 미토의 갈대숲에서 김가영을 만났다. 가영이, 너는 지금 어디에 있는가? 왜 사라졌는가?

"선배, 들어가."

어느새 옆으로 다가선 정소영이 말했다.

"추워."

머리를 돌린 윤성일이 정소영을 보았다. 정소영의 머리칼이 바람에 흩날리고 있다. 가운 깃을 치켜올린 정소영이 윤성일을 마주보았다. 이것이 현실이다. 차가운 바람, 흩날리는 머리카락, 정소영의 두 눈이 반짝이고 있다.

눈을 뜬 김가영이 먼저 눈동자의 초점을 잡고 나서 시계를 보았다. 오전 8시 15분, 이 시간에 잠을 깬 것은 드물다. 룸살롱에 나가기 시작하면서 보통 10시가 넘어야 일어났기 때문이다. 그러나 오늘은 다르다.

이곳은 청평의 별장 안, 어젯밤 장기태와 함께 이곳에 온 것이다.

"어, 일어났니?"

가운 차림으로 창가에 서 있던 장기태가 상반신을 일으킨 김가영을 보았다. 웃음 띤 얼굴이다.

"너, 오늘 일산의 아파트 가봐. 여기 키 있다."

장기태가 눈으로 탁자 쪽을 가리켰다. 탁자 위에는 작은 손가방이 놓여져 있다.

"가방 안에 아파트 키하고 수표 들었다."

김가영은 시트로 상반신을 감은 채 시선만 주었고 장기태의 말이 이어졌다.

"약속대로 1억에다 가구 살 돈 5천, 그리고 두 달분 생활비 4천까지 1억 9천이 들어 있다."

다가선 장기태가 김가영을 내려다보았다.

"그럼 넌 오늘부터 가게 안 나가고 집에 있는 거다. 알았니?"

김가영이 머리만 끄덕이자 장기태가 가운을 벗었다. 그러자 알몸이 드러났다. 시트를 들치고 침대에 들어온 장기태가 김가영을 안았다.

"널 가게에 매물처럼 내놓기가 싫어서 그런다."

거칠게 김가영의 다리를 벌린 장기태가 위로 오르면서 말했다. 어느덧 장기태의 얼굴은 상기되었고 하체의 닿은 남성은 딱딱해져 있다.

"넌 이제부터 내거야. 알았니?"

"알았어요."

두 손으로 장기태의 어깨를 움켜쥐면서 김가영이 대답했다.

탁자로 다가간 정소영이 메모지를 집어 들었다. 오전 8시 반, 머리가 깨어지는 느낌이 들었으므로 정소영은 어금니를 물었다. 햇살이 베란다를 통해 방안을 환하게 비추고 있다. 그러나 윤성일은 보이지 않는다. 어딜 갔는가? 의자에 앉은 정소영이 메모지에 적힌 글을 읽었다.

"나 먼저 간다. 혼자 두고 가서 미안. 어젯밤 너무 취해서 유감이다. 그렇다고 술 깬 아침에 어수선해진 상태에서 널 보기도 그렇고, 다음에 보자."

다 읽고 난 정소영이 메모지를 앞으로 던졌다. 메모지가 팔랑거리며 날더니 꽤 멀리 가서 떨어졌다. 그렇다. 어젯밤 소주 여섯 병을 다 마셨다. 윤성일이 네 병, 정소영은 두 병쯤, 거기에다 룸바에 있던 맥주와 양주로 폭탄주를 만들어서 마셨던 것이다. 정소영은 다섯 잔, 윤성일은 열 잔쯤 마셨을까? 정소영은 씻지도 않고 침대에 먼저 쓰러졌기 때문에 윤성일이 어디서 잤는지도 모른다. 그러나 어젯밤 무슨 일이 일어나지 않은 것은 확실했다. 아침에 일어나 보니 어젯밤 입었던 옷을 그대로 입고 누워 있었으니까.

"아유, 나 몰라."

다시 머리가 바늘로 찌르는 것처럼 아파진 정소영이 침대로 다가가며 말했다. 다시 한숨 자고 볼 일이다.

"네 형들이 날 찾아왔다."

대일빌딩의 15층 사무실에서 둘이 마주보고 앉았을 때 윤정수가 말했다. 오후 4시 반, 3월 초순의 이른 봄이었지만 날씨가 화창했다. 그래서 활짝 열어놓은 창문을 통해 맑은 대기가 사무실 공기를 바꿔놓았다. 윤성일의 시선을 받은 윤정수가 쓴웃음을 지었다.

"너한테 재산이 다 넘어갈까 봐 걱정이 되는가 보다. 재산 분할을 해

달라고 하더구나."

윤성일은 외면했고 윤정수의 말이 이어졌다.

"내가 이제 예순여섯이야. 앞으로 10년은 더 일할 수 있을 것 같은데 이놈들이 날 고려장 시키려고 드는 것 같다."

"……."

"만일 한 번만 더 그딴 소리를 했다가는 모두 사회에 기부하고 한 푼도 못 주겠다고 했더니 찍소리 못하고 돌아갔어."

그때 윤정수가 소파에 등을 붙이더니 길게 숨을 뱉었다.

"그것이 사흘 전이다."

"……."

"그런데 어제 두 놈이 만나 이야기 하는 내용을 들어볼 테냐?"

머리를 든 윤성일의 표정을 본 윤정수가 입술 끝을 비틀고 웃었다.

"이것이 인간이다. 명심해라."

탁자 밑에서 소형 녹음기를 꺼낸 윤정수가 버튼을 누르더니 소파에 등을 붙이고 눈을 감았다. 얼굴이 10년은 더 늙어 보였으므로 윤성일은 숨을 들이켰다. 그때 녹음기에서 큰형 윤태일의 목소리가 울렸다.

"아버지가 유언장을 고쳐놓았을 리는 없어. 아버지 말대로 아직 10년은 더 일할 수 있다고 생각할 테니까 말야."

그러자 작은형 윤수일이 받는다.

"그건 확실히 모르지. 만일 은밀하게 성일이한테 고쳐놓았다면 우린 새 되는 거요."

"배 변호사는 고친 것 없다고 했다. 내가 물어보았어. 예전 그대로야."

"그 양반이 거짓말 했을 수도 있어요."

"그럴 리가 없어. 그건 내가 보장한다."

"배 변호사는 우리 측에 붙은 거 맞지요?"

"맞아."

"그렇다면 서둘러야 됩니다. 형."

그러고는 소리가 끊겼으므로 윤성일이 머리를 들었다. 몸을 일으킨 윤정수가 녹음기의 버튼을 눌러 끄더니 윤성일을 보았다. 가라앉은 표정이다.

"네 둘째형이 서둘러야 된다고 한 것이 무슨 의미겠느냐?"

윤성일이 다시 외면했을 때 윤정수가 다시 물었다.

"뭘 서둘까?"

"아버지, 재산분배를 하시지요."

불쑥 윤성일이 말했지만 윤정수는 못들은 척 말을 이었다.

"만일 나한테 사고라도 일어나면 오래 전에 작성한 유산분배 내용대로 너희 네 형제는 장남이 37, 차남이 28, 삼남이 20, 딸이 15의 비율로 배분이 된다."

"……."

"하지만 네 두 형은 부동산과 종금의 75%를 넘겨달라고 하는구나. 너하고 은지는 25%를 나눠주라는 거야."

"……."

"내가 녹음테이프 뒷부분은 너한테 들려주지 못했다."

머리를 든 윤성일은 윤정수의 웃는 얼굴을 보았다. 아무 소리도 없이 이를 절반쯤 드러내고 웃었는데 두 눈이 흐려져 있다. 윤정수가 말을 이었다.

"내가 자초한 일이기는 하지만 인간은 어떤 극한 상황에 닿더라도 인륜을 벗어나면 안 된다. 명심해야 한다. 성일아."

　박상호 전무는 윤성일이 어렸을 때부터 알고 지냈지만 이야기를 두 마디 이상 나눠본 기억이 없다. 그러나 요즘은 거의 매일 붙어 지내는 터라 성격도 파악이 되었다. 6월 중순, 오늘은 15층 사무실에 윤성일과 박상호 둘이 마주보고 앉아 있다. 활짝 열려진 창을 통해 밀려오는 바람은 이제 후텁지근하다. 지난번 윤정수가 앉았던 자리에는 윤성일이, 앞쪽에는 박상호가 앉았다. 윤정수는 중국으로 여행을 떠났기 때문이다. 박상호가 입을 열었다.

　"이제 서류도 완벽하게 구비되었고 박앤정 법무법인의 확인도 받았습니다. 재산분배는 다 끝낸 겁니다."

　어깨를 늘어뜨린 박상호가 얼굴에 희미한 웃음기가 떠올랐다.

　"두 분 형님은 종금과 부동산의 지분 67%를 갖게 되었으니 만족할 겁니다. 75%를 요구했지만 애초에 그것이 실현 가능성이 없다는 걸 알고 있었을 테니까요."

　윤성일은 대답하지 않았다. 그러나 실제로 윤태일과 윤수일 앞으로 간 금액은 1조 5천억 정도가 되었다. 그것을 각각 60대 40의 비율로 나눠 갖는다. 그리고 누나 윤은지는 종금 지분의 12%를 상속받게 되었는데 그것의 가치는 2천억이 넘었다. 그리고 윤성일은 종금 지분 15%로 약 2천 500억이다. 윤정수의 전 재산은 계산상 2조, 그중 윤태일, 윤수일이 1조 5천억을 나눠 갖게 되었고 5천억을 윤성일과 윤은지의 몫이 된 것이다. 그러나 두 형은 만족하지 않았다. 그들은 윤정수의 재산이 10조 가깝게 된다고 믿고 있었기 때문이다. 그래서 퇴직한 국세청 직원들을 고용하여 재산을 추적했다. 그러나 오히려 부동산 탈세가 노출되어서 300억 가까운 세금이 부가되는 바람에 놀라서 중지시켰던 것이다. 거기에다 그 일로 아버지 윤정수의 진노를 사게 된 두 형은 빌딩 두 동까지 회수당했다. 450억 가까운 재산이 다시 윤정수에게 돌려진 것이다. 윤정수는 그것을 사회에 기부한다고 했다. 지난 3월 윤정수가 녹음테이프를 들려준 지 석 달 만에 일어난 일이었다. 그때 박상호가 머리를 들고 윤성일을 보았다. 이제 박상호는 윤정수의 지시로 윤성일을 모신다. 윤성일이 주인인 것이다.

"그런데 주인, 무슨 일로 부르셨습니까?"

박상호가 묻자 윤성일이 탁자 밑에서 서류를 꺼내 앞에 놓았다.

"이거 받으세요."

"뭡니까?"

서류를 편 박상호의 얼굴이 곧 하얗게 굳어졌다. 양도서류다. 윤성일의 앞으로 배분된 3개 빌딩 중 1동이 박상호 앞으로 양도되어 있는 것이다. 700억 가까운 가치의 건물이다.

"그거, 박 전무 생활 기반으로 삼으세요."

"예?"

되물은 박상호의 시선이 내려졌다.

"아니, 저는, 이렇게까지……."

박상호의 목소리가 막혀 있다. 목이 메인 것이다. 윤정수 회장은 구두쇠다. 지금까지 자신에게 월급 외에는 보너스도 준 적이 없는 것이다. 그러면서도 온갖 비밀업무는 다 시켰다. 궂은일도 다 시켰기 때문에 박상호는 종과 같은 신세였다. 그러기를 25년, 스물넷에 운전사로 채용되어서 온갖 일을 처리하다 보니까 부동산과 사금융에 도사가 되었지만 모은 재산이 있을 리가 없다. 3년 전에 성남의 30평형 아파트 한 채를 구입했고 늦게 결혼한 터라 15살짜리 딸하고 세 식구가 월급 350만 원으로 살아왔다.

"주, 주인……."

서류를 집어든 박상호가 이제는 벌겋게 상기된 얼굴로 윤성일을 보았다.

"회, 회장님께 상의를 해보셔야 되지 않겠습니까?"

"그건 아버지의 뜻이나 같아요."

정색한 윤성일이 박상호를 보았다.

"아버지가 나한테 그러셨거든요. '박 전무가 고생 많이 했다. 이제 네가 새 주인이 되었으니 그 보상을 받을 게다.' 하구요."

"……."

"그건 내가 이러실 줄 안다는 말씀이거든요. 그러니까 아버지께 감사드리면 돼요."

마침내 박상호의 눈에서 주르르 눈물이 흘러내렸다. 700억짜리인 건물에서 매월 1억의 임대료가 나오는 것이다. 그것을 박상호가 가장 잘 안다.

제6장

인연의 끝

재산분배가 끝난 지 반년이 지난 12월말, 윤성일에게는 6개월이 6년처럼 느껴졌다. 그만큼 변화가 많았을 뿐만 아니라 사건도 많았기 때문이다. 먼저 아버지 윤정수의 지시에 따라 한남동 저택에서 나와 파주의 전원주택으로 분가했다. 윤성일에게는 전세희한테서 멀어지는 것만으로도 분가가 마음에 들었다. 두 번째는 강희나가 다시 미국으로 떠난 것이다. 자세한 내막은 알 수 없었지만 워싱턴대에서 박사학위를 받고 미국에 눌러 살 것이라고 했다. 윤성일에게는 전화로 인사를 했는데 부담은 주지 않으려고 했는지 분위기가 가벼웠다. 사금융 업무로 바빴던 윤성일은 공항의 환송 모임에도 나가보지 못했다. 그렇다. 윤성일은 윤정수한테서 2천 5백억 가량의 재산을 상속받은 것이 아니었다. 윤정수는 윤성일에게 비밀 사금융 7조 8천억의 재산을 물려준 것이다. 공식 분배액까지 합하면 8조가 된다. 7조 8천억은 현금 자산이다. 쉴 새 없이 회전되는 현금인 것이다. 현금 위치는 외국계 은행, 한국에 있는 수십 개

은행의 계좌에도 넣어져 있고 대기업 사주들이 차용을 해갔거나 증권, 주식에 투자되어 있기도 했다. 증권, 주식에 들어간 자금은 당분간 윤정수가 맡기로 했지만 나머지는 모두 윤성일이 장악하고 있다. 윤성일과 박상호 둘이서 처리하고 있는 것이다. 물론 단순 용역은 수십 개 조직을 운용한다. 오늘, 파주의 전원주택 별채 응접실에서 윤성일과 마주앉은 사내는 정보용역을 맡은 최기용, 40대 중반인 최기용은 시킨 일만 하는 터라 윤성일이 무슨 일을 하는지도 모른다. 윤정수 때부터 그렇게 버릇을 들였기 때문이다. 최기용이 희멀건 얼굴을 들고 말했다.

"예, 김윤영을 만난 여자가 김가영이 맞습니다."

윤성일은 시선만 주었고 최기용이 표정 없는 얼굴로 서류봉투를 내밀었다.

"여기 사진이 있습니다."

봉투를 받은 윤성일이 안에서 사진을 꺼내 탁자 위에 펼쳤다. 사진은 여러 장이다. 숨을 들이켠 윤성일이 사진을 차례로 보았다. 김가영이다. 김가영이 웃고 있다. 김가영이 걸어간다. 김가영이 슈퍼에서 채소를 사고 있다. 김가영이 차를 마신다. 김가영 옆에 여자 하나가 있었지만 윤성일은 시선도 주지 않았다. 달라졌다. 세련된 옷차림, 승용차에서 내리는 장면도 있었는데 고급 외제차다. 이윽고 윤성일이 사진에서 시선을 떼었을 때 최기용이 말을 이었다.

"사는 곳은 일산의 오션아파트 107동 1602호입니다. 70평형으로 가장 고급형이지요."

"……."

"혼자 삽니다. 아니……."

윤성일은 최기용의 얼굴에 희미하게 번지는 웃음기를 보았다.

"일주일에 엿새는 혼자 삽니다. 하루는 남자가 와서 자고 갑니다."

"……."

"남자 신원 파악은 쉬웠습니다. 승용차가 영국제 록스웰이어서요. 차적 조회를 해보니까 동명건설의 장기태 회장이었습니다."

"……."

"김가영은 오션아파트에서 10개월째 살고 있습니다."

"수고했어요."

윤성일이 말하자 아직 보고 할 것이 남았던지 입을 열었다가 닫은 최기용이 서류봉투를 앞으로 밀었다.

"나머지는 보고서에 다 적혀 있습니다."

머리를 끄덕인 윤성일도 탁자 밑에서 봉투 하나를 꺼내 최기용에게 내밀었다. 용역비다.

최기용이 나가고 혼자가 되었을 때 윤성일의 시선이 다시 사진으로 옮겨졌다. 김가영의 표정은 밝다. 그것이 왠지 생소하게 느껴져서 윤성일은 한동안 우두커니 바라만 보았다. 1년 4개월, 그러니까 16개월 만이다. 윤성일이 봉투 안에서 다시 한 묶음의 사진을 꺼내 탁자 위에 펼쳤다. 50대의 남자와 함께 김가영이 백화점에서 물건을 고르고 있다. 남자 사진만 따로 있었는데 중후한 분위기의 사내였다. 식당에서 같이 밥을 먹는 사진도 있다. 김가영이 활짝 웃고 있다. 이윽고 윤성일이 서류를 꺼내 보고서를 읽는다.

아파트 주민 말에 의하면 김가영은 장기태의 정부, 즉 숨겨진 여자라고 함. 주민과 교류는 없으나 관리실 및 경비원, 청소원들한테는 인기가 좋음. 예의 바르고 명절 때면 꼭 인사를 한다고 함.

윤성일이 다시 우두커니 김가영의 사진을 보았다. 머릿속이 하얗게 빈 느낌이 맴돌아서 한동안 석상처럼 움직이지도 않고 쳐다만 보았다. 그동안 생활에 엄청난 변화가 있었으나 단 하루도 김가영을 잊은 적이 없었던 것이다. 김가영을 다시 만나는 것이 생의 목표이기도 했던 윤성일이다. 16개월이 기다리는 동안에는 긴 시간처럼 느껴졌지만 이렇게 찾고 난 현실에서 보니 순간처럼 느껴졌다. 이윽고 어금니를 물었다가 푼 윤성일이 혼잣말을 했다.

"기다리는 시간이 좋았구나."

상대가 건설회사 회장이라는 말을 들었을 때부터 모든 의혹이 술술 풀렸기 때문에 최기용이 설명을 안 해줘도 될 정도였다. 이것도 윤성일이 예상했던 수백 가지의 경우 중 하나였기도 했다. 이윽고 윤성일이 소파에 등을 붙이고는 머리까지 기대었다. 눈을 감았더니 나뭇가지를 흔들고 지나는 바람소리가 들려왔다. 오후 3시경이다. 하늘이 흐려서 금방이라도 눈보라가 휘날릴 것 같은 날씨였다.

전세희가 응접실로 들어섰을 때 오명화가 머리를 들고 말했다.

"너, 여기 좀 앉아."

오명화의 기색이 심상치 않았지만 전세희는 시큰둥했다. 가방을 소파 위로 던진 전세희가 밍크재킷은 반대쪽에 벗어 던져놓고 오명화의 앞쪽에 앉았다. 그러더니 똑바로 시선을 준다.

"왜?"

"너, 열흘 동안 어디 있었어?"

오명화의 목소리는 굳어져 있다. 치켜뜬 눈이 번들거렸고 찻잔을 쥔 손에 힘이 실려졌다.

"내가 전화했잖아? 제주도라고?"

전세희가 뱉듯이 말했지만 시선을 받지 못하고 외면했다. 오후 6시 반, 전세희는 열흘 만에 집에 들어왔다. 그러나 이것이 처음 있는 일도 아니다. 석 달 전에는 허락도 받지 않고 한 달 동안 일본에서 놀다 왔고 지난달에는 2주일 동안 중국에 있었던 것이다. 그러나 이번은 양상이 다르다. 전세희는 오명화의 침실에서 현금 3천만 원을 훔쳐 달아난 것이다. 외국에 나갔을 때 카드로 몇 백만 원씩 긁고 다녔기 때문에 카드를 정지시켰더니 이젠 도둑질까지 했다.

"여권 이리 내."

오명화가 손을 내밀며 말했다.

"내가 확인해야겠다."

"웃겨, 엄마가 무슨 경찰이야?"

"그렇지 않아도 경찰에 신고할 거다."

"해봐, 그럼?"

벌떡 일어선 전세희가 오명화를 노려보았다. 눈을 치켜뜬 얼굴이다.

"대신 그 금고에 현금, 수표가 한 100억쯤 들었더구만, 그 돈이 탈세한 돈인지 뭔지 경찰에다 밝혀야 할 거야."

"이 미친년!"

마침내 오명화의 분이 폭발했다. 들고 있던 인삼차 잔을 전세희에게 던졌지만 빗나갔다. 대신 인삼차가 전세희의 손등에 뿌려졌다.

"앗 뜨거!"

바락 소리친 전세희가 오명화를 노려보았다.

"왜, 나한테는 돈이 아깝니? 그 많은 돈 누구한테 줄 건데? 또 만들어 놓은 자식새끼라도 있니?"

"이 더러운 년! 넌 내 씨가 아냐!"

벌떡 일어선 오명화가 전세희에게 달려들어 머리칼을 움켜쥐었다.

"놔! 이년아!"

전세희가 같이 오명화의 머리칼을 쥐었지만 기세에서 밀렸다. 그러나 목소리는 더 커졌다.

"놔! 이 후처년아!"

머리칼을 휘두르던 오명화가 탁자 위에 놓인 전화기를 들어 전세희의 머리를 내리쳤다.

"아악!"

뒷머리를 강타당한 전세희가 바닥에 쓰러지면서 집안이 떠나갈 것 같은 비명을 질렀다. 엄살이다. 그때 응접실로 뛰어 들어온 가정부와 운전사에게 오명화가 말했다. 서슬이 퍼렇다.

"이년을 방안에 가둬놓고 밖에 못나가게 해요. 핸드폰도 빼앗고, 한 발짝도 못나가게 하란 말야!"

다행히 윤정수는 집에 있지 않았다.

"고맙습니다."

대영그룹의 유대영 회장이 앉은 채였지만 허리까지 꺾어 절을 하자 옆에 앉은 사장 유진수도 따라서 절을 했다. 오전 11시 20분, 파주 저택의 응접실 안이다. 윤성일의 눈짓을 받은 박상호가 옆에 놓인 가죽가방을 들어 유대영 앞에 놓았다. 묵직한 부피가 느껴지는 가방이다.

"무기명채권입니다. 확인해보시지요."

유대영이 가방을 열더니 유진수에게 넘겨주었다. 유진수는 유대영의 장남으로 대영그룹의 후계자다. 가방에서 채권 뭉치를 꺼낸 유진수가 한 장씩 세기 시작했다. 10억짜리 100장, 100억짜리가 45장이다. 5천 5백억이다. 이윽고 머리를 든 유진수가 윤성일을 보았다.

"맞습니다."

그러자 유대영이 윤성일에게 서류봉투를 내밀었다. 이제는 박상호가 봉투 안의 서류를 꺼내 확인했다. 대영그룹의 주식 양도서류다. 이자까지 포함해서 6천 3백억에 상당하는 그룹사의 주식 양도서류는 이미 양측 변호인단의 검토와 인증까지 받아놓은 상태다. 서류를 확인한 박상호가 윤성일에게 말했다.

"확인했습니다."

그때 유대영이 웃음 띤 얼굴로 자리에서 일어서며 말했다.

"윤 사장하고 처음 거래를 하게 되었군요. 앞으로 잘 부탁합시다."

따라 일어선 윤성일이 유대영이 내민 손을 잡았다. 유대영은 아버지 윤정수의 고객이었던 것이다.

"제가 잘 부탁드립니다. 회장님."

윤정수의 사금융은 해당 기업의 최고경영자하고 직접 거래하는 방식인 것이다.

유대영을 배웅하고 돌아온 윤성일이 응접실로 들어설 적에 박상호가 말했다.

"사장님, 대한산업 박 회장한테서 추천할 곳이 있다는 연락을 받았는데요."

창가로 다가간 윤성일이 몸을 돌려 박상호를 보았다.

"어딥니까?"

윤정수는 규칙을 만들어 놓았는데 철저한 회원제였다. 회원이 아닌 기업체는 회원사의 추천과 보증을 받아야만 하는 것이다. 회원사인 대한산업 박민수 회장이 추천한다면 믿을 만하다. 박상호가 수첩을 꺼내 읽었다.

"동명건설의 사주 장기태 회장입니다."

"……"

"3천억을 단기 6개월로 융자받고 싶다는데요. 6개월 10% 이자로 하고 주식과 부동산을 담보로 맡기겠다고 합니다."

"……"

"박 회장이 보증을 선다고 했으니 안전장치가 된 셈입니다. 어떻게 하실 겁니까?"

그때 머리를 든 윤성일이 말했다.

"동명건설 재무 상태와 사주의 사생활까지 먼저 철저하게 조사를 하세요."

박상호가 응접실을 나갔을 때 윤성일이 다시 창밖으로 몸을 돌렸다. 두 손을 창틀에 짚고 선 윤성일이 창밖을 내다보았다. 어느덧 연말연시가 지나 3월이 되었다. 앞쪽 산기슭의 개나리가 노랗게 피어오르기 시작했고 잔디밭에 푸른 싹이 보인다.

"이렇게 인연이 닿는구나."

창밖을 향한 채 윤성일이 혼잣소리로 말했다. 표정 없는 얼굴로 윤성일이 말을 이었다.

"돈이 과연 돌고 돌아서 인연의 끝까지 닿는가 보다."

그러고는 입을 꾹 다문 윤성일이 초점 없는 시선으로 밖을 보았다. 최기용한테서 김가영의 근황을 들은 것이 벌써 석 달이 되었다. 그런데 그 후의 석 달은 지난 16개월보다도 더 길고 길었던 것이다. 그날 이후 윤성일은 최기용을 시켜 더 이상 아무것도 듣지 않았다. 그러나 이제 그리움이 사라진 대신 분노가 그 자리를 메워가고 있었던 것이다. 분했다. 아무리 생활이 각박했다고 해도 그럴 수가 있단 말인가? 창녀촌에서 몸을 파는 여자보다 더 쉽게 인생을 살려는 행태였다. 사진에서 본 김가영의 환하게 웃는 모습에서 악취가 풍겨 나오는 것 같았다. 김가영을 생각하면서 보낸 지난세월이 아까워서 이가 갈렸다. 가치 없는 여자를 그토록 그리워한 자신이 저주스럽기까지 했던 것이다. 이미 사진은 갈기갈기 찢었고 바꾼 핸드폰에 애써서 옮겨 담은 김가영의 모든 기록까지 삭제시켰다. 김가영은 편하게 살려고 몸을 판 경우였다. 그 내막이 얼마나 처절했건 간에 결과가 증명해준다. 그래서 연락을 끊고 잠적을 한 것이다. 이것이 김가영의 본색이다. 인간은 제 주변의 인연을 미화시키려는 본능이 있다. 인연을 합리화시키면서 살아가는 것이 인간이기도 하다. 저렇게 뻔뻔하게 웃고 있는 김가영이 바로 그렇다. 이미 다 잊고 저렇게 사는 김가영을 그리며 살았던 지난날을 어떻게 보상 받는단 말인가? 차

라리 찾지 말 것을 잘못했다는 생각이 들 정도였다.

"자, 이제는 정리가 되는 것 같다."

이윽고 눈의 초점을 잡은 윤성일이 말했다. 숨을 들이켰다가 길게 뱉은 윤성일이 말을 이었다.

"다 흘러가는 거야."

김가영이 웃음 띤 얼굴로 서보경을 보았다.

"넌 뭐가 그렇게 궁금해?"

서교동 홍대 근처의 카페 안이다. 오전 11시 반, 주위 분위기가 밝고 젊다. 모두 대학생 손님들이어서 둘이 나이든 축에 들었다. 서보경이 눈을 흘겼다.

"다 알아, 이년아?"

"알긴 뭘 알아, 이 기집애야?"

"에휴."

한숨부터 뱉은 서보경이 지그시 김가영을 보았다.

"너 살지?"

"그래 산다. 이렇게."

어깨를 치켜 올렸다가 내렸지만 김가영의 가슴이 뜨끔했다. 그러나 여전히 웃는 얼굴이다. 오늘은 김가영이 서보경을 불러내었다. 서보경은 대학을 졸업한 후에 증권회사에 취업했다가 넉 달 만에 그만두고 지금 일 년째 실업자 신세다. 그때 서보경이 다시 물었다.

"내가 짐작은 하고 있었어. 누구야?"

"누구긴? 남자지?"

"행복하니?"

불쑥 그렇게 물었던 서보경의 눈동자가 흔들렸다. 장기태의 정부가 된 후로 서보경과는 세 번째 만난다. 그것도 반년쯤 전부터 두 달에 한 번 꼴이다. 김가영의 얼굴에 다시 웃음이 떠올랐다.

"만족한다고 해야겠지. 행복 같은 소리는 안 하는 게 나아."

"그렇구나."

언젠가는 이런 질문이 나올 줄 예상은 하고 있었지만 김가영의 가슴이 점점 무거워졌다. 지난번 두 차례 만났을 때는 서보경이 겉만 훑고 지나면서 꾹꾹 참는 눈치가 드러났던 것이다. 그런데 오늘은 다르다. 그래서 김가영이 선수를 쳤다.

"그 사람은 건설회사 회장이야. 꽤 커. 너도 말하면 알 거야."

서보경의 얼굴이 굳어졌으므로 김가영이 피식 웃었다.

"긴장하지 마, 이것아? 대충 눈치는 채고 있으면서 왜 그래?"

"그 사람 물론 결혼했지?"

"아, 그럼."

눈을 크게 떴던 김가영이 쓴웃음을 지었다.

"얘가 참 순진하네. 그럼 50대 중반이 첫 결혼이겠냐? 처자식이 있어. 큰아들이 나보다 두 살 많아."

"……."

"내가 어떻게 사는지는 말 안 할게. 하지만 만족하고 살아."

"……."

"행복이니 사랑이니 그런 말장난 하면서 살기에는 내가 좀 현실적이 되었다고 할까? 뭐 괜찮아 지금."

312

"부럽다, 네가."

마침내 서보경이 말했지만 외면하고 있다. 서보경이 말을 잇는다.

"네 결단이."

"웃기지 마, 이년아?"

쓴웃음을 지은 김가영이 커피 잔을 들었다. 옆을 지나던 남학생들이 김가영을 힐끗거렸다. 카페 안에서 가장 눈에 띄는 여자였기 때문이다.

"그래. 이렇게 살다가 언젠가는 헤어지게 될 거야. 그 사람의 성욕이 떨어졌거나 또는 능력이 안 되었을 때 우리 계약은 끝나게 되어 있으니까."

한 모금 커피를 삼킨 김가영이 말을 이었다.

"그때 또 새 인생을 사는 거지. 그게 내 인생이야. 내 식의 인생."

서보경과 점심을 먹고 돌아오는 차 안에서 김가영이 문득 윤성일을 떠올렸다. 전에는 윤성일을 떠올리는 것이 고통이었을 때도 있었지만 지금은 달라졌다. 그저 추억의 명화를 재방송으로 보는 것 같은 느낌이 드는 것이다. 윤성일은 잘 치장된 추억의 배우일 뿐이다. 그림은 아름답고 조금 그립기도 하지만 그만큼 비현실적이었다. BMW는 잘 뚫린 자유로를 속력을 내어 달려가고 있다. 윤성일은 취직했을까? 대학을 졸업이나 했을까? 어쨌든 현실의 세상에 뛰어들어 있을 것이다. 대학 시절은 알바로 고생을 하건 어쩌건 간에 우물 안이다. 우물 밖 세상이 얼마나 냉혹한지 윤성일도 지금쯤 깨달았을 터. 그때 옆자리에 놓았던 핸드폰이 울렸다. 집어 들었더니 장기태다. 김가영이 통화 버튼을 눌렀다.

"자기야?"

"응, 그래. 친구 만나고 있니?"

장기태의 부드러운 목소리가 차 안을 울렸다. 이제 둘 사이는 부부나 다름없고 나이차는 잊은 지 오래다. 오늘 저녁은 장기태가 오는 날이어서 김가영은 서보경과 일찍 헤어졌다.

"나 자유로야. 저녁 준비하려고."

"저런, 친구하고 더 놀지. 내가 좀 더 일찍 전화할 걸 그랬나?"

"왜?"

"나 오늘 저녁에 급한 약속이 생겨서 못 가."

"아유, 싫어."

김가영이 짜증을 냈다.

"지난주에도 못 왔잖아? 내가 얼마나 기다렸다구. 나 그거 하고 싶단 말야."

"이 자식이 많이 변했어."

장기태가 입맛 다시는 소리를 냈다.

"그래, 밤늦게라도 갈게."

그러자 기분이 풀린 김가영의 목소리가 밝아졌다.

"자기야, 술 많이 마시지마. 응?"

"아이구, 알았다."

장기태의 목소리에도 웃음기가 섞여져 있다. 술을 많이 마시면 그게 잘 안 되기 때문이다.

싸웠다 풀어졌다 하면서 사는 게 가족이다. 그러나 전세희와 어머니 오명화와의 관계는 갈수록 악화되었고 마침내 4월이 되었을 때 파국을 맞았다. 전세희가 분가 선언을 한 것이다. 그동안 수없이 가출을 한 터라 맨날 분가한 셈이었지만 이번은 경우가 달랐다. 전세희가 재산 분할을 요구한 것이다. 전세희의 나이가 스물넷. 요구할 만한 나이이긴 했지만 오명화는 코웃음을 쳤다.

"미친년, 분가 좋아하네? 너 좋은 일 시켜줄 일 없다."

한남동의 2층 응접실에서 둘은 단독회담을 한다. 윤정수는 회사에 나갔지만 아래층에서 고용인들이 신경을 곤두세우고 있을 것이었다. 오명화가 말하자 전세희도 싸늘한 표정으로 말을 받는다.

"내가 그럴 줄 알고 변호사 선임해서 소송 준비하고 있었어."

"해라."

"석 달은 걸린다는구만. 대명학원 재산 조사를 하면 콩고물도 떨어진다고 하고."

"해."

머리를 끄덕인 오명화가 쓴웃음을 지었다.

"오늘부터 네 카드 다 정지시킨다. 용돈도 끝내고. 그리고 이 시간부터 이 집에서 쫓아낼 테니까 몸을 팔아서 살든지 너 마음대로 해."

"좋아."

그러자 오명화가 인터폰을 눌렀다.

"예, 이사장님."

기다리고 있던 대명학원 이사장실의 장명기가 인터폰을 받았다.

"오늘자로 세희 년 카드 다 정지시키고 차도 압류시켜요. 그리고 오늘 안에 이 집에서 나갈 테니까 옆에서 눈을 떼지 말아요. 또 도둑질해 갈지도 모르니까."

"예, 이사장님."

"그리고 당장 이리 올라오세요."

인터폰을 내려놓은 오명화가 똑바로 전세희를 보았다.

"넌 나쁜 년이야. 알아?"

이제는 이를 악문 전세희가 시선만 주었고 오명화의 말이 이어졌다.

"성일이가 나간 건 너 때문이야. 알아?"

그 순간 숨을 삼킨 전세희가 몸을 굳혔고 오명화의 목소리가 더 높아졌다.

"이년아, 아무리 피가 섞이지 않았다고 해도 성일이는 네 오빠야. 내가 성일이한테 어머니 대접을 받고 있는 상황에서 네년은 개처럼 달려들었어."

"……."

"그걸 누가 알려준 것 같으냐?"

눈을 치켜든 오명화가 전세희를 노려보았다.

"너를 친딸처럼 귀여워해주었던 네 의부야. 성일이 아버지가 나한테 말해주었다고. 너한테 말하지도 말고 꾸짖지도 말라고 하면서 말이다."

"……."

"내가 왜 여기로 널 부른지 알아? 이년아, 아래층에 CCTV가 있어! 네가 성일이한테 암캐처럼 달려드는 장면이, 대사까지 다 찍혔단 말야!"

"……."

"중요한 장면은 다 보고된다. 아버지는 그걸 보고 웃으면서 젊은 애들은 어쩔 수 없다고 했지만 난 치가 떨렸다. 그래서 아버지한테 성일이를 분가시키자고 내가 서둘렀던 거다."

그때 장명기가 들어섰으므로 오명화는 자리에서 일어섰다. 그리고 더 이상 할 말이 없는 듯 입이 꾹 닫혔다.

　전세희는 2층의 방에 박혀 있었는데 귀에 이어폰을 끼고 음악을 들으면서 커피를 마신다. 음악에 맞춰 발가락 끝이 까닥이고 있다. 오후 3시 반, 한바탕 난리를 친 오명화는 집을 나갔지만 감시원이 둘이나 아래층에 있다. 장명기가 불러온 이사장실 직원 둘이 감시하고 있는 것이다. 침대에 두 다리를 쭉 뻗고 기대앉은 전세희가 문득 머리를 들고 방안을 둘러보았다. CCTV가 있나 궁금해졌기 때문이다. 그러나 곧 쓴웃음을 지은 전세희가 음악의 볼륨을 높였다. 상관없다는 제스처다. 다시 발가락을 까닥이며 전세희가 노래를 따라 부른다. 강희나가 미국으로 떠난 것도 전세희 때문이라고 볼 수 있을 것이다. 전세희는 자신이 윤성일을 좋아하고 있다는 사실을 강희나에게 노골적으로 표현했다. 이것은 일반 상식을 지닌 보통 사람들에게는 충격이다. 바로 오명화의 반응이 그 증거가 될 것이다. 충격을 받은 강희나는 그것을 누구에게 발설할 용기가 없는데다 그 진흙탕에서 빠져 나가기로 결정을 했던 것이다. 전세희가 예상했던 결과였다. 그러나 아래층에서 CCTV가 설치되어 그 장면이 아버지에게 발각될 줄은 몰랐다. 그래서 윤성일이 분가했던 것이다. 이번에 오명화로부터 분가해서 윤성일에게 적극적으로 접근 해보려던 계획도 무산되었다. 그러나 다른 방법이 있을 것이다. 김가영 같은 천한 기집애는 저절로 떨어져 나간 경우다. 그래서 김가영이 건설회사 회장의 정부 노릇을 하게 된 시점부터 감시 대상에서 제외시켰다. 한때는 가장 강력한 경쟁자였던 김가영이다. 두 번째는 강희나. 똑똑하고 조건을 갖춘 강희나였지만 성품이 약했다. 진저리를 치고 도망쳐버린 것이다.

강희나에게 의붓남매인 윤성일과 전세희 간의 사랑은 근친상간의 분위기로 덮쳐왔는데 그 이유가 있다. 전세희가 그런 분위기를 연출했기 때문이다. 같은 지붕 아래 사는 상황이어서 얼마든지 극본을 현실감 있게 묘사할 수 있는 데다 그것을 오명화나 다른 사람한테 확인할 수 없었던 강희나. 윤성일 또한 무관심한 것이 강희나의 탈출에 일조를 했다. 이윽고 이어폰을 귀에서 뗀 전세희가 핸드폰을 들었다.

"응, 오랜만이구나."
핸드폰을 귀에 붙인 윤성일이 벽시계를 보았다. 오후 4시 10분, 파주 저택의 응접실 안이다. 앞쪽 소파에 앉은 박상호가 서류를 읽고 있었지만 수화구에서 울리는 목소리도 다 들릴 것이었다. 그때 전세희가 사근사근한 목소리로 물었다.
"오빠, 언제 시간 있어? 저녁에 술 한 잔 하게."
"글쎄, 내가 요즘 바빠서⋯⋯."
"알아. 바쁜지."
전세희의 목소리에 웃음기가 섞여졌다.
"나 돈 좀 빌려줘, 오빠."
"응? 그러지 뭐."
쓴웃음을 지은 윤성일의 시선이 앞쪽의 박상호와 마주쳤다. 박상호는 곧 외면했지만 굳어진 표정이다. 전세희는 윤성일이 대일종금 일을 하고 있는 줄 안다. 다시 전세희가 물었다.
"오빠, 나 집 나갈 건데 진짜 돈 빌려줄 수 있어? 내가 엄마 유산 받으면 갚을 테니까 말야."

"……."

"엄마한테는 내가 유일한 혈육이니까 다 상속은 받겠지? 그런데 언제 엄마가 죽느냐, 그것이 문제야."

"……."

"지금 꼬라지를 보니까 앞으로 50년은 더 살 것 같아. 온갖 미용과 운동은 다하고 좋은 거 다 처먹으니까."

"야, 전세희!"

"재산이 대충 850억이야. 죽으면 유산을 받아 상환한다는 조건으로 한 100억만 대출받을 수 없을까?"

"야, 다음에 이야기 하자."

"야, 윤성일!"

이제 전세희의 목소리도 팽팽해졌다.

"내 이야기 끝까지 들어, 윤성일!"

"아니, 이게 정말!"

이맛살을 찌푸린 윤성일의 귀에 전세희의 목소리가 쏟아졌다.

"네가 얼마나 잘난 놈인지 모르지만 집안 돈 갖고 고리대금업을 하는 놈일 뿐이야. 잘난 척 말라구."

"……."

"네가 어떤 여자를 이상형으로 삼고 있는가도 다 알아. 천박하고 창녀 같은 계집애더군. 유유상종이라고 했어."

숨을 들이켠 윤성일의 시선이 다시 앞쪽으로 옮겨졌다. 그때 박상호가 서류를 들고 자리에서 일어섰다. 그러고는 응접실을 나갔다. 다시 전세희의 말이 이어졌다.

"김가영이라고 했지? 지금도 기억하고 있어. 어떤 건설업자가 살림 차려준 후부터는 내버려뒀지만 말야. 그 걸레를 그렇게 못 잊었어? 불쌍한 내 의붓오빠! 바보! 개새끼!"

어느덧 전세희의 목소리에 울음기가 섞여졌다.

"나더러 어쩌라고? 내가 널 사랑한 게 무슨 죄야? 난 그렇게 방황하고 집 나갔어도 한 번도 내 몸을 언놈한테 준 적이 없어, 이 개새끼야! 단번에 몸뚱이 장사로 나선 김가영이보다는 내가 낫다."

그때 윤성일이 핸드폰을 귀에서 떼고는 전원을 껐다. 얼굴이 굳어져 있다.

"힘이 들었습니다."

최기용이 서류를 앞쪽에 놓으면서 윤성일에게 말했다. 파주 저택의 별장 응접실에는 윤성일과 최기용 둘이 앉아 있다. 윤성일에게 어느덧 자신도 모르는 사이에 버릇이 만들어졌는데 별장 응접실에서는 개인사를 처리하는 것이다. 서류에 시선만 준 채로 윤성일은 움직이지 않았고 최기용이 말을 이었다.

"전세희는 소문이 아주 험하게 났습니다. 외국인 헌터이며 특히 흑인 남자를 좋아하고 혼음까지 즐긴다는 내용인데 추적해 들어갈수록 재미가 있었습니다."

이제 최기용의 희멀건 얼굴에 웃음기가 번져 있다.

"글쎄, 물증이 없는 겁니다. 정작 같이 잤다는 놈이 없다고나 할까요? 주위의 증언을 듣고 같이 호텔에 갔다는 남자 여섯 명을 만났지만 모두 그런 일 없다는 겁니다."

"……."

"펄쩍 뛰면서 욕하는 놈, 기억이 안 난다는 놈, 앞에서 헤어졌다는 놈 등 다양했지만 결론은 하나같이 함께 안 잤다는 것이었습니다."

"……."

"그런데 전세희는 제 입으로 같이 잤다고 소문을 내고 다녔습니다. 모두 본인 입으로 그 소문을 낸 데다 실제로 같이 있는 장면을 수없이 목격당한 터라 그렇게 소문이 날 수 밖에 없었을 것입니다."

최기용이 지그시 윤성일을 보았다.

"저도 이런 특수한 경우는 처음입니다. 제 약점을 숨기는 것이 정상인데 전세희는 증인까지 만들어서 더러운 사생활을 연출하고 있었던 겁니다."

"미친……."

쓴웃음을 지은 윤성일이 소파에 등을 붙이면서 말끝을 잇지 않았다. 정보용역 전문가 최기용을 시켜 처음으로 전세희의 사생활을 조사시킨 것이다. 앞쪽의 벽을 응시한 채 윤성일이 말을 이었다.

"앞으로는 전세희를 24시간 감시해줘요. 1급 감시를 하란 말입니다."

"알겠습니다."

상반신을 세운 최기용이 앉은 채로 허리를 굽혔다. 최기용에게는 빅 오더가 하나 추가된 셈이다.

최기용이 응접실을 나가자 윤성일은 창밖으로 시선을 준 채 한동안 움직이지 않았다. 안개에 덮였던 사물이 안개가 걷히면서 드러나는 것 같다. 산만하게 흩어져있던 이야기의 줄거리가 맞춰지는 느낌이다. 전세희는 자신을 좋아하고 있었던 것이다. 그러나 그것이 언제부터인지는 명확치 않다. 소, 닭 보듯이 하면서 지냈던 어린 시절부터인지 또는 몇 년 전부터인지. 자신은 전혀 눈치 채지 못하고 있었는데 전세희는 기를 쓰고 자신의 존재감을 부각시키려고 한 것일까? 전세희가 남자관계가 복잡하고 지저분하다는 소문을 자주 듣거나 어떤 때는 유흥가에서 마주치기도 한 것이 결국 모두 자신에게 보이려는 계산된 시위였던 셈인가?

"빌어먹을!"

어금니를 물었다가 푼 윤성일의 눈앞에 다시 김가영의 얼굴이 떠올랐다. 그러나 윤곽은 흐리다. 전세희는 김가영까지 추적해놓고 있었던 것이다. 김가영이 동명건설의 장기태 회장 정부가 된 후부터 내버려뒀다고 했던가?

심호흡을 한 장기태가 전화기를 고쳐 쥐었다. 오전 10시 반, 방배동의 회사 회장실 안이다. 통화중인 상대방은 대한산업의 박민수 회장. 장기태와는 10여 년간 친분을 맺어온 사이로 형님, 동생 하는 사이다. 대한산업은 방위산업업체로 연간 매출이 2조원에 가까운 중견기업이다. 그때 박민수 회장이 말했다.

"장 회장, 어렵겠는데. 그쪽도 여유가 없는 모양이야."

순간 가슴이 턱 막힌 장기태가 입만 벌렸고 박민수의 말이 이어졌다.

"열흘쯤 전에 다 나갔다고 하는군. 자금이 회수되려면 내년 여름이나 된다는 거야."

장기태가 겨우 입을 다물었다. 절망감으로 눈앞이 흐려졌고 호흡까지 가빠졌다. 박민수는 마지막 카드였기 때문이다. 아니, 박민수가 소개시켜줄 사금융의 대부 윤 회장이 마지막 기회였던 것이다. 모든 곳이 다

막혔기 때문에 박민수의 보증으로 윤 회장으로부터 돈을 빌려 다가오는 어음을 상환하려고 했던 계획이 무너졌다.

"장 회장, 괜찮은가?"

걱정이 되는지 박민수가 물었으므로 장기태는 정신을 차렸다.

"예, 형님. 염려하지 마십시오. 다 잘될 겁니다."

"기운 내, 이 사람아. 천하의 동명건설이 3천억으로 쓰러질 리가 있어? 채권 은행이 가만두지 않을 거네."

"뭐 그렇게 심각한 건 아닙니다."

박민수의 말에 엉겁결에 그렇게는 말했지만 3억이 모자라 대그룹이 부도가 날 때도 있는 것이다. 전화기를 내려놓은 장기태는 숨을 들이켰다. 아까부터 계속 숨이 막혔기 때문이다.

오후 1시 반, 김가영은 핸드폰을 귀에 붙인 다음 발신음 소리가 10번 울린 것을 듣고 나서 떼었다. 두 번째 전화다. 이윽고 김가영은 문자창을 열고 글로 썼다.

'오늘 어디로 예약했어? 바쁘면 문자로 보내.'

오늘 장기태와 외식 약속을 한 것이다. 김가영이 말에 덧붙였다.

'내가 곧장 약속장소로 갈게.'

그러고는 조금 미진한 느낌이 들었으므로 줄을 바꿔서 썼다.

'사랑해.'

윤정수의 사금융은 회원들 사이에서는 '대일사'로 부른다. '대일종금'과 따로 그렇게 부르는 것이다. 대일사는 자체 회사 체재를 형성하고 있지는 않아도 기획, 정보, 보안, 영업의 4개 부문으로 나뉘어져 관리하고 있다. 사무실만 모여 있지 않을 뿐이다. 박상호가 저택 응접실로 들어왔을 때는 오후 1시 45분이다. 소파 앞좌석에 앉은 박상호가 앞쪽에 서류를 놓더니 건성으로 말했다.

"사장님, 동명건설의 장기태 회장이 심근경색으로 쓰러졌다는데요?"

서류를 들치면서 박상호가 말을 이었다.

"오전 11시쯤 사무실에서 쓰러져 지금 제일병원에 실려 갔지만 혼수상태라고 합니다."

"……."

"만기 어음이 이 달 말에 1천 200억, 다음달에 500억, 9월까지 모두 3천 500억이 몰려오는데 장 회장까지 쓰러져서 회사 회생이 어렵겠습니다."

"……."

"박민수 회장이 보증을 선다고 했지만 자금을 빌려주지 않은 것이 다행이라는 생각이 드는데요."

머리를 든 박상호가 쓴웃음을 지은 얼굴로 윤성일을 보았다. 장기태의 대출 요구를 거부한 것은 동명건설의 재무구조가 나빴기 때문이다. 박민수의 보증이 있다고 해도 해당업체의 상태가 나쁘면 거절하는 것이 대일사의 방침인 것이다.

오후 1시 55분, 핸드폰이 울리는 소리에 주방에 있던 김가영이 뛰어왔다. 탁자 위에 놓인 핸드폰을 들어 본 김가영의 머리가 기울어졌다. 발신자 번호가 찍혀 있지 않은 것이다. 그러나 김가영은 통화 버튼을 누르고 귀에 붙였다.

"여보세요?"

"여보세요?"

김가영의 목소리가 울린 순간 윤성일은 저도 모르게 숨을 들이켰다. 눈을 크게 뜨고 앞쪽을 응시했지만 머릿속이 안개로 꽉 찬 느낌이 들었다. 김가영의 목소리. 2년 전과 똑같다. 목소리가 변하지 않은 것이 조금 이상하게 느껴졌다. 그때 김가영이 다시 부른다.

"여보세요?"

그때 윤성일은 통화 정지 버튼을 눌렀다.

별장 응접실에서는 아래쪽 산골짜기가 보인다. 저택 위치가 산 중턱이기 때문이다. 6월 중순이어서 산은 진녹색 숲으로 부풀어 올랐고 골짜기를 흐르는 개울물이 햇살을 받아 반짝였다. 뒤쪽에서 인기척이 들리더니 곧 목소리가 울렸다.

"장기태가 혼수상태인 것은 들으셨지요?"

최기용이다. 몸을 돌린 윤성일을 향해 머리를 숙여 보인 최기용이 다가와 섰다. 윤성일이 따로 최기용을 부른 것이다. 그래서 본채 응접실에서는 박상호로부터 사업상 보고를 받고 이곳에서 최기용한테서 개인사 보고를 듣는다. 최기용이 말을 이었다.

"장기태는 지금 산소호흡기로 연명하고 있습니다. 조금 전 식물인간이 될 것 같다는 판정을 받았는데 조만간에 가족의 동의하에 호흡기를 뗄 것 같습니다."

최기용이 들고 있던 서류를 펼치면서 말을 이었는데 한 번도 윤성일한테 시선을 주지 않았다.

"동명건설은 이번 달 안에 부도가 날것이고 회사는 공중분해가 됩니다. 부채가 많아서 은행 채무와 미불금까지 처리하려면 사주 장기태의 재산은 모두 압류가 됩니다."

윤성일은 길게 숨을 뱉고 나서 벽시계를 보았다. 오후 2시 반이다. 장기태는 아직 호흡하고 있지만 야수들이 사방에서 달려드는 그림이 그려졌다. 그때 최기용이 머리를 들고 윤성일을 보았다.

"김가영의 아파트도 은행 담보에 들어가 있습니다. 곧 아파트를 비워줘야 될 것입니다."

"……."

"명의는 김가영 앞으로 해놓았지만 석 달 전에 회사 자금사정이 나빠지면서 장기태가 은행에 담보로 넣었습니다."

그때 윤성일이 머리를 끄덕였으므로 최기용이 서류를 탁자 위에 내려놓더니 목례를 하고 나서 몸을 돌렸다.

핸드폰이 울린 순간 김가영의 눈이 크게 떠지면서 얼굴에 순식간에 웃음이 번졌다. 발신자 번호가 떴기 때문이다. 장기태의 번호다. 이 번호는 장기태가 가진 세 개 핸드폰 중 하나로 김가영과의 통화에만 사용되는 것이다. 호흡을 고른 김가영이 핸드폰을 집어 들었다. 서둘 것 없다. 지금까지 장기태에게 세 번 전화를 했고 두 번 문자를 보낸 후에 차분하게 기다렸던 것이다. 항상 회의에 바쁜 사람이어서 어떤 때는 여덟 시간을 회의 할 때도 있었으니까, 이제는 장기태의 습성에 익숙해진 김가영이다. 핸드폰을 귀에 붙인 김가영이 외식 장소로 크리스탈호텔 양식당이 낫겠다고 마음을 바꾸었다. 조금 전까지는 일식당이었다. 장기태가 예약을 하면 된다. 지금은 오후 4시, 저녁 식사는 7시면 된다. 시간은 충분하다. 김가영이 통화버튼을 눌렀다.

"여보세요?"

김가영이 소리치듯 응답했다.

"자기야?"

"저, 비서실의 윤병수입니다."

낮고 억양 없는 사내의 목소리에 김가영은 주춤했지만 기다렸다. 회장이 시켰겠지, 그때 사내가 말을 이었다.

"회장님께서 조금 전에 돌아가셨습니다."

방배동의 루즈클럽은 회원제로 운영이 되었는데 골목 안에 위치하고 있는데다 분위기도 우중충했다. 그래서 사람들은 이곳 단골이 유명 탤런트, 가수, 모델들이며 회원이 되려면 엄격한 심사를 거친다는 것을 모른다. 오후 8시 반, 종업원의 안내를 받은 윤성일이 C룸으로 들어서자 전세희가 웃음 띤 얼굴로 맞았다.

"내가 먼저 한 잔 하고 있어."

술잔을 들어 보인 전세희의 얼굴은 상기되어 있다. 테이블에는 이미 술과 안주가 가득 벌려져 있었으므로 전세희가 윤성일의 잔에 술을 채웠다.

"여기 회원 되기 힘들다고 하더구나."

술잔을 받은 윤성일이 방안을 둘러보며 말하자 전세희가 피식 웃었다.

"그럼, 아무나 회원 되는지 알아? 회원도 돈만 많다고 시켜주는 거 아니냐?"

"회비는 얼만데?"

"그건 알 필요가 없고."

한 모금 술을 삼킨 전세희가 지그시 윤성일을 보았다. 전세희는 머리를 짧게 잘라서 마치 장발의 미소년 같다. 흰색실크 블라우스에 검정색 스커트를 입었는데 전보다 얼굴이 여위었다. 불빛을 받은 두 눈에 습기가 많이 끼었다. 전세희의 시선을 받은 윤성일이 술잔을 들었다. 오늘 만남은 윤성일이 연락을 했기 때문이다. 물론 시간과 장소는 전세희가 정했다. 윤성일이 입을 열었다.

"너, 내 아버지를 어떻게 생각하니?"

"응? 누구?"

되물었던 전세희가 픽 웃었다.

"오빠 아버지?"

"그래."

전세희가 눈을 가늘게 떴다. 여전히 웃음 띤 얼굴이다.

"내 아버지를 강조한 이유가 뭐야?"

"아버지가 널 참 이뻐하셨는데, 친딸처럼 여기셨고 말야."

"바로 그거였군."

한 모금에 술을 삼킨 전세희가 머리를 끄덕였다.

"날 배신자로 몰아붙이려는 거?"

"정신 좀 차리라는 거다."

윤성일도 한 모금 술을 삼키고는 지그시 전세희를 보았다.

"너, 어머니한테 무슨 감정이 있니?"

하고 나서 윤성일이 덧붙였다.

"우리 어머니 말야."

"우리 어머니?"

전세희가 되물었다.

"오명화 여사 말야?"

"그래."

"그 여자가 왜 우리 어머니야? 내 엄마지?"

"바로 이거였군."

입맛을 다신 윤성일이 제 잔에 술을 따르면서 말을 잇는다.

"문제는 거기서 시작되었어. 너하고 어머니하고의 불화."

"웃기지 마 윤성일."

"너, 나하고 잘 자신 있어?"

술잔을 든 윤성일이 지그시 전세희를 노려보았다. 술잔이 전세희의 콧날과 일직선상에 놓여졌다.

"홀랑 벗고 섹스를 할 수 있느냐고 물었다. 난 섹스 잘해. 너도 짐작하고 있겠지만 말야."

전세희의 눈빛이 강해졌으나 입도 꾹 닫혀졌다. 다시 윤성일이 말을 이었다.

"전위로 시작했다가 후배위로, 다시 옆으로, 그땐 다리 한쪽을 번쩍 올려야지. 그런 다음 후배위로 들어가면 대부분이 폭발한다. 엉덩이를 손바닥으로 두드려주면 좋아하는 애들이 많아."

"……."

"그래, 내 밑에 깔려 탄성을 질러대는 널 상상해본 적 있냐? 있겠지, 물론?"

"……."

"골짜기에서 넘쳐흐르는 질펀한 애액, 쾌락으로 몸부림을 치면서 매달리는 네 벌거벗은 몸. '오빠, 날 죽여줘!' 하겠지?"

"개새끼!"

마침내 전세희가 잇사이로 말하고는 술잔을 내려놓았다. 두 눈이 더 번들거리는 것 같더니 곧 두 줄기 눈물이 뺨을 타고 흘러내렸다. 그러나 전세희는 눈도 깜박이지 않는다. 그때 윤성일이 한 모금에 술을 삼키고는 조용히 잔을 내려놓았다.

"그래, 우리 개가 되어볼래?"

"아빠는 내가 초등학교 3학년 때 죽었어."

소파에 등을 붙인 전세희가 다리까지 올려 무릎을 두 손으로 감싸 안았다. 몸이 한 덩이가 되어서 소파에 올라앉았다. 술기운에 붉어진 눈으로 전세희가 윤성일을 보았다.

"무능했지만 나한테는 잘해주었어. 그러다 어느 날 교통사고로 죽었어."

전세희는 혼자 양주 한 병을 마셨는데도 멀쩡했다. 한바탕 폭풍우가 휩쓸고 간 후에 한잔씩 술을 마시다가 어느덧 분위기는 이렇게 가라앉았다. 그런데 이것이 둘에게는 전혀 어색하지가 않다. 당연히 이렇게 될 것임을 서로 예상하고 있었던 것 같다. 자, 다시 전세희가 말하고 윤성일은 술잔을 쥔 채 듣기만 한다.

"엄마는 밖으로만 돌았고, 날 봐준 건 아빠였지. 무능한 아빠, 한때는 잘나가던 재벌2세였지만 회사가 망하니까 폐인이 된 거야. 엄마는 학원 사업으로 능력을 발휘했고, 남자도 많았어. 외박을 밥 먹듯이 했어. 그럼 아빠가 나를 재웠지. 옛날이야기 해주면서."

"……."

"아빠는 엄마한테 아무 말 안했어. 그리고 어느 날, 그날도 엄마가 외박한 날이었는데 날 재우면서 그랬지. '세희야, 잘 커라. 아빠가 널 꼭 지켜줄게' 하고."

"……."

"나는 그때의 아빠 얼굴을 지금도 잊지 못해. 무섭고도 슬픈 얼굴을, 난 그 얼굴을 가슴과 머릿속에 넣고 지금까지 살아왔어."

"……."

"그러고 나서 며칠 후에 아빠는 차를 갖고 나가서 교통사고를 냈어. 산길에서 바위투성이 골짜기로 추락한 거야. 교통사고도 착하게 냈어. 우리 착한 아빠가, 다른 사람한테 피해 안 끼치고 자살한 거지."

"……."

"교통사고 원인은 운전미숙으로 판정되었지. 엄마한테도 피해가 안 간 결과였어. 자살로 밝혀졌다면 엄마 이미지에 상처가 났을 테니까."

"……."

"나는 그때부터 엄마한테 복수를 시작한 거야. 엄마의 모든 것에 대하여……."

"그만."

마침내 손바닥을 펴 보인 윤성일이 길게 숨을 뱉었다. 그것으로 전세희의 행동을 하나씩 이어볼 수가 있을 것이었다. 이 정도면 되었다는 의미가 아니다. 그 펴 보였던 손으로 다시 술잔을 집으면서 윤성일이 후끈거리는 눈으로 전세희를 보았다.

"돈 필요하냐?"

전세희는 눈만 치켜뜬 채 대답하지 않았다.

   대림동의 18평형 오피스텔은 지은 지 오래되어서 낡고 냄새까지 났다. 집을 옮기려면 먼저 벽지나 바닥이라도 갈고 오는 것이 보통인데 김가영은 청소만 하고 입주했기 때문이다. 입주한 지 한 달이 되었어도 집안 정돈이 되지 않았다. 구석에 옷가방과 박스가 그대로 쌓여졌고 죽은 장기태의 옷과 사물(私物)도 다섯 박스나 된다. 오후 2시 반, 아침 겸 점심으로 라면을 끓여먹은 김가영이 식탁의 그릇을 치우지도 않고 탁자로 돌아와 앉았다. 탁자 위에는 계산기와 통장, 종이가 어지럽게 널려 있었는데 돈 계산을 해놓은 것이다. 장기태는 죽으면서 다 가져갔다. 집도, 차도, 헬스클럽 회원권까지 다 압류되어서 몸만 빠져나온 것이다. 지금 김가영의 재산은 2천 3백만 원, 오피스텔 계약금 800만 원까지 포함해서 그렇다. 거기에다 카드 할부빚을 김가영이 갚아야 할 테니 다 제하면 750만 원쯤이 남는다. 장기태와의 2년 생활을 정리한 결과가 750만 원인 것이다. 숫자를 적은 종이를 우두커니 들여다보던 김가영이 문득 머리를 들었다. 장기태는 화장되어서 벽제의 납골당에 안치되었다. 그러나 김가영은 납골당에 가지 않았다. 비서였던 윤병수에게 연락해서 위치까지 알아놓았지만 가지 않았던 것이다. 그리고 시간이 지나자 지난 장기태와의 생활이 꿈속 같았다. 마치 꿈에서 깨어난 것 같았던 것이다. 같이 있었을 때는 분명히 행복했었다. 장기태의 따뜻한 몸, 부드러운 손길과 강한 자극까지도 기억이 난다. 그러나 깨었을 때 언제나 허망했던 꿈이었다. 장기태와의 생활은 꿈속 생활이었던 것이다.

"미안해."

불쑥 김가영의 입에서 그렇게 말이 뱉어졌다. 저도 모르게 튀어나온 말이다.

"정말 미안해."

두 손으로 볼은 싸쥔 김가영이 탁자에 팔굽을 받쳤다. 얼굴은 받쳐들고 앉은 셈이다. 김가영이 앞쪽을 응시하며 말을 이었다.

"자기야, 정말 미안해."

김가영의 시선이 우연히 닿은 곳은 장기태의 옷이 담겨진 박스다. 그것이 장기태나 된 것처럼 김가영이 열심히 말했다.

"난 자기하고 있었던 나날이 행복했어. 그런데 그게 꿈속 같아."

당연히 박스는 대답하지 않았고 김가영의 목소리에 열기가 띄어졌다.

"그래서 그런지 슬프지가 않아. 눈물도 나지 않는단 말야."

"……."

"그냥 정신이 없어, 멍해."

"……."

"앞으로 어떻게 살아야 하나 생각해도 실감이 안 나."

"……."

"자기야 미안해. 정말 미안해."

"……."

"내가 왜 미안한지 알지?"

"……."

"자기는 그냥 내 꿈속 남자였어. 내 몸뚱이, 내 입, 내 욕망을 채워주는 꿈속의 남자……."

"……."

"내가 나를 가둬놓은 거야. 깨어난 후의 생각은 하기 싫었어."

"……."

"지금 내가 어떤 심정인지 알아?"

"……."

"꿈만 꾸고 지낸 죗값을 받는 거지. 자기한테서, 그리고……."

"……."

"미안해, 자기야."

"……."

"정말 미안해."

그 순간 김가영의 눈에서 처음으로 눈물이 흘러내렸다. 장기태가 죽은 지 한 달 만에 처음 흘러내린 눈물이다.

"네가 세희한테 대출을 해주었어?"

머리를 든 윤정수가 물었지만 차분한 표정이다. 오후 1시 반, 오늘은 윤성일이 대일빌딩의 윤정수 사무실로 찾아온 것이다. 자식들에게 재산분배를 해주었지만 기업의 본산(本山) 격인 대일빌딩은 아직도 윤정수가 차지하고 있다. 28층짜리 대일빌딩은 윤정수가 마지막 순간까지 지니고 있겠다고 선언한 것이다. 윤정수의 시선을 받은 윤성일이 희미하게 웃었다.

"예, 아버지."

사무실 안에는 둘뿐이다. 윤성일의 시선이 탁자에 놓인 액자로 옮겨지더니 한동안 떼어지지 않았다. 어릴 적 사진이다. 아버지와 어머니,

334

그리고 3남 1녀가 다 모였다. 어린이공원 같다. 다섯 살 정도의 윤성일을 어머니가 안았고 그 주위로 아버지와 두 형, 누나 윤은지는 아버지의 손을 쥐고 서 있다. 윤성일은 처음 보는 사진이었고 사진을 찍은 기억도 없다. 윤성일의 시선을 따라 액자를 본 윤정수가 헛기침을 했다.

"어린이날에 어린이공원에 갔을 때다. 기억나지 않느냐?"

"예, 기억이 안 납니다."

"네 엄마하고 같이 찍은 사진이 그것 한 장뿐이더라."

"……."

"그때가 가장 좋았는데 당시에는 모르고 지났다. 인생이란 그런 것 같다."

길게 숨을 뱉은 윤정수가 다시 윤성일을 보았다.

"세희한테 얼마 대출해주었느냐는 건 묻지 않겠다. 왜 대출해준 거냐?"

"세희가 어머니하고 갈등이 심했습니다."

윤정수는 시선만 주었고 윤성일이 전세희의 사연을 처음부터 이야기했다. 윤성일이 이야기를 하는 동안 윤정수는 눈도 깜박이지 않고 듣더니 끝나고 나서도 한동안 입을 열지 않았다.

"대출은 15억 해주었고 어머니가 보증을 서주셨습니다."

윤성일이 말했을 때 윤정수가 입을 열었다.

"잘 정리했구나."

"……."

"세희는 착한 애다. 내가 사람은 볼 줄 안다. 그놈은 천성이 착해."

"프랑스로 유학을 간답니다. 가서 디자인 공부를 하겠다네요."

"그러냐?"

"15억을 적금으로 넣고 필요할 때마다 대출해가는 형식으로 했습니다. 프랑스에서 필요한 만큼 찾아갈 수 있을 겁니다."

"잘했다. 어머니는 뭐라고 하더냐?"

자신이 모르게 진행된 일이었지만 윤정수의 표정은 담담했다.

"말씀을 드렸더니 그럴 필요 없다는데도 보증을 서주셨습니다. 처음에는 어머니가 돈을 내시고 제가 대출해주는 형식으로 하라는 걸 제가 말렸습니다."

"……."

"어머니는 보증 선 것을 세희한테 이야기하지 말라고 당부하셨습니다."

"세희가 언젠가는 제 엄마를 이해할 수 있을 거다."

다시 길게 숨을 뱉은 윤정수가 윤성일을 보았다.

"너 희나한테 연락해보았느냐?"

순간 윤성일은 숨을 삼켰다. 아버지가 이곳으로 부른 이유가 바로 이것이다. 지금까지 아버지는 한번도 '희나'라고 부른 적이 없었던 것이다. 강희나라고 성까지 함께 불렀고 그것도 두 번밖에 되지 않았다.

"안 했는데요, 아버지."

윤성일이 대답하자 윤정수가 똑바로 시선을 주었다.

"그럼 연락해봐라. 할 때가 됐지 않으냐?"

창가에 선 윤성일이 단풍으로 뒤덮여 있는 골짜기를 내려다보고 있다. 9월말이다. 주위는 조용하다. 별장 앞뜰에도 노란 은행나무 잎이 가득 쌓여져 있었는데 바람에 날린 낙엽이 색종이처럼 떨어져 내린다. 오늘은 바람이 센 날이 있고 빗방울까지 뿌리고 있다. 오후 3시 반이 되어 있었지만 하늘은 어두워서 저녁 무렵 같다. 한동안 흩날리는 나뭇잎을 보던 윤성일은 문득 미토의 갈대숲을 떠올렸다. 그때의 하늘도 이렇게 어두웠고 바람에 휩쓸리는 갈대잎 소리가 비슷했다. 비바람 그리고 뭐라고 했던가? 미토의 갈대숲에서 비바람을 겪은 남녀는 인연이 이어진다고 했던가? 윤성일의 눈앞에 김가영의 모습이 떠올랐다. 그러나 형체만 어스름할 뿐 윤곽은 흐리다. 이젠 목소리도, 냄새도, 그때의 촉감도다 잊었다. 이래서 세월이 무섭다고 하는 것일까?

"다른 길이야."

혼자 있었기 때문에 윤성일은 거침없이 혼잣말을 했다. 비바람에 젖은 은행잎이 펄럭이지도 않고 날아간다.

"이미 인연은 끝났다구."

제 목소리를 들은 윤성일이 문득 머리를 기울이며 창밖을 보았다. 바람이 심해지면서 빗발이 비스듬히 뻗쳐졌다. 흔들리는 사철나무 가지들은 비명을 지르는 것 같다.

오늘은 흐린 하늘에 바람만 불었다. 오피스텔 창가에 선 김가영이 창밖을 본다. 거리를 오가는 행인들의 모습은 바쁘다. 바람 때문일 것이다. 옷자락을 펄럭이며 바쁘게 걷는다. 학생, 실업자, 시장보고 돌아가는 아줌마, 빚에 쫓기는 아저씨, 남자친구하고 싸운 아가씨. 김가영의 눈에 띈 사람들이다. 보자마자 그렇게 느껴진다. 틀려도 상관없다. 곧 시야에서 사라지고 미장원집 아줌마, 식당주인 아저씨가 나타났으니까. 유리창에 이마를 붙인 채 거리를 내려다보던 김가영이 불쑥 말했다.

"그 사람하고 꿈속처럼 살았어."

유리창에 입김이 닿아 서리가 생겼다가 사라졌다.

"다시 꿈을 꿀 거야."

그 순간 김가영의 두 눈에 생기가 반짝였고 얼굴에 열이 올랐다. 유리창 밖의 세상은 바람이 더 거칠어졌는지 거리의 행인이 부쩍 줄어들었다. 반코트를 입은 멋쟁이 아가씨가 코트를 펄럭이며 상점 안으로 도망쳐 들어갔다. 하늘은 더 어두워졌다. 몸을 돌린 김가영이 창틀에 엉덩이를 붙이고 섰다.

"이번에는 깨어나지 않는 꿈을."

한 마디씩 또박또박 말한 김가영의 눈동자가 한곳을 향한 채 멈춰졌다. 장기태의 옷박스를 묶은 테이프다. 테이프를 응시한 채 김가영이 말을 잇는다.

"미안해."

그러고는 잠깐 있다가 확실하게 말했다.

"사랑해."

핸드폰을 귀에 붙인 김가영이 말했다.

"엄마, 나, 여행 좀 다녀오려고."

"응? 여행?"

정민옥이 놀란듯 목소리를 높였지만 분위기는 밝다. 그동안 장기태와 일본 여행 두 번, 제주도는 다섯 번을 다녀왔지만 이렇게 알린 적은 없다. 따로 살고 있어서 어디에 있는지 알지도 못하는 터라 구태여 여행 간다고 할 필요도 없었기 때문이다. 정민옥이 물었다.

"어디로?"

"응?"

되물었던 김가영의 눈앞에 문득 미토의 갈대숲이 떠올랐다. 비바람, 흔들리는 갈대, 정자, 그리고 윤성일의 시선, 그러더니 입에서 저절로 말이 나왔다.

"베트남."

"며칠이나 가니?"

"글쎄, 가봐야겠어. 며칠 걸릴지는……."

"그게 무슨 말야? 누구하고 가는데?"

정민옥의 목소리에 조금 긴장기가 섞여졌다. 오전 11시쯤 되었다. 숨을 고른 김가영이 탁자 위에 놓인 통장을 들고 말했다.

"엄마, 조금 전에 엄마 통장에 5백 넣었어."

"응? 5백?"

정민옥의 목소리가 높아졌다. 정민옥한테는 매월 300만 원씩을 생활비로 보냈던 것이다. 더 보내면 부산에서 친구와 함께 홈쇼핑 사업을 한다고 거짓말을 한 것이 들통 날 염려가 있다. 그래서 동생 김윤영에게 따로 200만 원씩을 보내 학비와 용돈을 주었다. 알뜰한 김윤영은 올해 대학을 졸업하고 증권회사에 취직을 했으니 생활 걱정은 안 해도 될 것이다. 정민옥이 말을 이었다.

"너, 이제 돈 그렇게 안 보내도 돼. 윤영이가 매월 제 용돈 쓰고 150만 원씩 내놓는단다. 난 거기서 윤영이 앞으로 80만원씩 적금 들고 있어."

"……."

"네가 준 돈도 많이 모아놨어. 너 시집갈 때 다 줄 거야."

정민옥의 목소리에 웃음기가 띄어졌다.

"네가 베트남 갔다 오면 말해줄게."

"알았어, 엄마."

"참, 홈쇼핑 같이 한다는 네 친구하고 같이 가는 거냐?"

"응, 그래."

"잘 다녀와. 시간 나면 전화하고."

"알았어."

"참 그 전에 너 베트남 한 번 갔었지? 내가 청소 일 할 때?"

"그래, 엄마 덕분에……."

"어휴, 그때가 옛날 같다. 고생하던 때가……."

"엄마, 나, 전화 끊을게."

"그래, 연락해."

밝은 정민옥의 목소리를 들으며 김가영은 핸드폰을 귀에서 떼었다. 그렇게 김가영의 여행지가 결정이 되었다.

인천공항의 출국장은 언제나 활기로 덮여져 있다. 떠나는 사람들이 내품는 에너지 때문이다. 기대감, 설렘 등의 밝은 분위기가 대부분이어서 떠들썩하고 분주하다. 오후 2시 반, 출국장의 반들반들 윤이 나는 로비에 윤성일과 전세희가 마주보고 서있다. 전세희가 파리로 떠나는 것이다.

"오빠, 나, 갈게."

하고 전세희가 손을 내밀었으므로 윤성일이 쓴웃음을 지으면서 잡았다.

"이제야 뭐가 제대로 굴러가는 기분이 든다."

"뭐가?"

전세희가 정색하고 윤성일을 보았다. 화장기 없는 얼굴이었지만 뛰어
난 미모가 사람들의 시선을 끈다. 갸름한 얼굴에 크고 맑은 눈, 소년처
럼 짧은 머리, 윤성일이 전세희의 손을 힘주어 쥐었다가 놓았다.

"우리 가족이, 그리고 너하고 내 인생이 말야."

"웃기고 있네."

눈을 흘긴 전세희가 바짝 다가와 섰다. 전세희한테서 독특한 향내가
맡아졌다. 처음 맡는 향내다. 그러고 보니 전세희한테서 냄새를 맡은 기
억이 없다.

"우린 결국 이런 끝장면을 찍게 되어 있었어. 해피엔딩도 아니고 새드
무비도 아닌 미지근한 물 같은 장면, 더럽게 싱거운 결말!"

"이게 웃기네."

"가족이니까 이게 정상이지."

"그럴 줄 알면서 깽판을 쳤다는 말이군."

"재미없으니까 중간에 한 번 놀아야지."

"야, 야, 시끄러."

"김가영이 찾아."

불쑥 전세희가 말했으므로 윤성일이 숨을 들이켰다. 윤성일의 표정을
본 전세희가 피식 웃었다.

"찔끔 쌌어?"

"이게."

"걔가 어디 있는지 알지?"

"……."

"나쁜 년이야?"

"……."

"그래서 그만둔다면 그건 사랑이 아니지. 나쁜 년도 사랑하는 게 사랑이지."

"그게 말이 되냐?"

윤성일이 어정쩡한 표정으로 물었더니 전세희는 같은 얼굴로 대답했다.

"글쎄, 막 나오는 대로 말했는데 뱉어놓고 보니까 말 되는 거 같지?"

그때 뒤쪽에서 인기척이 났으므로 전세희가 몸을 돌렸다. 그러고는 몸을 굳혔다. 오명화가 서 있었기 때문이다.

"자, 그럼 나한테 인사는 끝났고 이젠 어머니 차례다."

윤성일이 옆으로 비켜서며 말했다. 오명화는 윤성일이 불러낸 것이다.

티켓을 끊고 났더니 수중에 125만원이 남았다. 이것이 전 재산이다. 오피스텔도 정리를 해서 빚을 다 갚았고 짐은 모두 이삿짐센터에서 주선해준 보관창고에 맡겼다. 20피트짜리 컨테이너 하나에 다 들어간 것이다. 그리고 김가영의 시선이 모텔방 구석에 놓인 배낭으로 옮겨졌다. 배낭 안에 든 포장용 끈은 장기태의 옷 박스를 묶었던 것을 푼 것이다. 노란색 끈은 질겼고 길었다. 그것을 두 겹으로 꼬았더니 더 강해졌다. 그날, 장기태의 옷 박스를 묶은 끈을 본 순간 가슴이 차분하게 가라앉았다. 그러고는 하나씩, 빈틈없이 주변을 정리한 것이다. 그리고 이제 배낭 한 개와 편도 비행기표, 경비 125만원이 남았다. 공항에서 환전하면 1천불이 조금 넘을 것이다. 우연의 일치지만 2년 전, 베트남에 갈 때와 경비가 비슷하다. 다만 그때는 왕복티켓을 끊었던 것이 다르다.

"내가 없어져 주는 것이 나아."

의자도 있었지만 벽에 등을 붙인 채 방바닥에 쪼그리고 앉은 김가영이 혼잣소리로 말했다. 이렇게 혼자 있으면서 혼잣말을 하는 버릇이 든 것이다.

"그 사람을 위해서도, 그리고 형한테도."

형이란 윤성일이다.

"형, 좋은 추억만 갖고 살아."

손끝으로 방바닥을 문지르며 김가영이 말을 이었다.

"내 마지막 이기심이야. 형한테 내가 좋고 이쁜 여자로 남아 있게 되는 것."

머리를 든 김가영이 앞쪽의 배낭을 보았다. 배낭 안에 든 포장용 바인더를 본다는 표현이 맞을 것이다.

포장용 끈은 바로 장기태다. 김가영이 아랫입술을 물었다가 풀었다.

"자기야, 이해해줘. 난 죽어서 자기를 떠나는 거야. 다른 꿈을 이어서 꾸려고."

마침내 눈물이 흘러내렸지만 김가영은 놔두었다. 그때 김가영의 눈앞에 미토의 갈대숲이 또 떠올랐다. 비바람에 갈대숲이 흔들리고 있다. 파도 치는 것 같은 소리도 들린다. 바람이 몰아온 비린 물냄새도 맡아졌다. 김가영의 눈동자에 초점이 흐려졌다. 그러나 얼굴은 어느덧 웃음 띤 얼굴이다.

이곳은 수일빌딩이다. 구의원 윤수일의 빌딩인 것이다. 본래 테헤란로에 위치한 18층짜리 이 빌딩은 강남빌딩이었지만 윤수일이 지난번 윤정수로부터 이 빌딩을 상속받은 후에 이름을 바꿨다. 수일빌딩의 1층은 구의원 윤수일의 사무실로 사용되고 있었는데 규모나 장식, 집기가 서울 시장실보다 나았다. 오후 5시 반, 이태리제 가죽소파에 네 남녀가 둘러앉아 있었는데 분위기가 무겁다. 바로 윤정수의 네 자식, 3남 1녀가 모두 모인 것이다. 오늘 모임은 윤태일과 윤수일의 주선으로 이루어진 것인데 그동안 자주 얼굴을 보았지만 이렇게 넷만 모인 경우는 재산분배 후 처음이다.

"자, 이야기 좀 할까?"

커피 잔을 내려놓은 여직원이 방을 나갔을 때 큰형 윤태일이 먼저 입을 열었다. 서울중앙지점 부장검사인 윤태일은 9천억 가까운 재산을 상속받았고 윤수일은 6천억, 윤성일은 2천 5백억에 윤은지는 2천억이다. 셋을 둘러본 윤태일이 말을 이었다.

"너희들도 다 그렇겠지만 상속세니 뭐니 각종 세금 제하면 우리 몫은 절반 정도밖에 안 돼. 빛 좋은 개살구지."

윤태일의 시선이 윤수일과 윤은지를 차례로 거쳤지만 윤성일은 외면했다. 윤태일의 목소리에 열기가 떠어졌다.

"내가 왜 이런 말을 하는가 짐작이 될 거다. 특히 성일이는 말이다."

윤태일의 시선이 그때서야 윤성일에게로 옮겨졌다. 윤수일도 따라서 윤성일을 보았지만 윤은지는 외면했다. 윤은지의 이맛살이 찌푸려져 있다. 두 형의 시선을 받은 윤성일이 피식 웃었다.

"내가 뭘 안단 말야?"

반말이다. 윤성일은 두 형한테 반말과 경어를 번갈아 썼는데 심사가 편치 않을 때 주로 반말을 쓴다. 세 아들 중 성품이 가장 거친것이 윤성일이었고 예민한 것도 역시 윤성일이다. 두 형은 윤성일이 고등학교 때까지는 권위로 제압했지만 그 이후에는 감당하지 못했다. 둘은 제각기 공부와 생업, 그리고 제 가정에 바빠서 윤성일에게 관심을 가질 여유가 없었기도 했다. 그때 윤수일이 나섰다.

"너, 아버지한테서 비자금 얼마를 양도받았어? 다 알고 있으니까 털어놓아. 그렇지 않으면……."

"협박이야?"

말을 자른 윤성일이 이를 드러내고 웃었다.

"아버지까지 걸고 들어가겠다구? 한 번 해봐?"

잇사이로 말한 윤성일의 시선이 윤태일에게로 옮겨졌다.

"세금 피하려고 각각 2천억, 800억 정도의 현금을 바하마의 테이블 컴퍼니 계좌로 옮겨놓았더군. 이제는 되돌리려고 해도 늦었어. 자료가 다 남겨진데다 국내로 재반입시켜도 그 근거를 제시해야 될 테니까."

두 형의 얼굴이 굳어진 채 아직 입을 열지는 않았지만 제각기 무서운 형상이다. 윤성일이 말을 이었다.

"아들 셋 중 내가 가장 물욕이 없을 거야. 솔직히 요즘에야 깨달았지만 아버지의 뒤를 가장 확실하게 이을 자식은 바로 나라는 확신이 들었어. 형들은 물욕만 많았지 사회에 폐악을 끼칠 인간들이야."

"뭐야? 이 자식이!"

벌떡 일어선 윤수일이 윤성일의 멱살을 움켜쥐었다.

"이 개새끼, 가만 안 두겠어. 이 시발놈을!"

목을 더욱 움켜쥔 윤수일이 윤성일을 밀어붙였다. 순식간에 일어난 일이었다.

"왜 이래! 그만해!"

윤은지가 날카롭게 외쳤으나 윤태일이 소리쳤다.

"놔둬! 저 새끼는 혼나야 돼!"

그때였다. 윤성일이 윤수일의 팔목을 잡더니 비틀면서 몸도 옆으로 틀었다. 윤성일의 셔츠 단추가 하나 뜯어졌지만 팔이 비틀려진 윤수일이 상체까지 앞으로 숙이고는 비명 같은 고함을 쳤다.

"아악! 이 새끼! 안 놔!"

그 순간 윤성일이 팔을 위로 치켜들었고 윤수일의 비명이 높아졌다.

"아이고!"

그때 윤태일이 엉거주춤 일어서자 윤성일은 윤수일의 몸을 그쪽으로 와락 밀었다. 둘의 몸이 엉키면서 함께 뒤로 넘어졌다. 의자와 같이 구르면서 요란한 소음이 났다.

"이게 무슨 짓이야!"

바락 소리친 윤은지의 얼굴은 어느새 눈물이 흘러내리고 있다.

"더러워! 더러워!"

일어선 윤은지가 발을 구르더니 윤성일에게 말했다.

"가자! 난 두 번 다시 이 꼴 안 봐!"

그때 윤성일이 몸을 일으키고 있는 둘에게 소리치듯 말했다.

"마지막 경고야. 한 번만 더 행패를 부리면 사법당국에 고발하겠어!"

윤성일과 윤은지가 방문을 열었더니 문밖에는 직원들이 모여 있다. 대여섯이나 된다. 윤태일, 수일의 직원뿐만 아니라 윤은지와 함께 온 변호사, 윤성일의 보좌역이 되어 있는 박상호도 있다. 모두 침통한 표정들이다.

"한 번은 겪어야 했던 과정이었습니다. 그렇게 자위하시지요."

돌아가는 차 안에서 박상호가 말했다. 윤성일이 방안의 일을 이야기해준 것이다. 차는 이제 자유로로 들어서더니 속력을 내고 있다. 뒷좌석에 나란히 앉은 박상호가 말을 이었다.

"하지만 회장님께 보고는 해야겠습니다. 더 이상 사건이 확대되면 안 되니까요."

"아니, 그러진 않을 겁니다. 내가 경고를 했으니까."

"저한테 맡겨 주십시오."

길게 숨을 뱉은 박상호가 목소리를 낮췄다.

"이런 일은 분명하게 매듭을 지어야만 합니다. 그런 의미에서 오늘 사건은 잘 일어난 셈입니다."

"……."

"돈이란 것이 얼마나 더럽고 추악한 것인지 제가 여러 차례 겪었습니다. 회장님은 그것을 가장 현명하게 처리하시는 분이었습니다."

"……."

"회장님도 분명 예상하고 계셨을 것입니다. 그러니 보고부터 드려야 합니다."

"……."

"본성이 다 드러나게 되지요. 오늘처럼 말입니다."

그러나 이제 윤성일의 귀에는 아무것도 들리지 않았다.

"이곳에서 비바람을 함께 맞는 사람들의 영혼은 함께 떠다니게 된다는 전설이 있습니다."

가이드가 손으로 밖을 가리키며 말했다. 그러나 오늘도 비가 오지 않았다. 바람도 없다. 2년 전의 그 가이드는 맞다. 30대 중반쯤으로 검은 피부에 다부진 체격, 그때보다 조금 더 살이 찐 것 같다. 그러나 베트콩 소대장 재목감으로 보이는 것은 같다. 비바람이 없기 때문인지 가이드가 다소 기운이 빠진 목소리로 말을 이었다. 단어 하나 틀리지 않았다.

"여러분도 그렇게 운명적으로 만나게 될지도 모릅니다."

베트남에 온 지 사흘째 되는 날 호치민시 그 민박집에 숙소를 정하고는 오늘 두 번째 미토에 온 것이다. 어제 왔을 적에는 다른 가이드였는데 어제도 비바람은 불지 않았다. 그리고 이런 전설 이야기도 해주지 않았다. 김가영이 정자 끝 쪽에 앉아 물끄러미 가이드를 보았다. 둘러선 관광객은 20여명, 가이드는 김가영을 알아보지 못한다. 가이드가 그전처럼 구석 쪽으로 비켜 앉더니 담배를 꺼내 입에 물었다. 오늘은 서양 관광객이 대부분이었고 동양인은 중국인 남녀 한 쌍에 김가영뿐이다. 그래서 지난번처럼 쩔벅거리는 '놈'도 없다. 그렇지, 김가영의 머릿속에 지난 영상이 주르르 펼쳐졌다. 다께다라고 했던 일본인 남자애 얼굴까지, 머리를 든 김가영이 하늘을 올려다보았다. 갈대숲 위로 푸른 하늘이 펼쳐져있다.

호치민시 팜응우라오 지역의 게스트하우스, 김가영은 3층 1인실에 들어와 있다. 오후 7시 무렵, 미토 관광을 마치고 돌아온 것이다. 창문을 반쯤 열었더니 고기 굽는 냄새에 비릿한 젓갈 냄새도 섞여져 맡아졌다. 이것이 베트남 냄새다. 창가의 플라스틱 의자에 앉은 김가영이 어둠이 덮여지는 거리를 내려다본다. 거리는 소음과 인파로 가득 차 있다. 불을 켠 거리의 불빛이 점점 밝아지면서 어둠은 더욱 짙어진다. 방안에 불을 켜지 않았기 때문에 김가영은 어둠 속에 묻혀 있는 셈이다. 머리를 돌린 김가영이 방안을 둘러보았다. 침대와 TV, 탁자 하나에 옆쪽에 샤워기가 부착된 화장실이있다. 그동안 가격이 5불이나 올라서 1인실은 33불, 그러나 이 방이 비어져 있는 것만으로도 다행이어서 군말 않고 투숙했다. 이 방이 바로 윤성일이 묵었던 방이다. 베트남 행을 결정 했을 때부터 이 방이 머릿속에 연결되어 있었다. 바로 여기서 죽을 것이다. 저 끈으로, 김가영의 시선이 구석에 놓인 배낭으로 옮겨졌다. 장기태의 끈으로 이 방에서 죽는다. 이제 계획은 명확해졌다. 결행일은? 머리를 기울였던 김가영이 어깨를 늘어뜨렸다. 모르겠다. 다만 한 가지 바람이 있다면 그 갈대밭의 비바람을 마지막으로 한 번 더 보고 싶다.

그때도 날씨가 청명했다가 갑자기 비바람이 불었다. 메콩강 삼각주의 '미토' 행 관광은 수십 개 여행사에서 운영한다. 오늘도 김가영은 '윈드(wind)' 관광의 미토행 관광단에 끼어 있다. 여행사는 모두 똑같은 코스를 돌지만 조금씩 운영 방식이 다르다. 안내원의 설명, 휴게소에서 묵는 시간, 수로를 타는 배의 종류, 끌고 들어가는 기념품 가게 등이 다르다. 수로를 타는 목선에는 사공까지 포함해서 모두 여섯 명이 탔는데, 서양인 남녀 두 쌍과 바로 김가영이다. 그런데 여사공의 얼굴이 익다. 2년 전에 김가영을 태웠던 그 아줌마다. 시선이 마주치자 사공은 고르지 못한 이를 드러내고 웃었는데 삶에 찌든 얼굴의 웃음이어서 김가영의 가슴이 찌르르 울렸다. 사공은 2년 전이나 지금이나 똑같은 모습이다. 갈대숲 사이의 미로 같은 수로를 꺾어 가느라고 사공은 곧 머리를 돌렸지만 김가영의 가슴이 뛰었다. 사공의 모습이 전혀 변치 않은 것에서도 희망의 뿌리 하나가 드러난 것 같다. 그때도 이렇게 날씨가 청명했다. 그러다가 수로 탐사를 끝낼 무렵에 비바람이 불어쳤다.

"뷰티풀!"

땡볕이 내리쬐는 갈대숲을 보면서 앞에 앉은 사내가 제 애인에게 말했다. 둘 다 금발의 장신 남녀다.

"판타스틱!"

그 사내가 다시 말했다. 엄청나게 큰 발을 가진 여자는 여전히 대답하지 않았다. 수로 끝이 보였으므로 김가영은 심호흡을 했다. 먼저 도착한 10여 명의 관광객이 휴게소 옆에 모여서 있다. 하늘은 맑고 바람 한 점흘러오지 않았다. 손수건으로 이마의 땀을 닦은 김가영이 오늘밤에 끝내야겠다고 마음을 먹었다. 마치 오늘밤 다른 여행지로 떠날 마음을 먹은 것 같은 심정이다. 방법도 다 생각해놓았다. 먼저 게스트하우스 주인에게 영어로 편지를 남긴다. 여권 옆에 한국대사관 전번이 적힌 쪽지를놓아주는 게 낫다. 그리고 수고비, 청소비, 명목으로 남은 돈을 모두 주인에게 주는 것이다. 그 후의 일은 생각하지 말도록 하자. 그래서 머릿속에 집어넣지 않았지만 막는다고 말을 듣는가? 시신은 한국으로 운반되어 어머니한테 넘겨질 것이었다. 그것으로 끝, 생각하기 좋아하는 머리도 그 이상까지 들어가지는 않았다.

"비야."

갑자기 앞쪽 사내가 말하는 바람에 김가영은 깜짝 놀랐다. 반사적으로 머리를 들어 하늘을 보았지만 푸른 하늘이다.

"빗방울이 떨어졌어."

뒤쪽으로 머리를 돌린 여자에게 사내가 말했을 때 여자가 한 마디 했다.

"닥쳐!"

　그러나 배가 강가에 닿았을 때 바람이 불었다. 갈대숲이 흔들리면서 물비린내가 맡아졌다. 그때 가이드가 말했다. 바로 그 가이드다.

　"여러분, 휴게실로 들어오시죠. 잠깐 비가 지나갈 것 같습니다."

　청명한 하늘에 웬 비란 말인가? 20여 명의 관광객은 하늘을 한 번씩 올려다보고 나서 발을 떼기는 했다. 김가영의 가슴은 바람이 불면서부터 거칠게 뛰기 시작했다. 그래서 서둘러 가이드의 뒤를 따랐다. 휴게소 정자를 향해 앞장서 걷던 가이드가 김가영을 돌아보더니 이를 드러내고 웃었다.

　"또 오셨군요."

　"네."

　"어제도 오셨고."

　걸음을 늦춘 가이드가 김가영과 보조를 맞췄다.

　"2년쯤 전에도 한 번 오셨지요?"

　"절 기억하세요?"

　놀란 김가영이 묻자 가이드는 다시 웃었다.

　"아름다운 여자분은 기억을 합니다."

　그때 바람이 더 세어지더니 빗방울이 김가영의 얼굴에 떨어졌다. 김가영이 머리를 들자 어느새 하늘에 비구름이 몰려와 있다. 뒤쪽의 관광객들이 서둘러 이쪽으로 달려왔다. 그때 가이드가 웃음 띤 얼굴로 말했다.

　"비바람이 뿌릴 때 미토의 바람의 전설이야기를 해야 신바람이 나지요."

　가이드의 얼굴이 밝아져 있다.

비바람이 시작되었다. 갈대숲이 흔들리면서 파도치는 소리를 내었고 강물은 표면의 껍질이 벗겨지는 것처럼 흰 물결 끝이 일어나고 있다. 관광객들은 모두 휴게소에 모여 갑작스런 비바람에 긴장하고 있다. 2년 전하고 똑같다. 돌풍이 비바람을 휴게소 한쪽으로 몰아넣는 바람에 여자들이 비명을 질렀다. 그때 가이드가 소리치듯 말했다. 손으로 비바람을 가리키는 자세가 마치 제가 끌고 온 것 같다.

"이곳에서 비바람을 함께 맞는 사람들의 영혼은 함께 떠다니게 된다는 전설이 있습니다."

어제보다 목소리는 더 우렁찼고 얼굴은 자신감으로 빛나고 있다. 다시 사내가 소리치듯 말을 이었다.

"여러분도 그렇게 운명적으로 다시 만나게 될지도 모릅니다."

그때 김가영은 손바닥으로 얼굴을 닦았다. 아주 자연스런 자세여서 바로 옆에 앉은 서양인 노부부도 김가영이 빗물을 닦는 줄로 아는 것 같다. 시선이 마주친 부인이 웃어주니까, 따라 웃은 김가영이 다시 솟아나온 눈물을 손바닥으로 닦았다. 이제 가슴이 시원하다. 뭔가 희망도 생기는 것 같다. 그때 벨소리가 났다 두 번, 세 번, 네 번, 그때서야 김가영은 그 벨소리가 배낭에 넣어둔 자신의 휴대폰에서 울리고 있다는 것을 알았다.

발신자 번호가 한국이다. 하지만 모르는 번호다. 핸드폰을 귀에 붙인 김가영이 아직도 비바람이 휘몰아치는 갈대숲을 보았다. 금방 그칠 것 같던 비바람은 계속되고 있다. 기둥에 몸을 붙인 김가영이 응답했다.

"여보세요."

"김가영 씨 전화 맞지요?"

사내의 목소리, 물론 한국어다. 숨을 들이켠 김가영의 시선이 갈대숲으로 옮겨졌다. 비바람에 눕혀진 흰 갈대가 파도소리를 낸다.

"네, 맞는데요?"

"저, 비서실에서 근무한 윤병수라고 합니다. 지난번 전화 한 번 드렸었는데요?"

"네, 알아요."

비가 휘몰아쳤으므로 옆쪽 여자들이 비명을 질렀다. 그때 윤병수가 묻는다.

"거기 어디십니까?"

"베트남인데요."

"아아."

"그런데 무슨 일이세요?"

"저기⋯⋯."

윤병수가 말을 이었다.

"회장님 선산을 지키던 산지기 영감님이 찾아오셨습니다. 바로 어제요."

"⋯⋯."

"영감님은 회장님이 돌아가신 줄 모르고 계셨다고 합니다. 어제 아침에 아시고 나서 바로 찾아오신 거죠."

"⋯⋯."

"회장님이 돌아가시기 며칠 전에 영감님한테 찾아가셨다는군요."

비바람이 이쪽으로 다시 휘몰아쳤지만 이제 김가영은 피하지 않았다. 이번 비바람은 세다. 그리고 오래 간다.

"영감님한테 뭘 맡기셨고 저하고 백 변호사 앞으로 보낸 편지가 있었습니다."

"……."

"회장님은 무슨 일이 있으면 저하고 백 변호사한테 그 편지를 보내라고 하셨다는군요. 그런데 사모님이 회장님을 화장하시는 바람에 선산에 묻히지 못하시고……."

말이 막힌 듯 잠깐 주저하던 윤병수가 말을 이었다.

"그래서 영감님이 이제야 알게 되신 것이지요."

비바람에 몸을 돌린 김가영의 시선이 구석에 쪼그리고 앉은 가이드의 시선과 마주쳤다. 담배를 피우던 가이드가 손바닥을 펴 보이면서 웃었다. 환한 웃음이다. 다시 윤병수가 말했다.

"편지 내용은 김가영 씨한테 물건을 전하라는 것이었습니다. 그 물건을 백 변호사하고 같이 내려가서 확인했지요."

"……."

"현금 30억이 들어 있었습니다. 이것을 김가영 씨한테 전하라는 것입니다."

"……."

"회장님의 유언이셨고 김가영 씨한테 남기신 유산입니다."

그때 김가영은 어느덧 비가 그쳐 있는 것을 보았다. 모두 밖을 내다보고 있었지만 아직 바람은 그치지 않았다. 파도 소리가 났다. 그리고 다시 물비린내가 맡아졌다. 신선하다.

게스트하우스라고 간판은 붙었지만 민박집이다. 현관으로 들어선 김가영에게 카운터의 뚱보 주인이 말했다.

"친구가 기다려."

"누구?"

김가영의 시선을 받은 뚱보가 턱으로 옆쪽 식당을 가리켰다. 4인용 테이블이 네 개 있을 뿐인 식당이다. 오후 7시 반, 식당에서 소음이 들려왔다. 메뉴가 쌀국수 하나뿐이지만 저녁시간인 것이다. 입맛을 다신 김가영이 발을 떼었다. 그동안 낮을 익힌 2층 4인실의 프랑스 여대생들일 것이다. 그들과는 여러 번 같이 밥을 먹었다. 식당 안으로 들어선 김가영은 테이블이 꽉 차 있는 것을 보았다. 프랑스 애들은 없다. 둘, 셋, 셋, 하나, 이렇게 테이블에 앉은 손님들은 낮이 익은 애들도 있고 처음 보는 서양인 팀도 있다. 새 손님이 들어섰기 때문에 시선이 이쪽으로 모여졌다. 그때 이쪽에 등을 보이며 혼자 앉아 있던 사내가 머리를 돌렸다. 그 순간 김가영이 숨을 들이켰다. 윤성일.

둘이 마주앉았다. 김가영은 어떻게 앞쪽에 앉았는지 기억이 없다. 주위 소음은 딱 끊긴 느낌이 들었고 몸은 떠 있는 것 같다. 시선이 마주쳤지만 눈앞이 흐려졌다. 아무 생각도 없다. 그때 윤성일이 젓가락을 내려놓으며 물었다. 앞에는 먹다 만 쌀국수가 놓여 있다.

"밥 먹었냐?"

이것이 2년 만에 만나고 나서 들은 첫말이다.

같이 3층 방으로 들어왔다. 계단을 올라올 때 프랑스 애들을 만났는데 세 년이 모두 윙크를 하고 지나갔다. 그것을 다 받으면서도 김가영은 무덤덤했다. 처음에 너무 충격을 먹어서 아예 감각 기능이 다운된 것 같다. 자, 이제는 방에서 단둘이 마주앉았다. 왠지 의자에 앉기가 싫어진 김가영이 벽에 등을 붙이고 방바닥에 쪼그리고 앉았더니 윤성일은 반대편 벽에 기대앉았다. 김가영은 두 무릎을 세우고는 팔로 다리를 감싸 안았다. 몸이 동그랗게 되면서 단단한 방어 자세가 만들어졌다. 윤성일은 책상다리 자세다. 그때 김가영이 마침내 입을 떼었다.

"왜 왔어?"

"네가 여기 있을 것 같아서."

윤성일이 기다렸다는 듯이 대답했다. 다시 김가영이 묻는다.

"왜?"

"그냥."

"갈대숲 보려고?"

"그것도 그렇고."

"비바람?"

"그래."

"근데 왜?"

그러자 윤성일이 심호흡부터 했다.

"갈 데가 없었거든."

이번에는 김가영이 입을 다물었고 윤성일의 말이 이어졌다.

"그동안 주식 투자를 좀 했는데 망했어. 거지가 된 거야. 그래서 막막했어."

"……."

"절망했지. 살 의욕이 떨어졌어."

"……."

"그런데 갑자기 미토의 갈대숲이 생각난 거야."

"……."

"그래서 여기 왔더니 내가 묵었던 방에 네가 있다고 하더구나. 뚱보가 나하고 널 기억하고 있었어."

그때 김가영이 똑바로 윤성일을 보았다.

"형, 나, 오늘 갈대숲의 비바람을 보았어."

이제 김가영의 눈동자는 생기가 떠어졌고 목소리도 또렷해졌다.

"형, 투자하는데 얼마 있으면 돼? 내가 투자금 빌려줄게."

밤 12시가 다 되어갈 무렵에 윤성일은 김가영한테서 통닭과 맥주 살 돈을 받아들고 민박집을 나왔다. 윤성일이 거지였으니까 김가영이 돈 내는 것은 당연했다. 골목 밖으로 나온 윤성일이 핸드폰을 귀에 붙였을 때 곧 응답소리가 들렸다.

"네, 사장님!"

박상호의 목소리다. 심호흡을 한 윤성일이 물었다.

"장기태 씨 편지는 만들어놓았죠?"

"네, 필체가 똑같아서 전문가도 구분 못 할 겁니다."

억양 없는 목소리로 박상호가 대답했을 때 빗방울이 떨어졌다. 바람까지 불었으므로 윤성일은 김가영이 갈대숲에서 만난 비바람인지도 모른다는 생각을 했다.

— 끝 —

바람의 전설

초판 1쇄 : 2014년 2월 20일

지은이 : 이원호
펴낸이 : 박연
펴낸곳 : 도서출판 한결미디어

등록일자 : 2006년 7월 24일
등록번호 : 제 313-2006-000152호
주소 : 서울시 마포구 성산동 173번지, 한올빌딩 6층
전화 : 02 · 704 · 3331
팩스 : 02 · 704 · 3360

ISBN 978 - 89 - 93151 - 54 - 1   03810